Agatha Mary Clarissa Miller wurde am 15. September 1890 in Torquay, Devon, als Tochter einer wohlhabenden Familie geboren. 1912 lernte Agatha Miller Colonel Archibald Christie kennen, den sie bei Ausbruch des Ersten Weltkriegs heiratete. Die Ehe wurde 1928 geschieden. Zwei Jahre später schloss sie die Ehe mit Max E. L. Mallowan, einem um 14 Jahre jüngeren Professor der Archäologie, den sie auf vielen Forschungsreisen in den Orient als Mitarbeiterin begleitete. Im Lauf ihres Lebens schrieb die «Queen of Crime» 73 Kriminalromane, unzählige Kurzgeschichten, 20 Theaterstücke, 6 Liebesromane (unter dem Pseudonym «Mary Westmacott»), einen Gedichtband, einen autobiografischen Bericht über ihre archäologischen Expeditionen sowie ihre Autobiografie. Ihre Kriminalromane werden in über 100 Ländern verlegt, und Agatha Christie gilt als die erfolgreichste Schriftstellerin aller Zeiten. 1965 wurde sie für ihr schriftstellerisches Werk mit dem «Order of the British Empire» ausgezeichnet. Agatha Christie starb am 12. Januar 1976 im Alter von 85 Jahren.

Agatha Christie

Mord auf dem Golfplatz

Roman

Aus dem Englischen von
Gabriele Haefs

Fischer Taschenbuch Verlag

Veröffentlicht im Fischer Taschenbuch Verlag,
einem Unternehmen der S. Fischer Verlag GmbH,
Frankfurt am Main, Mai 2003

Lizenzausgabe mit freundlicher Genehmigung
der Scherz Verlag AG, Bern
Alle deutschsprachigen Rechte beim Scherz Verlag, Bern.
Die Originalausgabe erschien unter dem Titel
«The Murder on the Links»
bei HarperCollins, London.
© 1923 by Agatha Christie
Deutsche Neuausgabe in der Übersetzung von Gabriele Haefs,
Scherz Verlag, Bern 1999
Gesamtherstellung: Ebner & Spiegel, Ulm
Printed in Germany
ISBN 3-596-50686-7

Für meinen Mann,
der sich ebenfalls für
Detektivgeschichten begeistert
und dem ich für hilfreiche Ratschläge
und Kritik danken möchte.

Erstes Kapitel

Eine Reisegefährtin

Ich glaube, es gibt eine bekannte Anekdote über einen jungen Schriftsteller, der sich vornahm, eine Geschichte so überzeugend und originell zu beginnen, dass sie sogar bei einem überaus blasierten Verlagslektor noch Spannung und Neugier wecken würde. Und deshalb brachte er folgenden Satz zu Papier:

«Zum Teufel», sagte die Herzogin.

Seltsamerweise beginnt meine Geschichte auch so. Nur handelte es sich bei der Dame, die diesen Ausruf tätigte, nicht um eine Herzogin.

Es war Anfang Juni. Ich war geschäftlich in Paris gewesen und wollte mit dem Morgenzug nach London zurückkehren, wo ich mit meinem alten Freund, dem belgischen Exdetektiv Hercule Poirot, in einer Wohnung lebte.

Der Zug nach Calais war außergewöhnlich leer – in meinem Abteil saß nur ein weiterer Fahrgast. Ich hatte mein Hotel in ziemlicher Eile verlassen und wollte mich gerade davon überzeugen, dass ich wirklich alle meine Siebensachen eingepackt hatte, als der Zug anfuhr. Bisher hatte ich kaum auf meine Reisegefährtin geachtet, aber nun wurde ich sehr energisch an ihre Anwesenheit erinnert. Sie sprang auf, zog das Fenster herunter, steckte den Kopf hinaus und zog ihn gleich darauf mit dem kurzen und überzeugenden Ausruf «Zum Teufel!» wieder ein.

Ich bin eigentlich altmodisch. Eine Frau, so sehe ich das, sollte weiblich sein. Ich habe nichts übrig für die neurotische junge Frau von heute, die von früh bis spät auf den Beinen ist, wie ein Schlot qualmt und eine Sprache benutzt, die eine Fischverkäuferin aus Billingsgate erröten lassen würde.

Ich schaute mit leichtem Stirnrunzeln in ein hübsches, freches Gesicht, über dem ein verwegenes Hütchen thronte. Die Ohren waren unter dichten schwarzen Locken verborgen. Ich schätzte mein Gegenüber auf kaum mehr als siebzehn, aber ihr Gesicht war dick gepudert, und ihre Lippen waren von einem unmöglichen Scharlachrot.

Sie hielt meinem Blick unangefochten stand und schnitt eine viel sagende Grimasse.

«Meine Güte, nun haben wir den netten Herrn schockiert», teilte sie einem imaginären Publikum mit. «Ich möchte mich für meine Ausdrucksweise entschuldigen. Gar nicht damenhaft und überhaupt, aber Himmel, ich habe wirklich Grund genug. Stellen Sie sich vor, ich habe meine einzige Schwester verloren!»

«Wirklich?», fragte ich höflich. «Wie unangenehm.»

«Er ist unangenehm berührt», stellte die Dame fest. «Er ist unangenehm berührt – von mir und von meiner Schwester, und Letzteres ist ungerecht, er kennt sie doch gar nicht.»

Ich öffnete den Mund, aber sie kam mir zuvor.

«Schweigen Sie! Niemand liebt mich! Ich werde in den Garten gehen und Würmer essen! Buhuuu, ich bin am Boden zerstört!»

Sie versteckte sich hinter einer großformatigen französischen Comic-Zeitschrift. Ein oder zwei Minuten später sah ich, dass sie mich über den Zeitschriftenrand hinweg verstohlen musterte. Ich musste unweigerlich lächeln, und gleich darauf ließ sie ihre Zeitschrift sinken und brach in fröhliches Gelächter aus.

«Ich wusste doch, dass Sie nicht so spießig sind, wie Sie aussehen», rief sie.

Ihr Lachen war so ansteckend, dass ich einfach einstimmen musste, auch wenn mir das Wort «spießig» nicht gerade zusagte.

«Na also. Jetzt sind wir Freunde!», verkündete die Range. «Sagen Sie, dass Ihnen das mit meiner Schwester Leid tut.»

«Ich bin verzweifelt.»

«Braver Junge!»

«Lassen Sie mich ausreden. Ich wollte sagen, dass ich zwar verzweifelt bin, dass ich aber dennoch durchaus mit ihrer Abwesenheit leben kann.» Ich verbeugte mich kurz.

Doch dieses wahrlich unberechenbare Geschöpf runzelte die Stirn und schüttelte den Kopf.

«Lassen Sie das. Mir ist die ‹würdevolle Entrüstungs›-Nummer lieber. Ach, wenn Sie Ihr Gesicht sehen könnten. ‹Gehört nicht zu uns›, hat es gesagt. Und da haben Sie ja auch Recht, obwohl, wissen Sie, das ist heute gar nicht so leicht zu sagen. Nicht jeder sieht den Unterschied zwischen einer aus der Demimonde und einer Herzogin. Oh, ich glaube, jetzt habe ich Sie schon wieder schockiert. Sie sind wirklich im Hinterwald ausgegraben worden, guter Mann. Aber das macht nichts. Wir könnten durchaus ein paar mehr von Ihrer Sorte gebrauchen. Unverschämte Männer kann ich nicht leiden. Die machen mich wütend!»

Energisch schüttelte sie den Kopf.

«Und wie sind Sie, wenn Sie wütend werden?», fragte ich lächelnd.

«Eine richtige kleine Teufelin! Dann ist es mir egal, was ich sage oder tue. Einmal hätte ich fast einen Mann umgebracht. Ja, wirklich. Und eigentlich hatte er es nicht besser verdient.»

«O bitte», flehte ich, «werden Sie nicht zornig auf mich!»

«Werde ich nicht. Ich mag Sie – ich habe Sie auf den ersten

Blick gemocht. Aber Sie haben ein so missbilligendes Gesicht gezogen, dass ich nicht dachte, wir könnten jemals Freunde werden.»

«Das haben wir jedenfalls geschafft. Erzählen Sie mir ein bisschen von sich.»

«Ich bin Schauspielerin. Nein, nicht die Sorte, an die Sie jetzt denken. Ich habe schon mit sechs Jahren auf der Bühne gestanden – oder bin dort gefallen.»

«Wie?», fragte ich verwirrt.

«Haben Sie noch nie von Kindern gehört, die als Akrobaten auftreten?»

«Ach, ich verstehe.»

«Ich wurde in Amerika geboren, habe aber fast mein ganzes Leben in England verbracht. Wir haben jetzt eine neue Show...»

«Wir?»

«Meine Schwester und ich. Wir singen und tanzen und schwatzen ein bisschen, und wir machen auch ein paar von den alten Sachen. Diese Art von Show ist ziemlich neu und kommt immer gut an. Und sie wird Geld bringen...»

Meine neue Bekannte beugte sich vor und fuhr fort mit ihrer lebhaften Schilderung, wobei ich viele ihrer Ausdrücke ganz einfach unverständlich fand. Und doch entdeckte ich in mir ein wachsendes Interesse an dieser Frau. Sie schien eine sehr seltsame Mischung aus Frau und Kind zu sein. Zwar absolut weltgewandt und, wie sie selbst sagte, durchaus im Stande, auf sich aufzupassen, aber ihr schlichtes Weltbild und ihr unumstößlicher Entschluss, «ein Glanz zu werden», hatten doch etwas überraschend Naives.

Wir passierten Amiens. Dieser Name weckte viele Erinnerungen in mir. Und meine Reisegefährtin schien meine Gedanken erraten zu können.

«Denken Sie an den Krieg?»

Ich nickte.

«Sie waren dabei, nehme ich an?»

«Das können Sie wohl sagen. Ich bin einmal verwundet und nach der Schlacht an der Somme für kriegsuntauglich befunden worden. Jetzt bin ich eine Art Privatsekretär bei einem Parlamentsabgeordneten.»

«Du meine Güte! Da müssen Sie aber gescheit sein.»

«Nein, so anspruchsvoll ist dieser Posten nicht. Eigentlich habe ich gar nicht viel zu tun. Normalerweise reichen ein paar Stunden pro Tag. Und langweilig ist die Arbeit auch. Ich wüsste wirklich nicht, was ich machen sollte, wenn ich nicht noch eine andere Beschäftigung hätte.»

«Sagen Sie bloß nicht, dass Sie Insekten sammeln!»

«Nein. Ich wohne mit einem sehr interessanten Mann zusammen. Einem belgischen Exkommissar. Er betätigt sich jetzt in London als Privatdetektiv und hat außergewöhnlich viel Erfolg. Er ist wirklich ein wunderbarer kleiner Mann. Immer wieder findet er eine Lösung, wo die offizielle Polizei versagt hat.»

Die Augen weit aufgerissen, hörte meine Reisegefährtin zu.

«Das ist wirklich interessant. Ich finde Verbrechen wunderbar! Ich sehe mir jeden Kriminalfilm an. Und wenn von einem Mord berichtet wird, dann verschlinge ich die Zeitungen geradezu.»

«Erinnern Sie sich an den Fall Styles?», fragte ich.

«Lassen Sie mich nachdenken, war das die vergiftete alte Dame? Irgendwo unten in Essex?»

Ich nickte. «Das war Poirots erster großer Fall. Ohne ihn wäre der Mörder zweifellos ungeschoren davongekommen. Er hat wirklich großartige Detektivarbeit geleistet.»

Ich erwärmte mich für mein Thema und fasste die Geschichte kurz zusammen, um dann zur triumphierenden und unerwarteten Auflösung zu kommen.

Mein Gegenüber lauschte hingerissen. Wir waren so vertieft in unser Gespräch, dass wir gar nicht gleich merkten, dass unser Zug schon in den Bahnhof von Calais eingefahren war.

Ich winkte zwei Träger herbei, und wir verließen den Zug. Auf dem Bahnsteig streckte meine Reisegefährtin die Hand aus.

«Auf Wiedersehen, und in Zukunft werde ich auf meine Sprache achten.»

«Ach, darf ich mich denn auf der Fähre nicht um Sie kümmern?»

«Vielleicht nehme ich die Fähre gar nicht. Ich muss erst einmal feststellen, ob meine Schwester den Zug doch noch erwischt hat. Aber haben Sie auf jeden Fall vielen Dank.»

«Ach, wir sehen uns doch sicher wieder. Und wollen Sie mir nicht einmal Ihren Namen verraten?», rief ich, als sie sich abwandte.

Sie schaute sich kurz um.

«Cinderella», sagte sie lachend.

Und ich konnte damals wirklich nicht ahnen, wann und unter welchen Umständen ich Cinderella wieder sehen würde.

Zweites Kapitel

Ein Hilferuf

Am folgenden Morgen betrat ich um fünf nach neun unser gemeinsames Wohnzimmer, um zu frühstücken. Mein Freund Poirot, pünktlich wie immer, klopfte gerade die Schale seines zweiten Eis auf. Er strahlte mich an.

«Sie haben gut geschlafen, ja? Sie haben sich von der entsetzlichen Überfahrt erholt? Es ist ein Wunder, heute Morgen sind Sie fast pünktlich. *Pardon,* aber Ihre Krawatte hängt schief. Bitte, lassen Sie mich sie gerade rücken.»

Ich habe Hercule Poirot schon an anderer Stelle beschrieben. Ein außergewöhnlicher kleiner Mann! Einen Meter zweiundsechzig groß; mit leicht schräg gehaltenem eierförmigem Kopf; Augen, die grün leuchten, wenn er in Erregung gerät; ein steifer militärischer Schnurrbart und eine Ausstrahlung von immenser Würde. Immer sah er adrett und elegant aus. Er brachte überhaupt jeglicher Ordnung ein leidenschaftliches Interesse entgegen. Ein schief stehender Ziergegenstand, ein paar Staubkörner, eine kleine Nachlässigkeit in der Kleidung, das alles bedeutete für den kleinen Mann wahrhafte Folter, solange er die Sache nicht gerade rücken konnte. Seine Gottheiten hießen «Ordnung» und «Methode». Er brachte greifbaren Indizien wie Fußspuren oder Zigarettenasche eine gewisse Verachtung entgegen und erklärte immer wieder, solche Fundstücke allein könnten einen Detektiv niemals zur Lösung eines Falls befähigen. Hatte er das gesagt, tippte er sich mit absurder Selbstzufriedenheit an seinen Eierkopf und bemerkte mit tiefer Befriedigung:

«Die wirkliche Arbeit geschieht im Kopf. *Die kleinen grauen Zellen* – vergessen Sie niemals die kleinen grauen Zellen, *mon ami.*»

Ich nahm Platz und bemerkte als Antwort auf Poirots Begrüßung lässig, die einstündige Überfahrt von Calais nach Dover habe wohl kaum die Bezeichnung «entsetzlich» verdient.

«Irgendwelche interessante Post?», fragte ich dann.

Mit unzufriedener Miene schüttelte Poirot den Kopf.

«Ich habe meine Briefe noch nicht gelesen, aber heutzutage kommt einfach keine interessante Post mehr. Die großen Kriminellen, die Kriminellen, die mit Methode arbeiten, die gibt es nicht mehr.»

Er schüttelte traurig den Kopf, und ich brüllte vor Lachen.

«Kopf hoch, Poirot, das wird sich auch wieder ändern. Lesen Sie Ihre Briefe! Sie können doch nicht ahnen, ob nicht schon ein großer Fall am Horizont heraufzieht.»

Poirot lächelte, griff zu seinem eleganten kleinen Brieföffner und schlitzte mehrere Briefumschläge auf, die neben seinem Teller gelegen hatten.

«Eine Rechnung. Noch eine Rechnung. Ich werde wirklich extravagant auf meine alten Tage. Aha! Eine Mitteilung von Japp.»

«Ach?» Ich spitzte die Ohren. Inspektor Japp von Scotland Yard hatte uns mehr als einmal auf interessante Fälle aufmerksam gemacht.

«Er will sich nur auf seine Weise für eine Kleinigkeit in dieser Geschichte in Aberystwyth bedanken, bei der ich ihn auf den richtigen Weg gebracht habe. Ich bin entzückt, ihm zu Diensten gewesen zu sein.»

Mit gelassener Miene las Poirot seine restliche Korrespondenz.

«Die hiesigen Pfadfinder möchten, dass ich bei ihnen einen Vortrag halte. Die Gräfin von Forfanock würde sich über meinen Besuch freuen. Zweifellos geht es wieder um einen Schoßhund! Und hier ist der letzte Brief. Ah!»

Ich schaute auf, denn sein Tonfall hatte sich geändert. Poirot war in seinen Brief vertieft. Gleich darauf hielt er mir den Bogen hin.

«Das ist außergewöhnlich, *mon ami*. Lesen Sie selbst!»

Eine kühne, eigenwillige Handschrift auf einer Sorte Papier, wie sie in England nicht verwendet wurde.

Villa Geneviève
Merlinville-sur-Mer
Frankreich

Sehr geehrter Herr,

aus Gründen, auf die ich später noch eingehen werde, benötige ich die Dienste eines Detektivs, möchte jedoch nicht zur Polizei gehen. Ich habe von verschiedenen Seiten von Ihnen gehört und dabei den Eindruck gewonnen, dass Sie nicht nur ein äußerst fähiger, sondern auch ein sehr diskreter Mann sind. Ich möchte der Post keine Einzelheiten anvertrauen, aber da ich ein Geheimnis kenne, fürchte ich jeden Tag um mein Leben. Ich bin davon überzeugt, dass mir jederzeit Gefahr drohen kann, und deshalb bitte ich Sie, so bald wie möglich nach Frankreich zu kommen. Wenn Sie mir Ihre Ankunft mitteilen, werde ich Sie in Calais abholen lassen. Ich wäre Ihnen sehr verbunden, wenn Sie alle anderen Fälle aufschieben und sich ganz und gar meinen Interessen widmen könnten. Ich werde jegliche Entschädigungssumme zahlen. Vermutlich werde ich Ihre Dienste für einige Zeit in Anspruch neh-

men müssen; möglicherweise müssen Sie sich nach Santiago begeben, wo ich mehrere Jahre meines Lebens verbracht habe. Ich bitte Sie, mir Ihre Honorarvorstellungen zu nennen.
Ich möchte noch einmal darauf hinweisen, dass die Sache keinen Aufschub duldet.
Mit vorzüglicher Hochachtung,
P. T. Renauld

Unter der Unterschrift befand sich noch eine eilig hingekritzelte, kaum zu entziffernde Zeile: «Um Himmels willen, kommen Sie!»

Mein Puls ging schneller, als ich Poirot den Brief zurückgab.

«Endlich!», sagte ich. «Das ist nun wirklich sehr außergewöhnlich!»

«In der Tat», erwiderte Poirot nachdenklich.

«Sie fahren natürlich hin», sagte ich.

Poirot nickte. Er war in Gedanken versunken. Endlich schien er einen Entschluss gefasst zu haben und schaute auf die Uhr. Er machte ein sehr ernstes Gesicht.

«Sehen Sie, mein Freund, wir haben keine Zeit zu verlieren. Der nächste Zug fährt um elf von Victoria ab. Aber bleiben Sie ganz ruhig. Wir brauchen nicht zu hetzen. Gönnen wir uns zehn Minuten, um die Sache zu besprechen. Sie begleiten mich, *n'est-ce pas?*»

«Also...»

«Sie haben mir selbst erzählt, dass Ihr Arbeitgeber Sie in den nächsten beiden Wochen nicht braucht.»

«Ja, das stimmt. Aber dieser Mr. Renauld betont doch immer wieder, dass er die Sache geheim halten möchte.»

«Ta-ta-ta! Mit Mr. Renauld werde ich schon fertig. Der Name kommt mir übrigens bekannt vor.»

«Es gibt einen bekannten südamerikanischen Millionär, der Renauld heißt. Allerdings weiß ich nicht, ob das derselbe sein kann.»

«Aber zweifellos. Das erklärt, warum er Santiago erwähnt. Santiago liegt in Chile, und Chile liegt in Südamerika. Ah, wir machen schon Fortschritte. Sie haben doch das PS gesehen? Was haben Sie davon für einen Eindruck?»

Ich dachte nach.

«Als er den Brief schrieb, hatte er sich offenbar unter Kontrolle, aber diese Selbstdisziplin konnte er doch nicht ganz durchhalten, und aus einem Impuls heraus hat er diese verzweifelten fünf Wörter hingekritzelt.»

Doch mein Freund schüttelte energisch den Kopf.

«Sie irren sich. Sehen Sie nicht, dass die Tinte der Unterschrift fast schwarz, die des PS dagegen ziemlich bleich ist?»

«Und?», fragte ich verwirrt.

«*Mon Dieu, mon ami,* nutzen Sie doch Ihre kleinen grauen Zellen! Liegt es nicht auf der Hand? Monsieur Renauld hat diesen Brief geschrieben. Er hat kein Löschblatt benutzt, sondern ihn noch einmal in aller Ruhe gelesen. Danach, nicht aus einem Impuls heraus, sondern ganz bewusst, hat er den Nachsatz hinzugefügt und dann zum Löschpapier gegriffen.»

«Aber warum?»

«*Parbleu!* Damit es genau den Eindruck erweckt, den Sie hatten.»

«Was?»

«*Parbleu!* Er wollte sichergehen, dass ich komme! Er hat seinen Brief noch einmal gelesen und war nicht zufrieden. Es war nicht dringlich genug!»

Er verstummte und fügte dann, während aus seinen Augen das grüne Licht leuchtete, das immer innere Erregung anzeigte, hinzu:

«Und deshalb, *mon ami,* weil er das PS nicht aus einem Impuls heraus, sondern ganz kaltblütig hinzugefügt hat, ist die Sache sehr dringend, und wir müssen so schnell wie möglich zu ihm fahren.»

«Merlinville», murmelte ich nachdenklich. «Das habe ich schon einmal gehört, glaube ich.»

Poirot nickte.

«Es ist ein ziemlich kleiner Ort – aber schick! Liegt auf halber Strecke zwischen Boulogne und Calais. Monsieur Renauld hat auch in England ein Haus, nehme ich an?»

«Ja, am Rutland Gate, wenn ich mich richtig erinnere. Außerdem hat er einen großen Landsitz, irgendwo in Hertfordshire. Aber ich weiß wirklich sehr wenig über ihn, er führt kein besonders geselliges Leben. Ich glaube, er macht gute Geschäfte mit Südamerika und hat bisher vor allem in Chile und Argentinien gelebt.»

«Na, das wird er uns alles selber erzählen. Kommen Sie, lassen Sie uns packen. Jeder einen kleinen Koffer, dann nehmen wir ein Taxi nach Victoria.»

Um elf Uhr verließen wir Victoria in Richtung Dover. Vor unserer Abreise hatte Poirot noch ein Telegramm aufgegeben, um Mr. Renauld unsere Ankunftszeit mitzuteilen.

Auf der Fähre war ich nicht so dumm, meinen Freund aus seiner Einsamkeit zu reißen. Das Wetter war wunderbar, die See so glatt wie der sprichwörtliche Mühlenteich, und es überraschte mich kaum, als sich mir in Calais ein lächelnder Poirot anschloss. Eine Enttäuschung erwartete uns, kein Wagen war uns entgegengeschickt worden, aber Poirot nahm an, das Telegramm sei wohl einfach zu spät angekommen.

«Wir mieten einen Wagen», schlug er munter vor. Und wenige Minuten darauf schaukelten und huckelten wir im ramponiertesten Mietwagen aller Zeiten in Richtung Merlinville.

Ich war in ausgesprochen guter Stimmung, während mein kleiner Freund mich mit ernster Miene musterte.

«Sie sind das, was im alten Aberglauben als Vorspuk bezeichnet wurde, Hastings. Ein Vorspuk kündigt eine Katastrophe an.»

«Unsinn. Jedenfalls scheinen Sie weniger gut aufgelegt.»

«Ich habe Angst.»

«Angst wovor?»

«Das weiß ich nicht. Aber ich habe eine Vorahnung – eine *je ne sais quoi.*»

Das sagte er in so ernstem Ton, dass ich wider Willen beeindruckt war.

«Ich habe das Gefühl», sagte er langsam, «dass das ein großer Fall sein wird – ein langwieriges, ärgerliches Problem, das sich nicht leicht lösen lassen wird.»

Ich hätte ihm gern noch weitere Fragen gestellt, aber inzwischen näherten wir uns der kleinen Stadt Merlinville und drosselten unser Tempo, um uns nach dem Weg zur Villa Geneviève zu erkundigen.

«Geradeaus, Monsieur, durch die Stadt. Die Villa Geneviève liegt einen knappen Kilometer weiter auf der anderen Seite. Sie können sie nicht verfehlen. Ein großes Haus mit Meerblick.»

Wir bedankten uns für diese Auskunft und durchquerten die Stadt. An einer Abzweigung hielten wir abermals. Ein Bauer kam auf uns zugetrottet, und wir wollten ihn, wenn er auf unserer Höhe war, noch einmal nach dem richtigen Weg fragen. Am Straßenrand stand zwar ein Haus, aber es war zu klein und zu heruntergekommen, als dass es unser Ziel hätte sein können. Während wir noch warteten, öffnete sich eine Tür und eine junge Frau trat auf die Straße.

Nun hatte der Bauer uns erreicht, und unser Fahrer lehnte sich aus dem Fenster, um sich nach dem Weg zu erkundigen.

«Die Villa Geneviève? Nur ein paar Schritte weiter und

dann rechts. Wenn die Kurve nicht wäre, hätten Sie sie schon gesehen, Monsieur.»

Der Fahrer bedankte sich und ließ den Motor wieder an. Ich betrachtete fasziniert die junge Frau, die eine Hand auf dem Tor liegen hatte und uns beobachtete. Ich bewundere Schönheit, und an dieser hier hätte niemand schweigend vorbeigehen können. Sehr groß, mit den Proportionen einer jungen Göttin; ihre unbedeckten goldenen Haare funkelten im Sonnenschein, und ich hätte geschworen, dass sie eins der schönsten jungen Mädchen war, die ich je gesehen hatte. Als wir die holprige Straße hochfuhren, drehte ich mich um, um sie noch einmal zu sehen.

«Beim Zeus, Poirot», rief ich. «Haben Sie diese junge Göttin gesehen?»

Poirot hob die Augenbrauen.

«*Ça commence*», murmelte er. «Schon haben Sie eine Göttin gesehen.»

«Aber zum Henker, sie ist doch eine!»

«Schon möglich, ich habe nicht darauf geachtet.»

«Aber Sie haben sie doch bestimmt gesehen?»

«*Mon ami*, zwei Menschen sehen nur selten dasselbe. Sie beispielsweise haben eine Göttin gesehen. Ich dagegen...» Er zögerte.

«Ja?»

«Ich habe nur ein Mädchen mit ängstlichen Augen gesehen», sagte Poirot ernst.

In diesem Moment hielten wir vor einem großen grünen Tor und stießen wie aus einem Munde einen überraschten Ruf aus. Vor dem Tor stand ein imposanter *sergent de ville*. Er hob die Hand, um uns den Weg zu versperren.

«Sie können hier nicht durch, Messieurs.»

«Aber wir möchten zu Mr. Renauld», rief ich. «Wir sind mit ihm verabredet. Das ist doch sein Haus, oder?»

«Das schon, Monsieur, aber…»
Poirot beugte sich vor.
«Aber was?»
«Monsieur Renauld ist heute Morgen ermordet worden.»

Drittes Kapitel

In der Villa Geneviève

Poirot sprang aus dem Wagen. Seine Augen leuchteten vor Aufregung.

«Was sagen Sie da? Ermordet? Wann? Wie?»

Der *sergent de ville* richtete sich auf.

«Ich darf keinerlei Fragen beantworten, Monsieur.»

«Natürlich. Ich verstehe.» Poirot dachte kurz nach. «Aber zweifellos ist der Kommissar hier?»

«Ja, Monsieur.»

Poirot zog eine Visitenkarte hervor und kritzelte einige Worte darauf.

«*Voilà!* Hätten Sie vielleicht die Güte, dem Kommissar unverzüglich diese Karte bringen zu lassen?»

Der Mann nahm die Karte, schaute sich um und pfiff. Sofort erschien ein Kollege und nahm Poirots Mitteilung in Empfang. Wir warteten einige Minuten, und dann kam ein kleiner, beleibter Mann mit gewaltigem Schnurrbart auf das Tor zugeeilt. Der *sergent de ville* salutierte und trat beiseite.

«Mein lieber Monsieur Poirot», rief der Neuankömmling. «Welche Freude, Sie zu sehen. Und Sie kommen wie gerufen.»

Poirot strahlte. «Monsieur Bex! Das ist wirklich eine Freude.» Er drehte sich zu mir um. «Das ist ein englischer Freund. Captain Hastings – Monsieur Lucien Bex.»

Der Kommissar und ich verbeugten uns höflich voreinander, und dann wandte sich Bex wieder Poirot zu.

«*Mon vieux,* wir haben uns seit 1909 in Ostende nicht mehr gesehen. Wissen Sie irgendetwas, das uns weiterhelfen könnte?»

«Das wissen Sie vermutlich schon. Ihnen ist bekannt, dass ich hergebeten worden bin?»

«Nein. Von wem?»

«Von dem Toten. Offenbar wusste er, dass sein Leben in Gefahr schwebte. Leider hat er mich zu spät informiert.»

«*Sacré tonnerre!*», rief der Franzose. «Er hat den Mord also vorausgesehen! Das stürzt unsere Theorien nun wirklich um. Aber kommen Sie herein!»

Er öffnete das Tor, und wir gingen auf das Haus zu. Unterwegs erzählte M. Bex:

«Der Untersuchungsrichter, Monsieur Hautet, muss sofort informiert werden. Er hat gerade den Tatort besichtigt und wollte nun mit den Verhören beginnen.»

«Wann ist das Verbrechen begangen worden?», fragte Poirot.

«Der Leichnam wurde heute Morgen gegen neun gefunden. Madame Renaulds Aussage und die des Arztes ergeben, dass der Tod gegen zwei Uhr nachts eingetreten sein muss. Aber kommen Sie doch bitte ins Haus.»

Wir hatten die Treppe erreicht, die zum Haupteingang der Villa führte. In der Diele saß ein weiterer *sergent de ville.* Als er den Kommissar erblickte, sprang er auf.

«Wo befindet sich Monsieur Hautet?», fragte dieser.

«Im Salon, Monsieur.»

M. Bex öffnete eine Tür auf der linken Seite der Diele, und wir traten in das dahinter liegende Zimmer. M. Hautet und sein Schreiber saßen an einem großen runden Tisch. Sie schauten auf, als wir hereinkamen. Der Kommissar stellte uns vor und erklärte, warum wir gekommen waren.

M. Hautet, der *juge d'instruction,* war ein hoch gewachsener, hagerer Mann mit durchdringenden dunklen Augen und einem gepflegten grauen Bart, den er beim Reden immer wieder streichelte. Vor dem Kamin stand ein älterer Mann mit leicht hängenden Schultern, der uns als Dr. Durand vorgestellt wurde.

«Höchst ungewöhnlich», meinte M. Hautet, nachdem der Kommissar ihm alles erzählt hatte. «Sie haben den Brief bei sich, Monsieur?»

Poirot reichte ihm den Bogen, und der Ermittler las.

«Hm. Er erwähnt ein Geheimnis. Wie schade, dass er sich nicht genauer ausgedrückt hat. Wir stehen in Ihrer Schuld, Monsieur Poirot. Ich hoffe, Sie werden uns die Ehre erweisen, uns bei unseren Ermittlungen zu helfen. Oder müssen Sie gleich nach London zurückkehren?»

«Monsieur le juge, ich bleibe hier. Ich bin zu spät gekommen, um den Tod meines Mandanten zu verhindern, aber ich fühle mich doch verpflichtet, seinen Mörder ausfindig zu machen.»

Der Untersuchungsrichter machte eine Verbeugung.

«Dieses Gefühl ehrt Sie. Und sicher wird auch Madame Renauld weiterhin an Ihren Diensten gelegen sein. Monsieur Giraud von der Sûreté in Paris kann jeden Moment eintreffen, und ich bin sicher, Sie und er werden sich bei den weiteren Ermittlungen gegenseitig unterstützen. Außerdem hoffe ich, dass Sie mir die Ehre erweisen, bei meinen Verhören anwesend zu sein, und ich brauche wohl kaum zu sagen, dass Ihnen alles zur Verfügung steht, was Sie für Ihre Arbeit brauchen.»

«Ich danke Ihnen, Monsieur. Sie verstehen sicher, dass ich im Moment noch im Dunkeln tappe. Ich weiß wirklich gar nichts.»

M. Hautet nickte dem Kommissar zu, und dieser fuhr fort:

«Heute Morgen stellte die alte Dienerin Françoise, als sie nach unten kam, um mit ihrer Arbeit zu beginnen, fest, dass die Haustür offen stand. Sie dachte sofort an einen Einbruch und sah im Esszimmer nach, doch da das Silber noch vorhanden war, nahm sie einfach an, ihr Arbeitgeber sei früh aufgestanden, um einen Spaziergang zu machen.»

«*Pardon*, Monsieur, hat er das häufiger gemacht?»

«Nein, eigentlich nie, aber die alte Françoise hegt die üblichen Vorurteile gegen die Engländer – dass sie verrückt sind und dass ihnen alles zuzutrauen ist. Als die junge Zofe Léonie ihre Herrin aufsuchte, fand sie diese zu ihrem Entsetzen gefesselt und geknebelt vor, und gleich darauf traf die Nachricht ein, dass Monsieur Renauld mit einem Messer im Rücken tot aufgefunden worden sei.»

«Wo denn?»

«Das gehört zu den seltsamsten Aspekten dieses Falls. Monsieur Poirot, der Leichnam lag mit dem Gesicht nach unten in einem offenen Grab!»

«Was?»

«Ja. Das Grab war frisch ausgehoben – nur wenige Meter von diesem Grundstück entfernt.»

«Und wie lange war er schon tot?»

Diese Frage wurde von Dr. Durand beantwortet.

«Ich habe den Leichnam heute Morgen um zehn untersucht. Der Tod muss zwischen sieben und zehn Stunden vorher eingetreten sein.»

«Hm. Also zwischen Mitternacht und drei Uhr morgens.»

«Genau, und nach Madame Renaulds Aussage muss es nach zwei Uhr geschehen sein, was den Spielraum noch verkleinert. Der Tod ist offenbar sofort eingetreten, und Selbstmord kann es nicht gewesen sein.»

Poirot nickte, und der Kommissar fuhr fort:

«Die entsetzten Dienstbotinnen haben Madame Renauld

von ihren Fesseln befreit. Sie war ungeheuer geschwächt, fast ohnmächtig durch die erlittenen Schmerzen. Offenbar sind zwei maskierte Männer in ihr Schlafzimmer eingedrungen und haben sie gefesselt und geknebelt und ihren Mann entführt. Das wissen wir aus zweiter Hand vom Personal. Als Madame Renauld die tragische Nachricht erhielt, geriet sie in einen Zustand gefährlicher Erregung. Dr. Durand, der bereits gerufen worden war, gab ihr sofort ein Beruhigungsmittel, und wir haben sie noch nicht befragen können. Doch zweifellos wird sie, wenn sie erwacht, ruhiger und den Strapazen eines Verhörs gewachsen sein.»

Der Kommissar legte eine Pause ein.

«Und wer wohnt in diesem Haus, Monsieur?»

«Die alte Françoise, die Haushälterin, die vorher viele Jahre bei den früheren Besitzern der Villa Geneviève in Diensten stand. Zwei junge Mädchen, Schwestern, Denise und Léonie Oulard. Sie stammen aus Merlinville, und ihre Eltern sind sehr angesehene Leute. Dann haben wir noch den Chauffeur, der mit Monsieur Renauld aus England herübergekommen ist, doch der ist gerade in Urlaub. Und schließlich wohnen hier Madame Renauld und ihr Sohn, Monsieur Jack Renauld. Auch der ist derzeit nicht zu Hause.»

Poirot senkte den Kopf.

M. Hautet rief: «Marchaud!»

Der *sergent de ville* kam herein.

«Holen Sie die Haushälterin Françoise.»

Der Mann salutierte und verschwand. Gleich darauf führte er die verängstigte Françoise ins Zimmer.

«Sie heißen Françoise Arrichet?»

«Ja, Monsieur.»

«Und Sie arbeiten schon lange in der Villa Geneviève?»

«Elf Jahre für Madame la Vicomtesse. Als sie die Villa im Frühjahr verkauft hat, habe ich mich bereit erklärt, auch für den englischen *milor'* zu arbeiten. Ich konnte ja nicht ahnen, dass –»

Der Untersuchungsrichter fiel ihr ins Wort.

«Zweifellos, zweifellos, Françoise. Also, die Haustür – wer war dafür zuständig, sie abends abzuschließen?»

«Ich, Monsieur. Das war immer meine Aufgabe.»

«Und gestern Abend?»

«Habe ich sie wie immer abgeschlossen.»

«Wissen Sie das genau?»

«Das kann ich bei den seligen Heiligen beschwören, Monsieur.»

«Um welche Zeit war das?»

«Um dieselbe Zeit wie immer, halb elf, Monsieur.»

«Und die anderen Hausbewohner, waren die schon zu Bett gegangen?»

«Madame hatte sich schon einige Zeit zuvor zurückgezogen. Denise und Léonie sind mit mir nach oben gegangen. Monsieur war noch in seinem Arbeitszimmer.»

«Und wenn danach jemand die Tür aufgeschlossen hat, kann das nur Monsieur Renauld gewesen sein?»

Françoise zuckte mit ihren breiten Schultern.

«Warum hätte er das tun sollen? Wo hier doch jeden Moment Räuber und Mörder vorbeikommen können. Was für eine Vorstellung! Monsieur war kein Narr. Und er brauchte die Dame ja nicht hinauszulassen –»

Der Untersuchungsrichter fiel ihr mit scharfer Stimme ins Wort:

«Die Dame? Von welcher Dame ist hier die Rede?»

«Von der Dame, die ihn aufgesucht hat, natürlich.»

«Gestern Abend hat ihn eine Dame aufgesucht?»

«Aber ja, Monsieur, und an vielen anderen Abenden auch.»

«Wer war diese Dame? Haben Sie sie gekannt?»

Nun schaute die Frau recht listig drein.

«Woher soll ich wissen, wer das war?», knurrte sie. «Ich habe ihr gestern Abend nicht die Tür geöffnet.»

«Aha!», rief der Untersuchungsrichter und schlug mit der flachen Hand auf den Tisch. «Sie wollen also der Polizei etwas vormachen, ja? Ich verlange, dass Sie sofort den Namen der Frau nennen, die Monsieur Renauld abends besucht hat.»

«Polizei, Polizei», grummelte Françoise. «Ich hätte nie gedacht, dass ich jemals mit der Polizei zu tun haben würde. Aber ich weiß genau, wer sie ist. Es ist Madame Daubreuil.»

Der Kommissar stieß einen Laut der Verblüffung aus und beugte sich vor.

«Madame Daubreuil – aus der Villa Marguerite ein Stück die Straße hinunter?»

«Wie ich's gesagt habe, Monsieur. Oh, die ist mir vielleicht eine!»

Die alte Frau warf verachtungsvoll den Kopf in den Nacken.

«Madame Daubreuil», murmelte der Kommissar. «Unmöglich.»

«*Voilà*», knurrte Françoise. «Das hat man davon, dass man die Wahrheit sagt.»

«Aber nicht doch», sagte der Untersuchungsrichter besänftigend. «Wir waren nur überrascht, weiter nichts. Madame Daubreuil und Monsieur Renauld, waren sie…?» Er verstummte taktvoll. «Na? Das war doch sicher so?»

«Woher soll ich das wissen? Aber was wollen Sie? Monsieur, ein *milord anglais, très riche,* und Madame Daubreuil – sie ist arm und *très chic,* auch wenn sie so zurückgezogen lebt, nur mit ihrer Tochter. Kein Zweifel, sie hat ihre Geschichte. Sie ist nicht mehr jung, aber *ma foi!* Ich sage Ihnen, ich habe gesehen, wie die Männer ihr nachgaffen, wenn sie über die Straße geht. Und in letzter Zeit hat sie mehr Geld gehabt, das weiß die ganze Stadt. Jetzt braucht sie nicht mehr so sparsam zu sein.» Und mit einer Geste der unerschütterlichen Gewissheit schüttelte Françoise den Kopf.

M. Hautet strich sich nachdenklich den Bart.

«Und Madame Renauld», fragte er schließlich. «Wie hat sie auf diese – Freundschaft reagiert?»

Françoise zuckte die Achseln.

«Sie war wie immer – sehr höflich. Man könnte meinen, sie hätte sich gar nichts dabei gedacht. Aber ist es nicht so, dass das Herz leidet, Monsieur? Ich habe gesehen, wie Madame Tag für Tag bleicher und dünner wurde. Sie war nicht mehr die Frau, die vor einem Monat hier eingezogen ist. Auch Monsieur hatte sich verändert. Er hatte auch seine Sorgen. Man konnte sehen, dass er kurz vor einer Nervenkrise stand. Und ist das ein Wunder, bei einer auf solche Weise geführten Liebschaft? Keine Zurückhaltung, keine Diskretion. *Style anglais*, ohne Zweifel.»

Ich fuhr empört hoch, doch der Untersuchungsrichter ließ sich von solchen Nebenfragen nicht in seinem Verhör stören.

«Sie sagen, Monsieur Renauld habe Madame Daubreuil nicht die Tür öffnen müssen? Sie war also schon gegangen?»

«Ja, Monsieur. Ich habe gehört, wie sie aus dem Arbeitszimmer kamen und zur Tür gingen. Monsieur sagte gute Nacht und schloss hinter ihr ab.»

«Wann war das?»

«Ungefähr fünf vor halb elf, Monsieur.»

«Wissen Sie, wann Monsieur Renauld zu Bett gegangen ist?»

«Ich habe ihn zehn Minuten nach uns nach oben kommen hören. Die Treppe knackt so laut, dass man immer hört, wenn jemand hinauf- oder hinuntergeht.»

«Und das war alles? In der Nacht haben Sie nichts Ungewöhnliches gehört?»

«Rein gar nichts, Monsieur.»

«Wer von Ihnen war heute Morgen als Erste unten?»

«Ich, Monsieur. Und ich habe sofort gesehen, dass die Tür offen stand.»

«Was ist mit den Fenstern im Erdgeschoss, waren die geschlossen?»

«Alle, ja. Ich habe nirgends etwas Verdächtiges oder Ungewöhnliches entdeckt.»

«Gut. Françoise, Sie können gehen.»

Die alte Frau schlurfte zur Tür. Auf der Schwelle schaute sie sich noch einmal um.

«Eins kann ich Ihnen sagen, Monsieur. Diese Madame Daubreuil, das ist eine schlechte Karte. O ja, Frauen wissen übereinander Bescheid. Sie ist eine schlechte Karte, vergessen Sie das nicht.» Und mit weisem Kopfschütteln verließ Françoise das Zimmer.

«Léonie Oulard», rief der leitende Ermittler.

Léonie war in Tränen aufgelöst und neigte zur Hysterie. M. Hautet behandelte sie sehr geschickt.

Bei ihrer Aussage ging es vor allem darum, dass sie ihre Herrin gefesselt und geknebelt vorgefunden hatte. Diese Entdeckung schilderte sie auf reichlich übertriebene Weise. Wie Françoise hatte auch sie während der Nacht nichts Außergewöhnliches gehört.

Nach ihr war ihre Schwester Denise an der Reihe. Auch sie sagte aus, dass M. Renauld sich in der letzten Zeit sehr verändert habe.

«Er wurde jeden Tag düsterer. Er hatte keinen Appetit mehr. Er war immer traurig.» Doch Denise hatte ihre eigene Theorie. «Ganz bestimmt hatte es die Mafia auf ihn abgesehen. Zwei maskierte Männer – wer sollte das denn sonst sein? Was sind das nur für schreckliche Menschen!»

«Das ist natürlich möglich», sagte der Untersuchungsrichter freundlich. «Aber, meine Liebe, haben Sie Madame Daubreuil gestern Abend ins Haus gelassen?»

«Nicht gestern, Monsieur, vorgestern.»

«Aber Françoise hat uns gerade erzählt, dass Madame Daubreuil gestern Abend hier war.»

«Nein, Monsieur. Monsieur Renauld hatte zwar gestern Abend Besuch von einer Dame, aber das war nicht Madame Daubreuil.»

Voller Überraschung wiederholte der Untersuchungsrichter seine Frage noch einmal, aber Denise ließ sich nicht erschüttern. Sie kenne Madame Daubreuil sehr gut. Die andere Dame habe ebenfalls dunkle Haare, sei aber kleiner und viel jünger. Sie war durch nichts von dieser Aussage abzubringen.

«Hatten Sie diese Dame schon einmal gesehen?»

«Nein, nie, Monsieur.» Doch dann fügte sie nachdenklich hinzu: «Ich glaube, sie war Engländerin.»

«Engländerin?»

«Ja, Monsieur. Sie hat in recht gutem Französisch nach Monsieur Renauld gefragt, aber ihr Akzent – auch ein leichter Akzent fällt eben auf. Und als sie aus dem Arbeitszimmer kamen, haben sie Englisch gesprochen.»

«Haben Sie gehört, was sie gesagt haben? Konnten Sie es verstehen, meine ich.»

«Ich spreche sehr gut Englisch», sagte Denise stolz. «Die Dame hat zu schnell geredet für mich, aber was Monsieur gesagt hat, als er ihr die Tür öffnete, habe ich gehört.» Sie verstummte kurz und sagte dann langsam und sorgfältig: «Jaha, jaha – aber uum Goottes willen, gehen Sie jehetzt!»

«Ja, ja, aber um Gottes willen, gehen Sie jetzt!», wiederholte der Untersuchungsrichter.

Er entließ Denise und rief nach kurzem Überlegen Françoise noch einmal zu sich. Er stellte ihr die Frage, ob sie sich in Bezug auf Madame Daubreuils letzten Besuch nicht geirrt haben könne. Françoise jedoch erwies sich als überraschend starrköpfig. Madame Daubreuil sei am vergangenen Abend da gewesen. Da gebe es keinen Zweifel. Denise wolle sich nur interessant machen, *voilà tout*. Deshalb habe sie sich diese feine Geschichte von der fremden Dame aus den Fingern gesogen. Und weil sie mit ihren Englischkenntnissen protzen wolle! Wahrscheinlich habe Monsieur diesen Satz gar nicht auf Englisch gesagt, und falls doch, so beweise das gar nichts, da Madame Daubreuil perfekt Englisch spreche und sich mit Monsieur und Madame Renauld immer in dieser Sprache unterhalte. «Sehen Sie, meistens war Monsieur Jack, der Sohn, auch dabei, und der spricht sehr schlecht Französisch.»

Der Untersuchungsrichter setzte Françoise nicht weiter zu. Er erkundigte sich nach dem Chauffeur und erfuhr, dass Monsieur Renauld erst am Vortag erklärt habe, er werde den Wagen in der nächsten Zeit nicht brauchen, weshalb Masters ein wenig Urlaub nehmen könne.

Poirot runzelte verdutzt die Stirn.

«Was ist los?», flüsterte ich.

Er schüttelte ungeduldig den Kopf und stellte eine Frage. «Pardon, Monsieur Bex, aber Monsieur Renauld hätte doch sicher auch selbst fahren können?»

Der Kommissar schaute zu Françoise hinüber, und die alte Frau antwortete sofort: «Nein, Monsieur ist selber nicht gefahren.»

Poirots Stirnrunzeln vertiefte sich.

«Ich wünschte, Sie würden mir sagen, was Ihnen so zusetzt», sagte ich ungeduldig.

«Verstehen Sie nicht? In seinem Brief verspricht Monsieur Renauld, mich in Calais abholen zu lassen.»

«Vielleicht dachte er an einen Mietwagen.»

«Ja, das kann sein. Aber warum einen Wagen mieten, wenn

man selber einen hat? Warum den Chauffeur gerade gestern in Urlaub schicken, einfach so, von einem Augenblick auf den anderen? Sollte er aus irgendeinem Grund vor unserem Eintreffen aus dem Weg geschafft werden?»

Viertes Kapitel

Der mit «Bella» unterschriebene Brief

Françoise hatte den Raum verlassen. Der Untersuchungsrichter trommelte nachdenklich auf dem Tisch.

«Monsieur Bex», sagte er endlich. «Hier haben wir zwei einander vollkommen widersprechende Aussagen. Wem sollten wir glauben, Françoise oder Denise?»

«Denise», sagte der Kommissar entschieden. «Sie hat die Besucherin ins Haus gelassen. Françoise ist alt und starrköpfig und kann Madame Daubreuil offenkundig nicht leiden. Außerdem deutet doch alles darauf hin, dass Renauld sich mit einer anderen Frau eingelassen hatte.»

«*Tiens!*», rief M. Hautet. «Wir haben vergessen, Monsieur Poirot darüber zu informieren.» Er durchwühlte die Papiere auf dem Tisch und reichte das Gesuchte schließlich meinem Freund. «Das, Monsieur Poirot, haben wir in der Manteltasche des Toten gefunden.»

Poirot nahm den Brief und faltete ihn auseinander. Er war ziemlich zerknüllt und mitgenommen und in wenig geübter Handschrift verfasst, in englischer Sprache.

Mein Liebster. Warum hast du so lange nicht mehr geschrieben? Du liebst mich doch noch, oder? Deine letzten Briefe waren so anders, kalt und fremd, und jetzt dieses lange Schweigen. Ich habe Angst. Wenn du mich nicht mehr liebst! Aber das ist unmöglich – was bin ich für ein dummes Kind, immer bilde ich mir alles Mögliche ein. Aber wenn du mich eines Tages nicht mehr liebst, dann weiß ich nicht, was ich tue – vielleicht bringe ich mich um. Ich könnte nicht ohne dich leben. Manchmal bilde ich mir ein, dass eine andere Frau zwischen uns tritt. Sie soll sich vorsehen – und du sieh dich auch vor. Ich würde dich lieber umbringen als dich ihr zu überlassen. Das ist mein Ernst.

Aber was schreibe ich hier für hochgestochenen Unsinn. Du liebst mich, und ich liebe dich – ja, liebe dich, liebe dich, liebe dich.

Deine dich anbetende
Bella

Adresse und Datum fehlten. Mit ernster Miene gab Poirot den Brief zurück.

«Und daraus lässt sich schließen?»

Der Untersuchungsrichter zuckte mit den Schultern.

«Offenbar hatte Monsieur Renauld sich mit dieser Engländerin eingelassen – mit Bella! Er kommt her, lernt Madame Daubreuil kennen und beginnt ein Verhältnis mit ihr. Die andere ist ihm nicht mehr so wichtig, und sofort schöpft sie Verdacht. Dieser Brief enthält eine klare Drohung. Monsieur Poirot, auf den ersten Blick schien dieser Fall ungeheuer einfach. Eifersucht! Die Tatsache, dass Monsieur Renauld rücklings erstochen wurde, weist doch auf eine Täterin hin.»

Poirot nickte.

«Die Wunde im Rücken, ja – aber nicht das Grab. Das war anstrengende Arbeit, harte Arbeit – dieses Grab ist nicht von einer Frau ausgehoben worden, Monsieur. Das war das Werk eines Mannes.»

Der Kommissar rief aufgeregt: «Ja, ja, Sie haben Recht. Daran hatten wir noch gar nicht gedacht.»

«Wie gesagt», fuhr M. Hautet fort, «auf den ersten Blick wirkt der Fall einfach, doch die maskierten Männer und Monsieur Renaulds Brief an Sie machen die Sache komplizierter. Wir stehen offenbar vor zwei ganz unterschiedlichen Tatsachenkomplexen, zwischen denen keinerlei Verbindung existiert. Was den Brief an Sie angeht – halten Sie es für möglich, dass er sich in irgendeiner Weise auf diese Bella und ihre Drohungen bezieht?»

Poirot schüttelte den Kopf.

«Wohl kaum. Ein Mann wie Monsieur Renauld, der in den abgelegensten Gegenden ein abenteuerliches Leben geführt hat, bittet doch nicht um Schutz vor einer Frau.»

Der Untersuchungsrichter nickte.

«Ganz meine Meinung. Also müssen wir die Erklärung für diesen Brief...»

«In Santiago suchen», fiel der Kommissar ihm ins Wort. «Ich werde sofort der dortigen Polizei kabeln und um Auskünfte darüber bitten, was für ein Leben der Tote dort geführt hat, über seine Liebschaften, seine Geschäfte, seine Freundschaften und seine etwaigen Feinde. Und es wäre doch seltsam, wenn wir da keine Hinweise auf diesen mysteriösen Mord fänden.»

Der Kommissar schaute sich Beifall heischend um.

«Hervorragend», lobte Poirot.

«Sie haben in Monsieur Renaulds Nachlass keine anderen Briefe von dieser Bella gefunden?», fragte er dann.

«Nein. Natürlich haben wir seine Papiere gleich durchgesehen. Aber wir haben nichts Interessantes entdeckt. Alles sieht ordentlich und korrekt aus. Das einzige Außergewöhnliche ist sein Testament. Sehen Sie, hier.»

Poirot überflog das Dokument.

«Ach. Ein Legat von tausend Pfund für Mr. Stonor – wer ist das eigentlich?»

«Monsieur Renaulds Sekretär. Er ist in England geblieben, war aber ein- oder zweimal übers Wochenende hier.»

«Und alles andere fällt ohne Einschränkungen an seine geliebte Frau Eloise. Einfach, aber absolut legal. Bezeugt von den beiden Angestellten, Denise und Françoise. Nicht gerade ungewöhnlich.» Er gab das Papier zurück.

«Vielleicht», sagte Bex. «Ist Ihnen nichts aufgefallen?»

«Das Datum?», fragte Poirot mit einem Augenzwinkern. «Aber sicher ist mir das aufgefallen. Vierzehn Tage her. Vielleicht hat sich da erstmals Gefahr abgezeichnet. Viele reiche Männer sterben ohne Testament, so, als hätten sie nie an die Möglichkeit ihres Todes gedacht. Aber es ist gefährlich, zu voreilige Schlüsse zu ziehen. Auf jeden Fall spricht aus diesem Testament eine ehrliche Zuneigung zu seiner Frau, trotz seiner Seitensprünge.»

«Ja», sagte M. Hautet zweifelnd. «Aber es ist seinem Sohn gegenüber doch wohl ein wenig unfair, der ist schließlich ganz und gar von seiner Mutter abhängig. Wenn sie wieder heiratet und unter den Einfluss ihres zweiten Mannes gerät, dann ist es möglich, dass der Sohn nie einen Penny vom Geld seines Vaters sieht.»

Poirot zuckte die Achseln.

«Der Mann ist ein eitles Tier. Monsieur Renauld war zweifellos davon überzeugt, dass seine Witwe niemals wieder heiraten würde. Und was den Sohn angeht, so kann es doch weise Voraussicht gewesen sein, das Vermögen in den Händen der Mutter zu lassen. Die Söhne reicher Männer führen nur zu oft ein Lotterleben.»

«Sie können durchaus Recht haben. Aber nun, Monsieur Poirot, möchten Sie sich sicher den Tatort ansehen. Ich bedaure, dass der Leichnam schon entfernt worden ist, aber wir haben natürlich aus jedem denkbaren Winkel Fotos gemacht, die Ihnen so bald wie möglich zur Verfügung gestellt werden.»

«Ich danke Ihnen für diese Umsicht, Monsieur.»

Der Kommissar erhob sich.

«Kommen Sie, Messieurs.»

Er öffnete die Tür und verneigte sich feierlich vor Poirot, um diesem den Vortritt zu lassen. Poirot wich gleichermaßen höflich zurück und verneigte sich seinerseits.

«Monsieur.»

«Monsieur.»

Irgendwann standen sie schließlich in der Diele.

«Dieser Raum dort, das ist das Arbeitszimmer, *hein?*», fragte Poirot und nickte zur gegenüberliegenden Tür hinüber.

«Ja. Möchten Sie es sehen?» Die Tür wurde geöffnet, und wir gingen hinein.

Das Zimmer, das M. Renauld sich als Arbeitszimmer eingerichtet hatte, war klein, aber sehr geschmackvoll und komfortabel eingerichtet. Ein geschäftsmäßiger Schreibtisch mit vielen Schubfächern war ans Fenster gerückt. Zwei große, mit Leder bezogene Sessel standen vor dem Kamin, der runde Tisch zwischen ihnen war mit aktuellen Büchern und Zeitschriften bedeckt.

Poirot sah sich kurz im Raum um, dann trat er vor, strich über die Rücklehnen der Ledersessel, nahm eine Zeitschrift vom Tisch und ließ einen Finger über die Oberfläche des eichenen Büfetts wandern. Sein Gesicht drückte vollkommene Zustimmung aus.

«Kein Staub?», fragte ich lächelnd.

Poirot strahlte mich an; offensichtlich freute es ihn, dass ich um seine Eigenheiten wusste.

«Kein Körnchen, *mon ami!* Und das ist ausnahmsweise vielleicht sogar schade.»

Seine scharfen Vogelblicke eilten durch das Zimmer.

«Ah!», sagte er plötzlich erleichtert. «Der Kaminvorleger liegt schief.» Er bückte sich, um das in Ordnung zu bringen.

Plötzlich stieß er einen leisen Schrei aus und richtete sich auf. In der Hand hielt er ein kleines Stück rosafarbenes Papier.

«In Frankreich wie in England», meinte er, «fegen die Dienstboten nie unter den Teppichen?»

Bex nahm ihm das Papier ab, und ich trat neben ihn, um es mir anzusehen.

«Sie erkennen das doch – was, Hastings?»

Ich schüttelte verwirrt den Kopf – und doch kam mir der Farbton recht vertraut vor.

Der Kommissar dagegen dachte schneller als ich.

«Ein Stück von einem Scheck», rief er.

Der Papierfetzen war vielleicht zwei Quadratzentimeter groß. Das Wort «Duveen» stand darauf, mit Tinte geschrieben.

«Bien», sagte Bex. «Dieser Scheck war für einen oder von einem Menschen namens Duveen ausgestellt.»

«Wohl eher Ersteres», sagte Poirot. «Denn wenn ich mich nicht irre, dann ist das Monsieur Renaulds Handschrift.»

Das ließ sich durch den Vergleich mit einer auf dem Schreibtisch liegenden Notiz leicht überprüfen.

«Meine Güte», murmelte der Kommissar kleinlaut. «Ich begreife nicht, wie wir das übersehen konnten.»

Poirot lachte. «Die Moral von der Geschichte ist: Immer unter dem Teppich nachschauen. Mein Freund Hastings kann Ihnen bestätigen, dass alles, was auch nur im Geringsten schief liegt, für mich eine Qual bedeutet. Als ich sah, dass der Kaminvorleger verrutscht war, sagte ich mir: *Tiens!* Als der Sessel zurückgeschoben wurde, haben seine Beine sich darin verfangen. Vielleicht liegt darunter ja etwas, das die gute Françoise übersehen hat.»

«Françoise?»

«Oder Denise oder Léonie. Wer immer dieses Zimmer aufgeräumt hat. Da nirgendwo Staub liegt, muss heute Morgen hier sauber gemacht worden sein. Ich sehe das alles so. Gestern, möglicherweise letzte Nacht, hat Monsieur Renauld für einen Menschen namens Duveen einen Scheck ausgeschrieben. Der ist zerrissen und auf den Boden geworfen worden. Heute Morgen...»

Doch M. Bex zog bereits ungeduldig am Glockenstrang.

Françoise erschien. Doch, auf dem Boden hatten viele Papierstücke gelegen. Was sie damit gemacht hatte? Sie hatte sie natürlich im Küchenherd verbrannt. Was denn sonst?

Bex winkte resigniert ab und ließ sie gehen. Dann erhellte sein Gesicht sich, und er lief zum Schreibtisch. Gleich darauf blätterte er im Scheckheft des Toten. Dann wiederholte er die resignierte Geste. Das Verzeichnis der ausgestellten Schecks war leer.

«Nur Mut!», rief Poirot und klopfte ihm den Rücken. «Zweifellos wird Madame Renauld uns alles über diese mysteriöse Person namens Duveen erzählen können.»

Gleich sah der Kommissar weniger verzweifelt aus. «Stimmt. Machen wir weiter.»

Als wir im Begriff waren, das Zimmer zu verlassen, sagte Poirot wie nebenbei: «Monsieur Renauld hat seine Besucherin gestern Abend in diesem Raum empfangen, ja?»

«Das schon – aber woher wissen Sie das?»

«Deshalb. Das habe ich an der Sessellehne gefunden.» Und zwischen Daumen und Zeigefinger hielt er ein langes schwarzes Haar hoch – ein Frauenhaar!

M. Bex führte uns hinter das Haus, wo sich ein kleiner Schuppen befand. Er zog einen Schlüssel aus der Tasche und öffnete die Schuppentür.

«Hier ist der Leichnam. Wir haben ihn kurz vor Ihrem Eintreffen vom Tatort entfernt. Nachdem die Fotografen fertig waren.»

Wir gingen hinein. Der Ermordete lag, mit einem Laken

bedeckt, auf dem Boden. Mit geschicktem Griff entfernte M. Bex das Laken. Renauld war ein mittelgroßer Mann, von schlanker, fast schmächtiger Gestalt. Ich schätzte ihn auf vielleicht fünfzig, sein dunkles Haar wies allerlei graue Strähnen auf. Er war glatt rasiert und hatte eine lange, dünne Nase, eng stehende Augen und die tiefbraune Haut eines Mannes, der fast sein ganzes Leben unter tropischer Sonne verbracht hat. Er bleckte die Zähne; aus seinem Gesicht sprachen Erstaunen und Entsetzen.

«An seinem Gesichtsausdruck sieht man, dass ihm das Messer in den Rücken gestochen wurde», sagte Poirot.

Sehr vorsichtig drehte er den Toten um. Zwischen den Schulterblättern wies der hellbraune Mantel einen runden, dunklen Fleck auf. In der Mitte des Flecks klaffte ein Schnitt. Poirot sah ihn sich genau an.

«Haben Sie irgendeine Vorstellung, mit welcher Waffe das Verbrechen begangen worden sein kann?»

«Sie steckte noch in der Wunde.» Der Kommissar griff in einen hohen Glaskrug. In diesem Krug befand sich ein kleiner Gegenstand, der in meinen Augen vor allem Ähnlichkeit mit einem Papiermesser hatte. Ein schwarzer Griff und eine schmale, funkelnde Klinge. Höchstens dreißig Zentimeter lang. Poirot strich vorsichtig damit über seine Fingerspitze.

«*Ma foi!* Das ist aber scharf! Ein nettes, kleines, leichtes Mordwerkzeug!»

«Leider konnten wir keine Fingerabdrücke finden», sagte Bex betrübt. «Der Mörder hat sicher Handschuhe getragen.»

«Natürlich hat er das», sagte Poirot verächtlich. «Selbst in Santiago wissen sie doch Bescheid. Noch die simpelste englische Miss weiß das – schließlich hat die Presse ausgiebig über Fingerabdrücke und Bertillonage berichtet. Aber ich finde es doch sehr interessant, dass es gar keine Fingerabdrücke gab. Es ist schließlich so leicht, fremde Fingerabdrücke zu hinterlassen. Und dann ist die Polizei glücklich.» Er schüttelte den Kopf. «Ich fürchte, unser Verbrecher ist kein Mann von Methode – oder er hatte es sehr eilig. Aber wir werden sehen.»

Er ließ den Leichnam in seine ursprüngliche Lage zurücksinken.

«Unter dem Mantel hatte er nur Unterwäsche an», stellte er fest.

«Ja, der Untersuchungsrichter findet das auch sehr seltsam.»

In diesem Augenblick wurde an die Tür geklopft, die Bex hinter sich geschlossen hatte. Er öffnete. Vor ihm stand Françoise. Von makabrer Neugier getrieben, lugte sie herein.

«Was ist los?», fragte Bex ungeduldig.

«Madame. Ich soll ausrichten, dass es ihr viel besser geht und dass sie den Untersuchungsrichter jetzt empfangen kann.»

«Gut», sagte M. Bex kurz. «Sagen Sie ihr, Monsieur Hautet und ich kommen sofort.»

Poirot blieb noch einen Moment stehen und schaute sich nach dem Leichnam um. Ich dachte schon, er wolle ihn ansprechen und ihm versichern, dass er keine Ruhe finden werde, solange der Mörder nicht gefunden sei, aber als er dann den Mund öffnete, klang er verzagt und betreten, und sein Kommentar war diesem ernsten, feierlichen Moment nun wirklich nicht angemessen.

«Er hatte aber einen sehr langen Mantel», sagte er mit gepresster Stimme.

Fünftes Kapitel

Madame Renaulds Geschichte

M. Hautet wartete bereits in der Diele auf uns, und wir gingen gemeinsam nach oben. Françoise marschierte vorneweg, um uns den Weg zu zeigen. Poirot lief im Zickzack hin und her, was mich überraschte, bis er eine Grimasse schnitt und mir zuflüsterte:

«Kein Wunder, dass die Dienstbotinnen Monsieur Renauld auf der Treppe gehört haben, hier macht ja wirklich jedes Brett einen Lärm, der Tote erwecken könnte.»

Im ersten Stock führte ein schmaler Flur zur Seite.

«Die Dienstbotenzimmer», erklärte Bex.

Wir gingen durch einen Korridor, und Françoise klopfte an die letzte Tür auf der rechten Seite.

Eine schwache Stimme bat uns herein, und wir betraten ein großes, sonniges Zimmer mit Blick auf das blaue, glitzernde Meer, von dem das Haus eine Viertelmeile entfernt war.

Auf einer Couch lag, gestützt von Kissen und umsorgt von Dr. Durand, eine hoch gewachsene, sehr gut aussehende Frau. Sie war bereits in mittleren Jahren, das ehemals dunkle Haar fast ganz ergraut, aber ihre intensive Vitalität und ihre starke Persönlichkeit waren nicht zu übersehen. Man wusste sofort, dass man es mit dem zu tun hatte, was die Franzosen als *une maîtresse femme* bezeichnen.

Sie begrüßte uns mit einem würdevollen Nicken.

«Bitte, setzen Sie sich, Messieurs.»

Wir holten uns Stühle heran, während der Schreiber des Untersuchungsrichters sich an dem runden Tisch niederließ.

«Ich hoffe, Madame», sagte M. Hautet, «es bedeutet keine zu große Belastung für Sie, wenn Sie uns erzählen, was sich letzte Nacht hier zugetragen hat.»

«Durchaus nicht, Monsieur. Ich weiß, dass Zeit Gold ist, wenn diese verbrecherischen Mörder gefangen und bestraft werden sollen.»

«Sehr gut, Madame. Es ist sicher weniger anstrengend für Sie, wenn ich Ihnen Fragen stelle und Sie sich aufs Antworten beschränken. Wann sind Sie gestern Abend zu Bett gegangen?»

«Um halb zehn, Monsieur. Ich war müde.»

«Und Ihr Mann?»

«Etwa eine Stunde später, nehme ich an.»

«Wirkte er verstört oder auf irgendeine Weise besorgt?»

«Nein, nicht mehr als sonst.»

«Was ist dann passiert?»

«Wir haben geschlafen. Ich bin davon aufgewacht, dass sich eine Hand auf meinen Mund presste. Ich wollte schreien, aber das hat die Hand verhindert. Es waren zwei Männer im Raum, beide maskiert.»

«Können Sie diese Männer beschreiben, Madame?»

«Einer war sehr groß und hatte einen langen schwarzen Bart, der andere war klein und dick. Sein Bart war rötlich. Beide hatten den Hut tief ins Gesicht gezogen.»

«Hm», sagte der Untersuchungsrichter nachdenklich. «Zu viel Bart, fürchte ich.»

«Sie halten die Bärte für falsch?»

«Ja, Madame. Aber erzählen Sie weiter.»

«Der kleine Mann hat mich festgehalten. Er hat mir einen Knebel in den Mund gepresst und mich an Händen und Füßen gefesselt. Der andere stand über meinen Mann gebeugt. Er hatte mein kleines Papiermesser vom Toilettentisch genommen und richtete es auf das Herz meines Mannes. Als der kleine Mann mit mir fertig war, ging er zu seinem Komplizen, und sie zwangen meinen Mann, aufzustehen und mit ihnen nach nebenan ins Ankleidezimmer zu gehen. Ich war vor Entsetzen fast ohnmächtig, aber ich habe verzweifelt versucht, sie zu belauschen. Sie sprachen zu leise, deshalb konnte ich nichts verstehen. Aber ich habe die Sprache erkannt, ein abgewandeltes Spanisch, wie es in einigen Teilen Südamerikas gesprochen wird. Sie verlangten irgendetwas von meinem Mann; dabei gerieten sie in Zorn und wurden schließlich lauter. Ich glaube, der Größere führte das Wort. ‹Sie wissen, was wir wollen?›, fragte er. ‹*Das Geheimnis!* Wo haben Sie es versteckt?› Ich weiß nicht, was mein Mann darauf sagte, jedenfalls widersprach der andere wütend: ‹*Das ist gelogen.* Wir wissen, dass Sie es haben. Wo sind Ihre Schlüssel?› Dann wurden Schubladen geöffnet. Im Ankleidezimmer meines Mannes gibt es in der Wand einen Safe, in dem er immer eine beträchtliche Summe in bar aufbewahrt. Léonie sagt, der Safe sei durchwühlt worden und das Geld sei verschwunden, aber offenbar ging es den Männern nicht um das Geld, denn gleich darauf hörte ich, wie der große Mann fluche und meinem Mann befahl, sich anzuziehen. Dann muss irgendein Geräusch im Haus sie gestört haben, denn sie schoben meinen erst halb angekleideten Mann eilig aus dem Zimmer.»

«*Pardon*», unterbrach Poirot sie, «aber hat das Ankleidezimmer nur diesen einen Ausgang?»

«Ja, Monsieur, es gibt nur die Tür zu meinem Zimmer. Sie haben meinen Mann in großer Eile weggeführt; der kleine Mann ging vor ihm her, der große, der das Messer noch in der Hand hielt, trat hinter ihn. Paul hat versucht, sich zu befreien und zu mir zu kommen. Ich habe seinen gequälten Blick gesehen. ‹Ich muss mit ihr sprechen›, sagte er. Dann trat er an mein Bett. ‹Hab keine Angst, Eloise›, sagte er. ‹Alles wird sich finden. Ich bin spätestens morgen früh wieder hier.› Er hat sich bemüht, zuversichtlich zu klingen, aber ich habe die Angst in seinen Augen gesehen. Dann wurde er aus dem Zimmer geschoben, und der große Mann sagte: ‹Einen Mucks – und Sie sind ein Toter, denken Sie daran.› – Danach habe ich wohl das Bewusstsein verloren. Als Nächstes erinnere ich mich daran, dass Léonie meine Handgelenke massierte und mir Cognac einflößte.»

«Madame Renauld», fragte der Untersuchungsrichter, «haben Sie irgendeine Vorstellung, was die Mörder gesucht haben könnten?»

«Wirklich keine, Monsieur.»

«Und wussten Sie, ob Ihr Mann sich vor irgendetwas fürchtete?»

«Ja. Er hatte sich sehr verändert.»

«Wann ungefähr?»

Madame Renauld dachte nach.

«Vor zehn Tagen vielleicht.»

«Länger war es nicht her?»

«Vielleicht doch. Aber mir ist es erst vor zehn Tagen aufgefallen.»

«Haben Sie Ihren Mann nach dem Grund gefragt?»

«Einmal. Er versuchte es mit Ausflüchten. Ich war davon überzeugt, dass er sich entsetzlich fürchtete, aber da er mir offenbar alles verheimlichen wollte, habe ich mich bemüht, mir nichts anmerken zu lassen.»

«Wussten Sie, dass er sich an einen Detektiv gewandt hatte?»

«An einen Detektiv?», rief Madame Renauld überrascht.

«Ja, an diesen Herrn – Monsieur Hercule Poirot.» Poirot verbeugte sich. «Er ist auf die Bitte Ihres Mannes hin heute hier eingetroffen.» Mit diesen Worten zog er M. Renaulds Brief aus der Tasche und reichte ihn der Dame.

Sie las den Brief mit offenkundig echter Verwunderung.

«Davon wusste ich wirklich nichts. Es sieht also so aus, als sei er sich der Gefahr voll bewusst gewesen.»

«Madame, ich möchte Sie jetzt bitten, ganz offen zu sein. Gibt es im früheren Leben Ihres Mannes in Südamerika etwas, das Licht auf diesen Mord werfen könnte?»

Madame Renauld dachte nach, schüttelte aber schließlich den Kopf.

«Nicht, dass ich wüsste. Natürlich hatte mein Mann viele Feinde, Leute, die ihm gegenüber auf irgendeine Weise den Kürzeren gezogen hatten, aber etwas Konkretes fällt mir eigentlich nicht ein. Ich will nicht sagen, dass es keinen Grund geben könnte – aber wenn es einen gibt, ist er mir nicht bekannt.»

Der Untersuchungsrichter fuhr sich betrübt über den Bart.

«Und Sie wissen, um welche Zeit dieses entsetzliche Verbrechen sich zugetragen hat?»

«Ja, ich weiß genau, dass die Uhr auf dem Kaminsims zwei geschlagen hat.» Sie nickte zu einer Reiseuhr in einem Lederetui hinüber, die mitten auf dem Kaminsims stand.

Poirot stand auf, betrachtete die Uhr ausgiebig und nickte zufrieden.

«Und hier», rief M. Bex, «haben wir auch eine Armbanduhr. Zweifellos ist sie von den Mördern vom Toilettentisch gefegt worden und dabei in tausend Stücke zerschellt. Die Mörder konnten ja nicht ahnen, dass die Uhr gegen sie aussagen würde.»

Vorsichtig entfernte er die winzigen Glasscherben. Dann machte er plötzlich ein über die Maßen erstauntes Gesicht.

«Mon Dieu!», rief er.

«Was ist los?»

«Die Zeiger stehen auf sieben Uhr.»

«Was?», rief der Untersuchungsrichter verdutzt.

Doch Poirot, geistesgegenwärtig wie immer, nahm dem verwirrten Kommissar die Uhr ab und hielt sie an sein Ohr. Dann lächelte er.

«Das Glas ist zerbrochen, aber die Uhr ist noch intakt.»

Die Auflösung dieses Rätsels wurde mit begeistertem Lächeln aufgenommen. Doch der Untersuchungsrichter sah noch ein anderes Problem.

«Nur ist es jetzt gar nicht sieben Uhr.»

«Nein», erwiderte Poirot freundlich. «Es ist fünf nach fünf. Vielleicht geht die Uhr ja vor, wäre das möglich, Madame?»

Madame Renauld runzelte verdutzt die Stirn.

«Das schon», sagte sie dann. «Aber so viel ist sie noch nie vorgegangen.»

Mit einer ungeduldigen Handbewegung tat der Untersuchungsrichter die Uhr nun ab und widmete sich wieder dem Verhör.

«Madame, die Haustür stand offen. Aller Wahrscheinlichkeit nach sind die Mörder dort eingedrungen, doch sie haben dazu keine Gewalt anwenden müssen. Haben Sie dafür eine Erklärung?»

«Möglicherweise hat mein Mann noch einen kleinen Spaziergang gemacht und danach vergessen, die Tür abzuschließen.»

«Halten Sie das für wahrscheinlich?»

«Durchaus. Mein Mann war ausgesprochen zerstreut.»

Sie runzelte leicht die Stirn, als sie das sagte, offenbar hatte sie sich manchmal über diese Charaktereigenschaft ihres verstorbenen Mannes geärgert.

«Ich glaube, wir können jetzt einen Schluss ziehen», sagte plötzlich der Kommissar. «Da Monsieur Renauld sich auf Geheiß der Männer anziehen musste, können wir eigentlich davon ausgehen, dass der Ort, an den sie ihn bringen wollten, der Ort, an dem das ‹Geheimnis› versteckt war, in einiger Entfernung liegt.»

Der Untersuchungsrichter nickte.

«Ja, um einiges entfernt, aber nicht zu weit, er wollte doch am frühen Morgen zurück sein.»

«Wann geht der letzte Zug ab Merlinville?», fragte Poirot.

«Um zehn vor zwölf in der einen und um null Uhr siebzehn in der Gegenrichtung, aber ich halte es doch für wahrscheinlicher, dass sie ein Auto hatten.»

«Natürlich», stimmte Poirot mit ein wenig kleinlauter Miene zu.

«Auf diese Weise können wir ihnen vielleicht auf die Spur kommen», meinte der Untersuchungsrichter erleichtert. «Ein Auto mit zwei Ausländern muss doch eigentlich aufgefallen sein. Das haben Sie sehr gut erkannt, Monsieur Bex.»

Er lächelte vor sich hin, wurde dann aber wieder ernst und wandte sich an Madame Renauld.

«Wir haben noch eine Frage. Kennen Sie irgendeine Person mit Namen Duveen?»

«Duveen?» Madame Renauld wiederholte den Namen nachdenklich. «Nein, auf Anhieb kommt mir das nicht bekannt vor.»

«Ihr Mann hat Ihnen gegenüber diesen Namen also nie erwähnt?»

«Nie.»

«Kennen Sie eine Person mit dem Vornamen Bella?»

Er beobachtete Madame Renauld genau, als er diese Frage stellte, um jegliches Anzeichen von Zorn oder Erinnerung aufzufangen, aber sie schüttelte ganz natürlich den Kopf. Er setzte das Verhör fort.

«Ist Ihnen bekannt, dass Ihr Mann gestern Abend Besuch empfangen hat?»

Jetzt röteten ihre Wangen sich ganz leicht, doch sie fragte ruhig: «Nein, wen denn?»

«Eine Dame.»

«Ach?»

Doch bis auf weiteres wollte der Untersuchungsrichter nicht mehr verraten. Es war unwahrscheinlich, dass Madame Renauld etwas mit dem Verbrechen zu tun hatte, und er wollte ihren Kummer nicht noch vergrößern.

Er gab dem Kommissar ein Zeichen, worauf dieser nickte. Dann erhob er sich, durchquerte das Zimmer und holte den Glaskrug, den wir bereits im Schuppen gesehen hatten. Er zog das Messer heraus.

«Madame», fragte er sanft, «kennen Sie dieses Messer?»

Sie stieß einen kurzen Schrei aus.

«Ja, das ist mein kleines Papiermesser.» Dann sah sie die befleckte Klinge, fuhr zurück, und ihre Augen weiteten sich vor Entsetzen. «Ist das – Blut?»

«Ja, Madame. Damit ist Ihr Mann ermordet worden.» Schnell steckte er das Messer wieder weg. «Sie sind ganz sicher, dass es heute Nacht auf Ihrem Ankleidetisch gelegen hat?»

«Aber ja. Es ist ein Geschenk meines Sohnes. Er war während des Krieges bei der Luftwaffe. Er hatte sich als älter ausgegeben, als er wirklich war.» Ein Hauch von mütterlichem Stolz schwang in ihrer Stimme mit. «Das Messer ist aus windschnittigem Flugzeugdraht hergestellt worden, und mein Sohn hat es mir als Kriegserinnerung geschenkt.»

«Ich verstehe, Madame. Und das bringt uns zu einer anderen Frage. Wo hält Ihr Sohn sich im Moment auf? Er muss umgehend verständigt werden.»

«Jack? Er ist unterwegs nach Buenos Aires.»

«Was?»

«Ja, mein Mann hat ihm gestern telegrafiert. Er hatte Jack in Geschäften nach Paris geschickt, aber gestern hat er festgestellt, dass Jack so bald wie möglich in Südamerika gebraucht wird. Gestern Abend ist in Cherbourg ein Schiff nach Buenos Aires ausgelaufen, und mein Mann hat Jack mitgeteilt, er solle dieses Schiff nehmen.»

«Wissen Sie, worum es bei diesem Geschäft in Buenos Aires ging?»

«Nein, Monsieur. Darüber weiß ich nichts, aber Buenos Aires ist auch nicht das eigentliche Ziel meines Sohnes. Er sollte von dort auf dem Landweg nach Santiago weiterreisen.»

Wie aus einem Munde riefen Kommissar und Untersuchungsrichter:

«Santiago! Schon wieder Santiago!»

In diesem Moment, als die Erwähnung dieses Namens uns alle sprachlos machte, wandte Poirot sich an Madame Renauld. Er hatte gleichsam traumverloren am Fenster gestanden und vermutlich nicht vollständig registriert, was gesagt worden war. Er blieb neben der Dame stehen und machte eine Verbeugung.

«*Pardon,* Madame, aber dürfte ich Ihre Handgelenke sehen?»

Madame Renauld war von dieser Bitte zwar etwas überrascht, streckte ihm aber dennoch ihre Hände hin. Um jedes Handgelenk zog sich eine tiefe rote Kerbe, die die Schnur ins Fleisch geschnitten hatte. Als Poirot sich darüber beugte, glaubte ich zu sehen, wie das kurze Aufleuchten in seinen Augen wieder erlosch.

«Das muss Ihnen sehr wehgetan haben», sagte er und wirkte wieder verwirrt.

Doch der Untersuchungsrichter rief: «Der junge Monsieur Renauld muss sofort über Funk verständigt werden. Alles, was er über seine Reise nach Santiago erzählen kann, ist für uns von äußerster Wichtigkeit.» Er zögerte. «Ich hatte gehofft, er sei in der Nähe, denn dann hätten wir Ihnen einen schmerzlichen Moment ersparen können, Madame.»

«Sie meinen», sagte Madame Renauld leise, «der Leichnam meines Mannes muss identifiziert werden?»

Der Untersuchungsrichter senkte den Kopf.

«Ich bin eine starke Frau, Monsieur. Was immer von mir verlangt wird, ich kann es ertragen. Ich bin bereit – jetzt.»

«Oh, das hat wirklich Zeit bis morgen, das versichere ich Ihnen.»

«Ich würde es lieber hinter mich bringen», sagte sie und verzog schmerzlich das Gesicht. «Würden Sie mir bitte Ihren Arm reichen, Doktor?»

Der Arzt sprang vor, Madame Renauld wurde ein Umhang um die Schultern gelegt, und eine langsame Prozession bewegte sich die Treppe hinab. M. Bex rannte voraus, um die Schuppentür zu öffnen. Kurz darauf trat Madame Renauld heran. Sie war sehr bleich, aber entschlossen. Sie hob eine Hand ans Gesicht.

«Einen Moment, Messieurs, ich muss noch Kräfte sammeln.»

Sie ließ die Hand sinken und schaute den Toten an. Und dann verlor sie die bewundernswerte Selbstkontrolle, die sie bisher aufrechterhalten hatte.

«Paul!», rief sie. «Mein Mann! O Gott!» Und gleich darauf sank sie bewusstlos vornüber zu Boden.

Sofort war Poirot bei ihr, hob ihr Augenlid, fühlte ihren Puls. Als er sich davon überzeugt hatte, dass sie wirklich ohnmächtig war, trat er beiseite. Er packte mich am Arm.

«Ich bin ein Trottel, lieber Freund. Wenn jemals in der Stimme einer Frau Liebe und Trauer gelegen haben, dann hier. Meine kleine Idee war ganz und gar falsch. *Eh bien!* Ich muss von vorn anfangen.»

Sechstes Kapitel

Der Tatort

Der Arzt und M. Hautet trugen die Bewusstlose zurück ins Haus. Der Kommissar schaute ihnen hinterher und schüttelte den Kopf.

«*Pauvre femme*», murmelte er. «Das war ein zu großer Schock für sie. Nun ja, dagegen sind wir machtlos. Also, Monsieur Poirot, wollen wir jetzt den Tatort aufsuchen?»

«Ich bitte darum, Monsieur Bex.»

Wir durchquerten das Haus und verließen es durch den Haupteingang. Poirot schaute im Vorbeigehen die Treppe hinauf und schüttelte unwillig den Kopf.

«Ich kann einfach nicht begreifen, dass die Dienstbotinnen nichts gehört haben. Wenn drei Menschen die Treppe hinuntergehen, müsste es doch eigentlich so laut knarren, dass es Tote erweckt.»

«Es war mitten in der Nacht, vergessen Sie das nicht. Sie haben sicher alle tief und fest geschlafen.»

Doch Poirot schüttelte weiter den Kopf, offenbar konnte er sich mit dieser Erklärung nicht ganz zufrieden geben. Mitten auf der Auffahrt blieb er stehen und drehte sich zum Haus um.

«Warum haben sie es überhaupt an der Haustür versucht? Es war doch wirklich äußerst unwahrscheinlich, dass sie offen stand. Man sollte meinen, dass sie gleich versucht hätten, ein Fenster zu öffnen.»

«Aber alle Fenster im Erdgeschoss sind mit eisernen Läden verschlossen», warf der Kommissar ein.

Poirot zeigte auf ein Fenster im ersten Stock.

«Das ist das Fenster des Schlafzimmers, in dem wir eben waren, nicht wahr? Und sehen Sie – dort steht ein Baum, den man wirklich ohne Schwierigkeiten besteigen könnte.»

«Schon möglich», gab der andere zu. «Aber dann hätten sie im Blumenbeet Fußspuren hinterlassen.»

Dieser Einwand war berechtigt, wie ich nun sah. Zu beiden Seiten der Treppe, die zur Haustür führte, war ein großes, ovales Beet mit roten Geranien angelegt. Der fragliche Baum wurzelte in einem der Beete, und man kam unmöglich an ihn heran, ohne ins Beet zu treten.

«Sehen Sie», fuhr der Kommissar fort, «bei dem trockenen Wetter konnte es auf der Einfahrt oder den Wegen keine Fußspuren geben, aber bei dem weichen Humusboden des Beetes hätte die Sache gleich anders ausgesehen.»

Poirot trat an das Beet heran und betrachtete es aufmerksam. Wie Bex gesagt hatte – der Boden war ganz glatt. Nirgends war auch nur eine Delle zu entdecken.

Poirot nickte, scheinbar überzeugt, und wir wollten schon gehen, doch dann stürzte er plötzlich los und untersuchte das Beet auf der anderen Seite.

«Monsieur Bex!», rief er. «Sehen Sie hier! Hier wimmelt es nur so von Fußspuren!»

Der Kommissar trat neben ihn – und lächelte.

«Mein lieber Monsieur Poirot, das sind zweifellos Spuren, die der Gärtner mit seinen klobigen, genagelten Stiefeln hinterlassen hat. Und sie sind auf keinen Fall von Bedeutung, denn auf dieser Seite gibt es keinen Baum und folglich auch keinen Zugang zum ersten Stock.»

«Stimmt», sagte Poirot kleinlaut. «Sie halten diese Fußspuren also für unwichtig?»

«Für ganz und gar unwichtig, ja.»

Worauf Poirot zu meiner Überraschung Folgendes sagte: «Ich bin da anderer Meinung. Ich habe die vage Vorstellung, dass diese Fußstapfen unsere wichtigste Entdeckung in diesem Fall sind.»

M. Bex zuckte schweigend mit den Schultern. Er war viel zu höflich, um seine wahre Ansicht vorzubringen.

«Gehen wir weiter?», fragte er stattdessen.

«Sicher. Ich kann mich auch später noch mit diesen Spuren befassen», sagte Poirot fröhlich.

Statt die Auffahrt hinunter zum Tor zu gehen, schlug M. Bex einen Pfad ein, der in rechtem Winkel abbog. Er führte über eine kleine Böschung auf die rechte Seite des Hauses. Links und rechts des Pfades wuchsen Sträucher. Unvermittelt öffnete er sich zu einer kleinen Lichtung mit Blick auf die See. Hier standen eine Bank und, nicht weit von dieser entfernt, ein recht baufälliger Schuppen. Einige Schritte weiter markierte eine gerade Linie aus kleinen Büschen die Grenze des Grundstücks. M. Bex zwängte sich durch die Büsche hindurch, und wir erreichten eine weite, offene Wiesenfläche. Ich schaute mich um und sah etwas, was mich wirklich überraschte.

«Das ist ja ein Golfplatz!», rief ich.

Bex nickte. «Die Anlage ist noch nicht vollendet», erklärte er. «Von der Planung her soll sie irgendwann im nächsten Monat eröffnet werden. Einige der Arbeiter haben heute Morgen den Leichnam entdeckt.»

Ich schnappte nach Luft. Zu meiner Linken, wo ich noch gar nicht hingeschaut hatte, befand sich eine lange, schmale Grube, in der mit dem Gesicht nach unten ein Mann lag! Für einen Moment setzte mein Herz aus, und mir kam die schreckliche Vorstellung, die Tragödie könne sich wiederholt haben.

Doch der Kommissar befreite mich von dieser Illusion, indem er vortrat und verärgert ausrief: «Was treiben meine Leute eigentlich die ganze Zeit? Sie wissen genau, dass niemand ohne amtliche Befugnis in die Nähe des Tatorts darf.»

Der Mann in der Grube schaute sich um.

«Aber ich habe eine amtliche Befugnis», erklärte er und erhob sich langsam.

«Mein lieber Monsieur Giraud», rief der Kommissar. «Ich wusste nicht einmal, dass Sie bereits eingetroffen sind. Der Untersuchungsrichter erwartet Sie schon voller Ungeduld.»

Ich musterte den Neuankömmling derweil mit großer Neugier. Der berühmte Detektiv von der Pariser Sûreté war mir vom Namen her bekannt, und ich fand es sehr interessant, ihn nun leibhaftig vor mir zu sehen. Er war sehr groß, vielleicht dreißig Jahre alt, Haare und Schnurrbart waren kastanienbraun, und er behielt eine militärische Haltung bei. Sein Auftreten war von einer gewissen Arroganz, was zeigte, dass er sich seiner Bedeutung durchaus bewusst war. Bex stellte uns vor und bezeichnete Poirot als Kollegen. Die Augen des Detektivs leuchteten interessiert auf.

«Ich kenne Ihren Namen, Monsieur Poirot», sagte er. «Sie haben in den alten Zeiten sehr viel geleistet, nicht wahr? Aber die Methoden haben sich seither erheblich verändert.»

«Die Verbrechen dagegen sind so ungefähr die gleichen», erwiderte Poirot freundlich.

Ich erkannte sofort, dass Giraud zur Feindseligkeit neigte. Es ärgerte ihn, dass der andere mit ihm gleichgesetzt wurde, und ich vermutete, dass er wichtige Spuren, die er vielleicht fand, für sich behalten würde.

«Der Untersuchungsrichter», sagte Bex noch einmal.

Doch Giraud fiel ihm grob ins Wort. «Ich pfeife auf den Untersuchungsrichter. Wichtig ist im Moment das Licht. In einer halben Stunde wird es dunkel. Ich weiß alles über diesen

Fall, und mit den Hausbewohnern kann ich auch morgen noch sprechen; wenn wir einen Hinweis auf die Mörder finden wollen, dann müssen wir hier danach suchen. Haben Ihre Polizisten den Boden derart zertrampelt? Ich dachte, sie hätten sich das inzwischen abgewöhnt.»

«Natürlich haben sie das. Die Spuren, über die Sie sich beschweren, stammen von den Arbeitern, die den Leichnam entdeckt haben.»

Der andere grunzte missmutig.

«Ich sehe, an welcher Stelle die drei durch die Hecke gekommen sind – aber sie waren gerissen. Sie können die mittleren Fußabdrücke als die von Monsieur Renauld erkennen, aber die Spuren links und rechts davon sind sorgfältig verwischt worden. Nicht, dass auf diesem harten Boden wirklich viel zu sehen gewesen wäre, aber sie wollten kein Risiko eingehen.»

«Das äußere Zeichen», sagte Poirot. «Das suchen Sie doch, was?»

Der andere Detektiv starrte ihn an.

«Natürlich.»

Poirots Lippen verzogen sich zu einem sehr feinen Lächeln. Er schien etwas sagen zu wollen, riss sich dann aber zusammen und bückte sich stattdessen nach einem Spaten.

«Damit ist das Grab ausgehoben worden», sagte Giraud. «Aber das wird Ihnen auch nicht weiterhelfen. Der Spaten hat Renauld gehört, und der Gräber trug Handschuhe. Hier sind sie.» Mit dem Fuß zeigte er auf zwei erdverschmierte Handschuhe. «Und auch die gehören Renauld – oder zumindest seinem Gärtner. Ich sage Ihnen doch, die Männer, die dieses Verbrechen begangen haben, sind keinerlei Risiko eingegangen. Der Mann wurde mit seinem eigenen Messer erstochen und sollte mit seinem eigenen Spaten begraben werden. Sie wollten keine Spuren hinterlassen! Aber ich werde sie besiegen! *Irgendetwas* wird immer übersehen. Und ich werde es finden!»

Doch Poirot schien sich jetzt für etwas anderes zu interessieren, für ein kurzes, verfärbtes Stück Bleirohr, das neben dem Spaten lag. Vorsichtig tippte er es mit dem Finger an.

«Und gehört auch dieses Teil dem Ermordeten?», fragte er, und ich glaubte, in seinem Tonfall eine subtile Ironie wahrzunehmen.

Giraud zuckte die Achseln, um kundzutun, dass er das nicht wisse und dass es ihm auch egal sei.

«Das kann doch schon wochenlang hier herumliegen. Und für mich ist es wirklich nicht interessant.»

«Mich dagegen interessiert es sehr», sagte Poirot freundlich.

Ich nahm an, dass er den Pariser Detektiv einfach nur ärgern wollte, und falls das so war, dann hatte er Erfolg. Giraud wandte sich ab, erklärte, er habe keine Zeit zu verlieren, bückte sich und suchte weiter akribisch den Boden ab.

Poirot, dem plötzlich eine Idee gekommen zu sein schien, lief auf das Renauld'sche Grundstück zurück und versuchte, die Tür des kleinen Schuppens zu öffnen.

«Die ist abgeschlossen», sagte Giraud über die Schulter. «Aber da bewahrt der Gärtner ohnehin nur seinen alten Kram auf. Der Spaten stammt nicht von dort, sondern aus dem Werkzeugschuppen beim Haus.»

«Großartig», murmelte M. Bex mir enthusiastisch zu. «Er ist erst eine halbe Stunde hier und weiß doch schon alles. Was für ein Mann! Zweifellos ist Giraud der größte Detektiv unserer Zeit!»

Obwohl ich Giraud inzwischen zutiefst verabscheute, war ich insgeheim doch beeindruckt. Er strahlte ganz einfach Effektivität aus. Auch konnte ich mir nicht verhehlen, dass Poirot sich bisher nicht gerade ausgezeichnet hatte, und das ärgerte mich. Er schien seine Aufmerksamkeit allen möglichen

Kindereien zu widmen, die mit dem Fall nichts zu tun hatten. Und da fragte er auch schon: «Monsieur Bex, sagen Sie bitte, was bedeutet diese weiß getünchte Linie, die das Grab umgibt? Haben Ihre Leute sie dort angebracht?»

«Nein, Monsieur Poirot. Das hat mit dem Golfgelände zu tun. Die Linie zeigt, dass hier ein so genannter Bunker angelegt werden soll.»

«Ein Bunker?» Poirot drehte sich zu mir um. «Das ist ein ungleichmäßiges Loch, das mit Sand gefüllt wird und das auf einer Seite von einem Erdwall geschützt ist, nicht wahr?»

Ich bejahte.

«Monsieur Renauld hat zweifellos selber Golf gespielt?»

«Ja, er war ein eifriger Golfspieler. Diese Anlage ist vor allem ihm und seinen großzügigen Zuschüssen zu verdanken. Er hat sich sogar am Entwurf des Geländes beteiligt.»

Poirot nickte nachdenklich. Dann sagte er: «Es war keine sehr gute Entscheidung – als Grab für den Leichnam, meine ich? Bei den weiteren Grabungsarbeiten wäre doch alles herausgekommen.»

«Genau», rief Giraud triumphierend. «Und das beweist, dass wir es mit Ortsfremden zu tun haben. Ein hervorragendes Beispiel für ein indirektes Indiz.»

«Ja», sagte Poirot zweifelnd. «Niemand, der Bescheid weiß, würde hier einen Leichnam vergraben – es sei denn, der Leichnam soll entdeckt werden. Und das wäre absurd, nicht wahr?»

Giraud ließ sich nicht einmal zu einer Antwort herab.

«Ja», fügte Poirot ziemlich unzufrieden hinzu. «Ja – zweifellos – absurd.»

Siebtes Kapitel

Die mysteriöse Madame Daubreuil

Als wir zum Haus zurückkehrten, musste M. Bex sich zu seinem Bedauern von uns verabschieden; er wollte den Untersuchungsrichter sogleich über Girauds Eintreffen informieren. Giraud selbst hatte sich sehr gefreut, als Poirot behauptete, alles Nötige gesehen zu haben. Als wir den Tatort verließen, kroch Giraud auf allen Vieren umher, und ich musste sein sorgfältiges Vorgehen einfach bewundern.

Poirot erriet meine Gedanken. Kaum waren wir allein, bemerkte er auch schon ironisch: «Endlich haben Sie den Detektiv gesehen, den Sie so bewundern – den menschlichen Jagdhund. Oder stimmt das nicht, mein Freund?»

«Jedenfalls unternimmt er etwas», erwiderte ich schroff. «Wenn es dort etwas gibt, dann wird er es finden. Sie dagegen...»

«*Eh bien!* Auch ich habe etwas gefunden. Ein Stück Bleirohr.»

«Unsinn, Poirot. Sie wissen ganz genau, dass das nichts mit dem Fall zu tun hat. Ich rede von Kleinigkeiten – von Spuren, die uns zu den Mördern führen müssen.»

«*Mon ami,* eine zwei Fuß lange Spur ist ebenso wertvoll wie eine von zwei Millimetern. Aber Sie halten sich an die romantische Vorstellung, alle wichtigen Hinweise müssten winzig klein sein. Und dass dieses Stück Bleirohr nichts mit dem Verbrechen zu tun hat, behaupten Sie nur, weil Giraud Ihnen das eingeredet hat. Nein» – ich wollte eine Frage einwerfen – «genug davon. Lassen Sie Giraud seine Suche und mir meine Überlegungen. Der Fall scheint ganz einfach zu sein, und doch – und doch, *mon ami,* ich bin nicht zufrieden. Und wissen Sie, warum nicht? Wegen der Uhr, die zwei Stunden vorgeht. Und es gibt noch andere kleine Details, die nicht ins Bild passen. Zum Beispiel, wenn die Mörder sich rächen wollten, warum haben sie Renauld nicht einfach im Schlaf erstochen und es dabei bewenden lassen?»

«Es ging ihnen um das ‹Geheimnis›», erinnerte ich ihn.

Poirot wischte sich mit unwirscher Miene ein Staubkorn vom Ärmel.

«Und, wo ist dieses ‹Geheimnis›? Vermutlich in einiger Entfernung, er sollte sich schließlich anziehen. Und doch wird er in nächster Nähe ermordet aufgefunden, fast in Hörweite des Hauses. Noch dazu ist es der pure Zufall, dass eine Waffe wie dieses Messer einfach so griffbereit herumliegt.» Er verstummte, runzelte die Stirn und fügte dann hinzu: «Warum haben die Dienstmädchen nichts gehört? Sind sie betäubt worden? Gibt es einen Komplizen, und hat dieser Komplize die Tür geöffnet? Ich frage mich, ob...»

Unvermittelt verstummte er. Wir hatten die Auffahrt zum Haus erreicht. Plötzlich drehte er sich zu mir um.

«Mein Freund, ich werde Sie überraschen – und Sie werden sich freuen. Ich habe mir Ihre Vorwürfe zu Herzen genommen. Wir werden uns Fußspuren ansehen.»

«Wo denn?»

«In dem Beet dort hinten rechts. Monsieur Bex hält sie für die Fußspuren des Gärtners. Das werden wir jetzt überprüfen. Sehen Sie, da kommt er schon mit seiner Schubkarre.»

Wirklich überquerte ein älterer Mann mit einer Karrenladung Sämlinge die Auffahrt. Poirot sprach ihn an, und der Mann ließ seine Karre los und kam auf uns zugehumpelt.

«Wollen Sie ihn um einen Stiefel bitten, um die Fußspuren zu vergleichen?», fragte ich atemlos. Mein Glaube an Poirot lebte ein wenig auf. Wenn er die Fußspuren im rechten Beet für wichtig hielt, waren sie das wohl auch.

«Genau», sagte Poirot.

«Aber wird er sich nicht darüber wundern?»

«Er wird nicht weiter darüber nachdenken.»

Mehr konnten wir nicht sagen, denn nun hatte der alte Mann uns erreicht.

«Kann ich etwas für Sie tun, Monsieur?»

«Ja. Sie arbeiten schon recht lange hier, nicht wahr?»

«Seit vierundzwanzig Jahren, Monsieur.»

«Und Sie heißen…»

«Auguste, Monsieur.»

«Ich habe eben diese wunderschönen Geranien bewundert. Sie sind einfach hinreißend. Stehen sie schon lange hier?»

«Schon einige Zeit, Monsieur. Aber wenn alles schön aussehen soll, muss man natürlich immer einige neue Pflanzen setzen und die verbrauchten wegnehmen, und natürlich muss man auch die welken Blüten entfernen.»

«Sie haben gestern einige neue Pflanzen gesetzt, stimmt's? Die dort in der Mitte und auch ein paar im anderen Beet.»

«Monsieur hat scharfe Augen. Sie brauchen immer ein oder zwei Tage, um sich einzugewöhnen. Doch, ich habe gestern Abend in jedes Beet zehn neue Pflanzen gesetzt. Wie Monsieur sicher weiß, sollte man das nicht bei greller Sonne tun.» Auguste war entzückt über Poirots Interesse und neigte deshalb zur Geschwätzigkeit.

«Das hier ist ein wunderschönes Exemplar.» Poirot zeigte auf eine Pflanze. «Könnte ich da vielleicht einen Ableger haben?»

«Aber natürlich, Monsieur.» Der alte Gärtner trat ins Beet und schnitt vorsichtig einen Zweig von der Pflanze ab, die Poirot so sehr bewundert hatte.

Poirot bedankte sich überschwänglich, und Auguste kehrte zu seiner Schubkarre zurück.

«Sehen Sie?», sagte Poirot lächelnd, während er sich über das Beet beugte und die Vertiefung musterte, die der genagelte Stiefel des Gärtners hinterlassen hatte. «Es ist ganz einfach.»

«Ich wusste ja nicht...»

«Dass der Fuß im Stiefel sein würde? Sie nutzen Ihre hervorragenden geistigen Fähigkeiten nicht gut genug. Nun, was sagen Sie zu dieser Spur?»

Ich sah mir das Beet genau an.

«Alle Fußspuren in diesem Beet stammen vom selben Stiefel», sagte ich nach langem Überlegen.

«Meinen Sie? *Eh bien.* Ich stimme Ihnen zu», sagte Poirot.

Doch das klang sehr gleichgültig, so, als denke er an etwas anderes.

«Auf jeden Fall», meinte ich, «werden Sie jetzt einen Floh weniger im Ohr haben.»

«Mon Dieu! Was für ein Ausdruck! Was bedeutet er?»

«Ich wollte sagen, dass Sie diese Fußstapfen jetzt vergessen können.»

Doch zu meiner Überraschung schüttelte Poirot den Kopf.

«Nein, nein, *mon ami.* Endlich bin ich auf der richtigen Spur. Ich tappe noch im Dunkeln, doch diese Spuren sind, wie ich bereits Monsieur Bex gegenüber angedeutet habe, unsere wichtigsten und interessantesten Entdeckungen in diesem Fall. Armer Giraud – es würde mich nicht weiter überraschen, wenn er gar nicht auf sie achtete.»

In diesem Moment ging die Haustür auf, und M. Hautet und der Kommissar kamen die Treppe herunter.

«Ah, Monsieur Poirot, wir wollten Sie gerade suchen», sagte der Untersuchungsrichter. «Es wird spät, aber ich möchte noch bei Madame Daubreuil vorbeischauen. Zweifellos wird Monsieur Renaulds Tod ihr arg zusetzen, und vielleicht kann sie uns einen Hinweis geben. Das Geheimnis, das er seiner Frau nicht anvertrauen mochte, kann er doch der Frau erzählt haben, deren Liebe er verfallen war. Wir kennen ja die schwachen Stellen unserer Samsons, nicht wahr?»

Wir schwiegen, schlossen uns aber an. Poirot ging neben dem Ermittler her, der Kommissar und ich folgten mit einigen Schritten Abstand.

«Zweifellos ist François' Geschichte im Grunde richtig», sagte er in vertraulichem Tonfall. «Ich habe mit dem Hauptquartier telefoniert. Offenbar hat Madame Daubreuil während der letzten sechs Wochen – also seit Monsieur Renaulds Eintreffen in Merlinville – dreimal beträchtliche Summen auf ihr Bankkonto eingezahlt. Insgesamt ergibt das einen Betrag von zweihunderttausend Franc.»

«Du meine Güte», ich rechnete, «das müssen doch an die viertausend Pfund sein.»

«Genau. Doch, wir können davon ausgehen, dass er ihr zutiefst verfallen war. Aber vor allem müssen wir erst feststellen, ob er ihr sein Geheimnis anvertraut hat. Der Untersuchungsrichter macht sich da große Hoffnungen, aber ich bin nicht seiner Ansicht.»

Während dieses Gesprächs gingen wir auf die Abzweigung zu, wo unser Wagen am Nachmittag angehalten hatte, und gleich darauf erkannte ich, dass es sich bei der Villa Marguerite, dem Haus der mysteriösen Madame Daubreuil, um das kleine Haus handelte, aus dem das schöne Mädchen getreten war.

«Sie lebt schon seit vielen Jahren hier», sagte der Kommissar und nickte zu dem Haus hinüber. «Sehr ruhig, sehr unauffällig. Außer ihren neuen Bekannten in Merlinville scheint sie keine Freunde oder Verwandten zu haben. Ihre Vergangenheit oder ihren Mann erwähnt sie nie. Es ist nicht einmal bekannt, ob er tot ist oder noch lebt. Ein Geheimnis umgibt diese Frau, wenn Sie verstehen.»

Ich nickte mit wachsendem Interesse.

«Und – die Tochter?», fragte ich vorsichtig.

«Ein wirklich schönes junges Mädchen – bescheiden, fromm, ganz so, wie sie sein sollte. Sie muss uns Leid tun, denn sie weiß vielleicht nichts über die Vergangenheit, aber sollte ein Mann sie heiraten wollen, wird er zwangsläufig seine Erkundigungen einholen, und dann...» Der Kommissar zuckte die Achseln.

«Aber dafür kann sie doch nichts!», rief ich mit wachsender Empörung.

«Nein. Aber was wollen Sie? Ein Mann will doch wissen, woher seine Frau stammt.»

Inzwischen hatten wir das Haus erreicht, weshalb eine weitere Diskussion nicht möglich war. M. Hautet schellte. Einige Minuten verstrichen, dann hörten wir von drinnen Schritte, und die Tür wurde geöffnet. Auf der Schwelle stand meine junge Göttin vom Nachmittag. Als sie uns sah, wurde sie leichenblass und riss besorgt die Augen auf. Sie hatte Angst, das stand fest.

«Mademoiselle Daubreuil», sagte M. Hautet und nahm seinen Hut ab, «es tut uns unendlich Leid, Sie stören zu müssen, aber das Gesetz will es so, verstehen Sie? Richten Sie Ihrer Frau Mutter meine höflichsten Grüße aus und fragen Sie, ob ich sie wohl für einige Minuten sprechen dürfte.»

Das Mädchen rührte sich nicht. Sie presste eine Hand auf die Brust, wie um ihr plötzlich erregtes Herz zu beruhigen. Doch dann riss sie sich zusammen und sagte leise: «Ich werde sie sofort fragen. Bitte, treten Sie ein.»

Sie verschwand durch eine Tür auf der linken Seite der Diele, und wir hörten ihre leise Stimme.

Dann sagte eine andere Stimme mit ähnlichem Klang, aber etwas härterem Tonfall in der weichen Melodie: «Aber natürlich. Bitte sie herein.»

Und gleich darauf standen wir der mysteriösen Madame Daubreuil gegenüber.

Sie war viel kleiner als ihre Tochter, und die runden Kurven ihrer Figur hatten den Charme vollendeter Reife. Ihre Haare waren dunkel – wieder ein Unterschied zu ihrer Tochter – und wie bei einer Madonna in der Mitte gescheitelt. Ihre Augen, unter den schweren Lidern halb verborgen, waren blau. Sie war sehr gut erhalten, wenn auch nicht mehr jung, und ihre Attraktivität war von der Sorte, die mit dem Alter nichts zu tun hat.

«Sie möchten mich sprechen, Monsieur?», fragte sie.

«Ja, Madame.» M. Hautet räusperte sich. «Ich untersuche den Mord an Monsieur Renauld. Sie haben sicher davon gehört?»

Sie senkte wortlos den Kopf. Ihre Miene änderte sich nicht.

«Wir wollten Sie fragen, ob Sie – äh – in irgendeiner Weise Licht in die Umstände seines Todes bringen können.»

«Ich?» Ihr überraschter Tonfall war wirklich überzeugend.

«Ja, Madame. Wir haben Grund zu der Annahme, dass Sie den Verstorbenen abends in seiner Villa besucht haben. Trifft das zu?»

Die bleichen Wangen der Dame röteten sich, doch sie erwiderte ruhig: «Sie haben kein Recht, mir eine solche Frage zu stellen.»

«Madame, es geht um einen Mord.»

«Na und? Ich habe mit diesem Mord nichts zu tun.»

«Madame, das haben wir auch gar nicht behauptet. Aber Sie haben den Ermordeten gut gekannt. Hat er Ihnen je von irgendeiner Gefahr erzählt, die ihn bedrohte?»

«Nein, nie.»

«Hat er jemals sein Leben in Santiago erwähnt oder Feinde, die er aus dieser Zeit noch hatte?»

«Nein.»

«Sie können uns also gar nicht weiterhelfen?»

«Ich fürchte, nein. Ich verstehe auch gar nicht, warum Sie hergekommen sind. Kann seine Frau Ihnen diese Auskünfte nicht geben?» Jetzt lag ein Hauch von Ironie in ihrer Stimme.

«Madame Renauld hat uns alles gesagt, was sie weiß.»

«Ach», sagte Madame Daubreuil, «das wäre ja …»

«Das wäre ja was, Madame?»

«Ach, nichts.»

Der Untersuchungsrichter sah sie an. Er wusste, dass er hier ein Duell ausfocht, ein Duell mit einer gerissenen Gegnerin.

«Sie beharren also auf Ihrer Aussage, dass Monsieur Renauld Ihnen nichts anvertraut hat?»

«Warum meinen Sie, er hätte mir etwas anvertrauen mögen?»

«Weil, Madame», sagte M. Hautet bewusst brutal, «weil ein Mann seiner Geliebten erzählt, was er seiner Frau bisweilen verheimlicht.»

«Ah!» Sie machte einen Schritt auf ihn zu. Ihre Augen sprühten Feuer. «Monsieur, Sie beleidigen mich. Und das vor meiner Tochter. Ich kann Ihnen nichts sagen. Haben Sie die Güte, mein Haus zu verlassen.»

Die Dame hatte unleugbar den Sieg davongetragen. Wir verließen die Villa Marguerite wie eine Schar von geprügelten Hunden. Der Untersuchungsrichter schimpfte leise vor sich hin. Poirot schien in Gedanken versunken. Plötzlich fuhr er aus seiner Träumerei hoch und fragte M. Hautet, ob es in der Nähe ein gutes Hotel gebe.

«Auf dieser Seite gibt es ein kleines Lokal, das *Hôtel des Bains*. Vielleicht hundert Meter die Straße hinunter. Wie geschaffen für Ihre Ermittlungen. Wir sehen uns also morgen früh, nehme ich an?»

«Ja, danke, Monsieur Hautet.»

Nachdem wir noch einige Höflichkeiten ausgetauscht hatten, trennten wir uns; Poirot und ich gingen weiter in Richtung Merlinville, die anderen kehrten zur Villa Geneviève zurück.

«Das französische Polizeisystem ist wirklich großartig», sagte Poirot und schaute ihnen nach. «Es ist umwerfend, was sie über das Leben der Leute wissen, bis hin zum simpelsten Detail. Er hat kaum mehr als sechs Wochen hier gelebt, aber sie wissen schon alles über Monsieur Renaulds Vorlieben und Unternehmungen, und von einer Minute zur anderen können sie uns erzählen, welche Summen Madame Daubreuil in letzter Zeit auf ihr Bankkonto eingezahlt hat. Zweifellos führen sie ihre Dossiers auf absolut vorbildliche Weise. Doch was ist das?» Er fuhr herum.

Eine hutlose Gestalt kam uns nachgelaufen. Es war Marthe Daubreuil.

«Verzeihen Sie», rief sie atemlos, als sie bei uns anlangte. «Das – das ist nicht richtig von mir, das weiß ich. Sie dürfen es meiner Mutter nicht verraten. Aber stimmt es, was behauptet wird, dass Monsieur Renauld vor seinem Tod einen Detektiv um Hilfe gebeten hat – und dass Sie dieser Detektiv sind?»

«Ja, Mademoiselle», antwortete Poirot freundlich. «Das stimmt. Aber woher wissen Sie das?»

«Françoise hat es unserer Amélie erzählt», erklärte Marthe und wurde rot.

Poirot schnitt eine Grimasse.

«In solchen Fällen lässt sich einfach nichts geheim halten. Aber das ist ja auch egal. Nun, Mademoiselle, was kann ich für Sie tun?»

Die junge Frau zögerte. Ich hatte den Eindruck, dass sie sprechen wollte und sich doch davor fürchtete.

Endlich fragte sie, fast flüsternd: «Steht – steht jemand unter Verdacht?»

Poirot musterte sie forschend. Dann antwortete er ausweichend: «Es ist durchaus von einem Verdacht die Rede, Mademoiselle.»

«Ja, ich weiß, aber – gilt er einer bestimmten Person?»

«Warum wollen Sie das wissen?»

Diese Frage schien der jungen Frau Angst zu machen. Mir fiel ein, wie Poirot sie einige Stunden zuvor bezeichnet hatte. Das Mädchen mit den ängstlichen Augen.

«Monsieur Renauld war immer sehr nett zu mir», sagte sie endlich. «Da ist es doch nur natürlich, dass ich das wissen möchte.»

«Ich verstehe», sagte Poirot. «Nun, Mademoiselle, derzeit richtet der Verdacht sich auf zwei Personen.»

«Auf zwei?»

Ich hätte schwören können, dass in ihrer Stimme Überraschung und Erleichterung mitschwangen.

«Ihre Namen sind uns noch unbekannt, aber es scheint sich um Chilenen aus Santiago zu handeln. Und hier sehen Sie, Mademoiselle, dass es sich lohnt, jung und hübsch zu sein. Ich habe Ihnen ein amtliches Geheimnis verraten.»

Die junge Frau lachte auf und bedankte sich dann schüchtern bei ihm.

«Ich muss nach Hause. *Maman* vermisst mich sicher schon.»

Sie machte kehrt und rannte wie eine moderne Atalante die Straße hoch. Ich starrte ihr hinterher.

«*Mon ami*», sagte Poirot in seinem sanften, ironischen Ton. «Müssen wir die ganze Nacht hier stehen bleiben, nur weil Sie eine schöne junge Frau gesehen haben und jetzt ganz wirr im Kopf sind?»

Ich lachte und bat um Entschuldigung.

«Aber sie ist wirklich schön, Poirot. Sie können doch niemandem Vorwürfe machen, der überwältigt ist von ihr.»

Doch zu meiner Überraschung schüttelte Poirot sehr ernst den Kopf.

«Ah, *mon ami,* hängen Sie Ihr Herz nicht an Marthe Daubreuil. Sie ist nicht die Richtige für Sie. Lassen Sie sich das von Papa Poirot sagen!»

«Warum denn?», rief ich. «Der Kommissar hat doch gesagt, sie sei ebenso gut wie schön. Ein perfekter Engel!»

«Einige der größten Verbrecher, die ich gekannt habe, hatten wahre Engelsgesichter», sagte Poirot fröhlich. «Eine Missbildung der grauen Zellen kann durchaus mit einem Madonnengesicht einhergehen.»

«Poirot», rief ich entsetzt. «Sie wollen mir doch nicht erzählen, dass Sie dieses unschuldige Kind verdächtigen?»

«Ta-ta-ta! Regen Sie sich nicht so auf. Ich habe nicht gesagt, dass ich sie verdächtige. Aber Sie müssen doch zugeben, dass sie ein ungewöhnliches Interesse an diesem Fall zu haben scheint.»

«Dieses eine Mal sehe ich mehr als Sie», sagte ich. «Sie denkt dabei nicht an sich selbst – sondern an ihre Mutter.»

«Mein Freund», erwiderte Poirot, «wie zumeist sehen Sie gar nichts. Madame Daubreuil kommt sehr gut zurecht, ohne dass ihre Tochter sich Sorgen um sie macht. Ich gebe zu, ich wollte Sie ein wenig aufziehen, aber ich möchte mich trotzdem wiederholen: Hängen Sie Ihr Herz nicht an dieses Mädchen. Sie ist nicht die Richtige für Sie. Ich, Hercule Poirot, bin mir da sicher. *Sacré!* Wenn ich nur wüsste, woher ich ihr Gesicht kenne!»

«Wessen Gesicht?», fragte ich überrascht. «Das der Tochter?»

«Nein. Das der Mutter.»

Er sah, wie überrascht ich war, und nickte energisch.

«Doch, wirklich – das stimmt. Es ist lange her, damals war ich noch bei der belgischen Polizei. Ich habe diese Frau noch nie gesehen, aber ich kenne ihr Bild – aus dem Zusammenhang irgendeines Falls. Ich glaube fast...»

«Ja?»

«Ich kann mich irren, aber ich glaube fast, es handelte sich um einen Mord.»

Achtes Kapitel

Eine unerwartete Begegnung

Am nächsten Morgen begaben wir uns beizeiten zur Villa. Der Wachtposten am Tor versperrte uns diesmal nicht den Weg. Er grüßte uns respektvoll, und wir gingen weiter zum Haus. Die Zofe Léonie kam gerade die Treppe herunter und schien gegen eine kleine Plauderei nichts einzuwenden zu haben.

Poirot erkundigte sich nach Madame Renaulds Befinden.

«Sie ist ganz verzweifelt, die Arme. Sie will nichts essen – wirklich nichts. Und sie ist blass wie ein Geist. Es zerreißt mir das Herz, sie so zu sehen. Ach, ich würde einen Mann, der mich mit einer anderen hintergangen hat, nicht so tief betrauern.»

Poirot nickte verständnisvoll.

«Sie haben ja so Recht, aber was wollen Sie? Das Herz einer liebenden Frau verzeiht viele Schläge. Allerdings muss es doch während der letzten Wochen zwischen den beiden zu einigen Auseinandersetzungen gekommen sein?»

Wieder schüttelte Léonie den Kopf.

«Niemals, Monsieur. Ich habe von Madame nie ein Wort des Protests oder auch nur des Tadels gehört. Sie ist gut und sanft wie ein Engel – ganz anders als Monsieur.»

«Monsieur Renauld war nicht sanft wie ein Engel?»

«Im Gegenteil. Wenn er in Zorn geriet, dann bekam das

ganze Haus es mit. Als er sich mit Monsieur Jack gestritten hat – *ma foi!* Sie waren so laut, dass man sie wahrscheinlich noch auf dem Marktplatz hören konnte.»

«Ach», sagte Poirot. «Und wann hat dieser Streit stattgefunden?»

«Unmittelbar vor Monsieur Jacks Abreise nach Paris. Fast hätte er seinen Zug verpasst. Er kam aus der Bibliothek und schnappte sich seine Tasche, die in der Diele stand. Das Auto wurde gerade repariert, und er musste zum Bahnhof laufen. Ich war gerade im Salon beim Staubwischen, da kam er vorbei, sein Gesicht war weiß – wirklich weiß – und hatte zwei brennend rote Flecken. Ach, er war ja so wütend!»

Léonie schien ihre Geschichte sehr zu genießen.

«Und worum ging es bei diesem Streit?»

«Ach, das weiß ich nicht», gestand Léonie. «Sie haben zwar geschrien, aber ihre Stimmen waren so schrill, und sie haben so schnell geredet, dass man sehr gut hätte Englisch sprechen müssen, um sie verstehen zu können. Monsieur war jedenfalls für den Rest des Tages die wandelnde Gewitterwolke. Er war mit nichts zufrieden.»

Das Geräusch einer Tür, die oben im Haus geschlossen wurde, brachte Léonies Redefluss zum Versiegen.

«Françoise wartet auf mich», rief sie; offenbar waren ihr ihre Pflichten unliebsam bewusst geworden. «Diese Alte, immer hackt sie auf mir herum.»

«Einen Moment noch, Mademoiselle. Wo steckt der Untersuchungsrichter?»

«Die anderen sind in der Garage und sehen sich das Auto an. Der Herr Kommissar meint, es ist vielleicht in der Mordnacht benutzt worden.»

«*Quelle idée*», murmelte Poirot, als das Dienstmädchen verschwand.

«Gehen Sie zu den anderen?»

«Nein, ich werde sie im Salon erwarten. Dort ist es kühl an diesem heißen Morgen.»

Seine Gelassenheit gefiel mir überhaupt nicht.

«Wenn es Ihnen nichts ausmacht», sagte ich und verstummte.

«Kein bisschen. Sie wollen sich selbst ein wenig umsehen, nicht wahr?»

«Nun ja, ich würde gern sehen, was Giraud derzeit unternimmt, falls er in der Nähe ist.»

«Der menschliche Jagdhund», murmelte Poirot, ließ sich in einen bequemen Sessel sinken und schloss die Augen. «Natürlich, mein Freund. *Au revoir.*»

Ich schlenderte zur Haustür. Es war wirklich heiß. Ich folgte zunächst demselben Weg wie am Vortag. Ich wollte mir den Tatort in aller Ruhe ansehen. Allerdings ging ich doch nicht geradewegs dorthin, sondern schlug mich in die Büsche und erreichte den Golfplatz an die hundert Meter weiter rechts. Die Sträucher standen hier viel dichter, und ich musste mich regelrecht hindurchkämpfen. Als ich endlich ins Freie trat, geschah das so unerwartet und mit solcher Wucht, dass ich mit einer jungen Dame zusammenstieß, die der Vegetation den Rücken gekehrt hatte.

Sie stieß einen unterdrückten Schrei aus, was ja nicht weiter verwunderlich war, doch auch ich konnte mir einen überraschten Ausruf nicht verkneifen. Denn vor mir stand Cinderella, meine Freundin aus der Eisenbahn.

Das Erstaunen beruhte auf Gegenseitigkeit.

«Sie!», riefen wir wie aus einem Munde.

Die junge Dame fasste sich als Erste.

«Bei meiner einzigen Tante!», rief sie. «Was machen Sie denn hier?»

«Und was ist mit Ihnen?», gab ich zurück.

«Bei unserer letzten Begegnung, vorgestern nämlich, sind

Sie gerade wie ein braver kleiner Junge nach England zurückgetrottet.»

«Bei unserer letzten Begegnung», sagte ich, «sind Sie wie ein braves kleines Mädchen zu Ihrer Schwester zurückgetrottet. Ach übrigens, wie geht es Ihrer Schwester eigentlich?»

Ich wurde mit einem Blitzen weißer Zähne belohnt.

«Wie lieb, dass Sie fragen. Meiner Schwester geht es gut.»

«Und ist sie auch hier?»

«Sie ist in der Stadt geblieben», erklärte die Range würdevoll.

«Ich glaube nicht, dass Sie eine Schwester haben», sagte ich lachend. «Und wenn doch, dann heißt sie Harris.»

«Wissen Sie noch, wie ich heiße?», fragte sie lächelnd.

«Cinderella. Aber jetzt werden Sie mir Ihren richtigen Namen verraten, nicht wahr?»

Mit verruchtem Blick schüttelte sie den Kopf.

«Und auch nicht, warum Sie hier sind?»

«Ach, das! Sie wissen doch sicher, dass Leute in meiner Branche manchmal Ruhepausen einlegen müssen.»

«In teuren französischen Badeorten?»

«Spottbillig, wenn Sie sich auskennen.»

Ich blickte sie forschend an.

«Aber vor zwei Tagen wollten Sie noch nicht herkommen.»

«Wir alle erleben gewisse Enttäuschungen», sagte Miss Cinderella salbungsvoll. «Und jetzt habe ich Ihnen fast schon mehr erzählt, als gut für Sie ist. Kleine Knaben sollten nicht so neugierig sein. Und Sie haben mir noch immer nicht verraten, was Sie hergeführt hat.»

«Wissen Sie noch, dass ich von meinem Freund erzählt habe, dem großen Detektiv?»

«Ja?»

«Und vielleicht haben Sie von dem Verbrechen gehört – in der Villa Geneviève?»

Sie starrte mich an. Ihre Brust hob und senkte sich, und sie machte große Augen.

«Sie wollen doch nicht sagen – dass Sie damit zu tun haben?»

Ich nickte. Zweifellos hatte ich eine Menge Punkte erzielt. Die Bewegung, mit der sich mich ansah, war einfach zu deutlich. Sie starrte mich einige Sekunden schweigend an. Dann nickte sie energisch.

«Na, wenn das nicht dem Fass die Krone ins Gesicht schlägt! Nehmen Sie mich ins Schlepptau. Ich möchte den ganzen Schrecken sehen.»

«Wie meinen Sie das?»

«Wie ich es sage. Gott segne Sie, Junge, wissen Sie denn nicht mehr, dass ich für Verbrechen schwärme? Ich schnüffele hier schon seit Stunden herum. Wie gut, dass ich Sie getroffen habe. Kommen Sie, zeigen Sie mir alle Sensationen!»

«Aber hören Sie – Moment mal – das geht nicht! Niemand hat Zutritt. Die Polizei ist da schrecklich streng.»

«Aber sind diese hohen Tiere nicht Ihre dicken Freunde?»

Ich gab meine wichtige Pose nur äußerst ungern auf.

«Warum ist Ihnen das so wichtig?», fragte ich kleinlaut. «Und was genau wollen Sie sehen?»

«Ach, einfach alles. Den Tatort, die Waffe, die Leiche, Fingerabdrücke und überhaupt alles, was interessant ist. Ich bin noch nie so dicht an einen Mord herangekommen. Ich werde mein Leben lang davon zehren.»

Angeekelt wandte ich mich ab. Was war nur mit den modernen Frauen los? Von der makabren Neugier dieses Mädchens wurde mir übel.

«Kommen Sie schon runter von Ihrem hohen Ross», sagte die Dame plötzlich. «Und tun Sie nicht so hochgestochen. Als Sie hergebeten wurden, haben Sie da vielleicht die Nase hochgereckt und behauptet, das sei eine unappetitliche Sache, mit der Sie nichts zu tun haben wollten?»

«Nein, aber...»

«Wenn Sie hier Ferien machten, würden Sie dann nicht ebenso herumschnüffeln wie ich? Natürlich würden Sie.»

«Ich bin ein Mann. Sie sind eine Frau.»

«Für Sie ist eine Frau ein Wesen, das schreiend auf einen Stuhl springt, wenn es eine Maus sieht. Das ist doch graue Vorzeit. Aber Sie werden mich herumführen, nicht wahr? Verstehen Sie, das kann für mich sehr wichtig sein.»

«Wieso das?»

«Die Presse hat keinen Zutritt. Ich könnte vielleicht mit einer Zeitung ein gutes Geschäft machen. Wir haben doch keine Ahnung, wie viel da für ein paar vertrauliche Informationen gezahlt wird.»

Ich zögerte. Ihre kleine weiche Hand stahl sich in meine.

«Bitte – seien Sie ein lieber Junge!»

Ich gab auf. Insgeheim wusste ich, dass ich meinen Auftritt als Fremdenführer durchaus genießen würde.

Als Erstes gingen wir zu der Stelle, an der der Leichnam gefunden worden war. Ein Polizist hielt dort Wache und salutierte respektvoll; er kannte mich vom Sehen und stellte keine Fragen, was meine Begleiterin betraf. Vermutlich ging er davon aus, dass ich für sie bürgen konnte. Ich erklärte Cinderella, wie der Tote entdeckt worden war, sie hörte interessiert zu und stellte hin und wieder eine intelligente Frage. Dann gingen wir in Richtung Villa. Ich verhielt mich sehr vorsichtig, denn ich wäre ehrlich gesagt lieber niemandem begegnet. Ich führte Cinderella zwischen den Sträuchern hindurch und zu dem kleinen Schuppen auf der Rückseite des Hauses. Mir war eingefallen, dass M. Bex am Vorabend die Tür abgeschlossen und dann den Schlüssel bei Marchaud, dem *sergent de ville,* deponiert hatte. «Falls Monsieur Giraud ihn brauchen sollte, während wir oben sind.» Ich hielt es für sehr wahrscheinlich, dass der Detektiv von der Sûreté den Schlüssel Marchaud später zurückgegeben hatte. Also bat ich Cinderella, außer Sichtweite hinter einem Busch zu warten, und ging ins Haus. Marchaud war vor der Tür zum Salon postiert. Aus dem Salon waren leise Stimmen zu hören.

«Monsieur wünscht, mit Monsieur Hautet zu sprechen? Er ist im Salon. Er wollte Françoise noch einige Fragen stellen.»

«Nein», sagte ich rasch. «Ich suche nicht Monsieur Hautet, sondern den Schlüssel für den Schuppen hinter dem Haus, falls das nicht gegen die Vorschriften ist.»

«Natürlich nicht, Monsieur.» Er zog den Schlüssel hervor. «Hier ist er. Monsieur Hautet hat angeordnet, dass wir alle Ihre Anweisungen zu befolgen haben. Ich muss Sie nur bitten, mir den Schlüssel zurückzubringen, wenn Sie draußen fertig sind, das ist alles.»

«Natürlich.»

Die Erkenntnis, dass ich zumindest in Marchauds Augen ebenso bedeutend war wie Poirot, flößte mir wirklich ein Gefühl der Befriedigung ein. Cinderella wartete auf mich. Sie schrie begeistert auf, als sie den Schlüssel in meiner Hand sah.

«Sie haben ihn also?»

«Natürlich», erwiderte ich lässig. «Aber Sie müssen trotzdem wissen, dass ich hier aufs Gröbste gegen die Vorschriften verstoße.»

«Sie sind einfach ein Schatz, und das werde ich nicht vergessen. Kommen Sie. Wir sind doch vom Haus aus nicht zu sehen, oder?»

«Moment noch.» Sie wollte losstürmen, doch ich hielt sie zurück. «Wenn Sie da wirklich hineingehen wollen, werde ich Sie nicht daran hindern. Aber wollen Sie das? Sie haben das Grab und den Tatort gesehen, und ich habe Ihnen alle Einzelheiten erzählt. Reicht Ihnen das nicht? Es wird schrecklich sein – sehr unangenehm.»

Einen Moment lang musterte sie mich mit einem Ausdruck, den ich nicht deuten konnte. Dann lachte sie.

«Horror finde ich toll», sagte sie. «Also los.»

Schweigend gingen wir zur Schuppentür. Ich schloss auf, und wir gingen hinein. Ich stieg über den Leichnam hinweg und entfernte vorsichtig das Laken, wie Bex es am Vortag vorgeführt hatte. Cinderella keuchte leise auf, und ich fuhr herum und sah sie an. Aus ihrem Gesicht sprach jetzt Entsetzen, und ihre fröhliche Stimmung war ganz und gar verflogen. Sie hatte nicht auf mich hören wollen, und nun rächte sich diese Missachtung meiner Ratschläge. Ich empfand nicht das geringste Mitleid mit ihr. Jetzt wollte ich ihr nichts mehr ersparen. Behutsam drehte ich den Leichnam um.

«Sehen Sie», sagte ich. «Die tödliche Wunde sitzt im Rücken.»

Ihre Stimme war fast nicht zu hören.

«Womit ist er erstochen worden?»

Ich nickte zum Glaskrug hinüber.

«Mit diesem Messer.»

Plötzlich schwankte meine Begleiterin und dann sank sie in sich zusammen. Ich war sofort bei ihr, um ihr zu helfen.

«Es geht Ihnen nicht gut. Kommen Sie, fort von hier. Das war zu viel für Sie.»

«Wasser», murmelte sie. «Schnell. Wasser.»

Ich ließ sie liegen und rannte zum Haus. Zum Glück war keine der Dienstbotinnen zu sehen, sodass ich mir ein Glas Wasser sichern und aus einem Flachmann einige Tropfen Cognac hinzugeben konnte. Wenige Minuten später stand ich wieder im Schuppen. Cinderella lag noch genauso da, wie ich sie zurückgelassen hatte, doch einige Schlucke Wasser mit Cognac belebten sie auf wundersame Weise.

«Bringen Sie mich fort von hier – bitte, schnell, schnell», rief sie verängstigt.

Ich fasste sie am Arm und führte sie ins Freie, und sie zog die Tür hinter sich zu. Dann holte sie tief Luft.

«Jetzt ist es besser. Ach, war das entsetzlich! Warum um Himmels willen haben Sie mich da hineingehen lassen?»

Das erschien mir so feminin, dass ich einfach lächeln musste. Insgeheim kam ihr Zusammenbruch mir nicht ungelegen. Er bewies, dass sie nicht ganz so abgebrüht war, wie ich angenommen hatte. Schließlich war sie fast noch ein Kind, und ihre Neugier hatte sie wohl am klaren Denken gehindert.

«Ich habe mir alle Mühe gegeben, Sie zurückzuhalten, das wissen Sie», erinnerte ich sie sanft.

«Ja, wahrscheinlich. Na, auf Wiedersehen.»

«Hören Sie, so können Sie doch nicht losziehen – ganz allein. Dazu sind Sie noch zu schwach. Ich bestehe darauf, Sie nach Merlinville zu begleiten.»

«Unsinn. Mir geht es wieder sehr gut.»

«Und wenn Ihnen wieder elend wird? Nein, ich gehe mit Ihnen.»

Sie weigerte sich ziemlich energisch. Schließlich aber erlaubte sie mir, sie bis zum Ortseingang zu begleiten. Wir gingen den Weg zurück, den wir gekommen waren, kamen am Grab vorbei und erreichten die Straße über einen Umweg. Bei den ersten vereinzelten Geschäften blieb sie stehen und streckte mir die Hand hin.

«Auf Wiedersehen, und haben Sie vielen Dank für Ihre Begleitung.»

«Und es geht Ihnen wirklich wieder gut?»

«Sehr gut, danke. Ich hoffe, es bringt Ihnen keinen Ärger ein, dass Sie mir alles gezeigt haben.»

Das sei ausgeschlossen, erklärte ich lässig.

«Na, dann leben Sie wohl.»

«Auf Wiedersehen», korrigierte ich. «Wenn Sie noch eine Weile hier bleiben, werden wir uns wieder begegnen.»

Sie lächelte mich an.

«Stimmt. Also, *au revoir!*»

«Moment, Sie haben mir Ihre Adresse noch nicht verraten.»

«Ach, ich wohne im *Hôtel du Phare*. Ein kleines Hotel, aber recht gut. Schauen Sie doch morgen mal herein.»

«Das mache ich», sagte ich, vielleicht mit unnötigem *empressement.*

Ich schaute ihr nach, solange sie noch in Sichtweite war, dann kehrte ich zur Villa zurück. Mir fiel ein, dass ich die Schuppentür nicht wieder abgeschlossen hatte. Zum Glück war das niemandem aufgefallen, und ich drehte den Schlüssel um und brachte ihn dem *sergent de ville* zurück. Unterwegs fiel mir plötzlich ein, dass Cinderella mir nur ihre Adresse genannt hatte. Ihren Namen wusste ich noch immer nicht.

Neuntes Kapitel

Monsieur Giraud stößt auf Indizien

Im Salon fand ich den Untersuchungsrichter damit beschäftigt, den alten Gärtner Auguste zu verhören. Poirot und der Kommissar, die beide zugegen waren, begrüßten mich mit einem Lächeln beziehungsweise einer höflichen Verbeugung. Ich nahm leise Platz. M. Hautet war gewissenhaft und aufs Peinlichste genau, doch er konnte Auguste keine bedeutsame Information entlocken.

Auguste gab zu, dass die Gartenhandschuhe ihm gehörten. Er benutzte sie, wenn er es mit einer bestimmten Primelsorte zu tun hatte, die für manche Menschen giftig war. Er wusste nicht mehr, wann er sie zuletzt getragen hatte. Vermisst hatte er sie jedenfalls nicht. Wo er sie aufbewahre? Mal hier, mal dort. Der Spaten stehe meistens im kleinen Werkzeugschuppen. Ob der abgeschlossen werde? Natürlich werde er abgeschlossen. Und wo der Schlüssel aufbewahrt werde? *Parbleu*, der stecke natürlich in der Tür. Im Schuppen gebe es schließlich keine Wertgegenstände zu stehlen. Wer habe denn mit einer Bande von Verbrechern oder Mördern rechnen können? Zu Zeiten von Madame la Vicomtesse sei so etwas nie vorgekommen.

M. Hautet deutete an, dass das Verhör hiermit beendet sei, und der alte Mann zog sich murrend zurück. Da mir Poirots unerklärliches Interesse an den Fußstapfen im Blumenbeet eingefallen war, hatte ich Auguste genau im Auge behalten, während er seine Aussage machte. Entweder hatte er nichts mit dem Verbrechen zu tun, oder er war ein hervorragender Lügner. Als er gerade die Tür öffnete, kam mir plötzlich ein Gedanke.

«*Pardon,* Monsieur Hautet», rief ich, «aber dürfte ich wohl eine Frage stellen?»

«Natürlich, Monsieur.»

Auf diese Weise ermutigt, wandte ich mich an Auguste.

«Wo bewahren Sie Ihre Stiefel auf?»

«An meinen Füßen», polterte der alte Mann. «Wo denn sonst?»

«Und wenn Sie schlafen?»

«Unter meinem Bett.»

«Aber wer putzt sie?»

«Niemand. Warum sollten sie geputzt werden? Flaniere ich vielleicht wie ein junger Mann über die Strandpromenade? Sonntags nehme ich meine Sonntagsstiefel, aber sonst…» Er zuckte mit den Schultern.

Ich schüttelte entmutigt den Kopf.

«Nun gut», sagte der Untersuchungsrichter. «Sehr viel weiter sind wir nicht gekommen. Zweifellos werden wir das Antwortkabel aus Santiago abwarten müssen. Hat irgendeiner von Ihnen Giraud gesehen? Der hat die Höflichkeit weiß Gott nicht mit Löffeln gegessen. Ich habe wirklich Lust, jemanden loszuschicken, um ihn zu holen…»

«Dieser Jemand wird nicht weit laufen müssen.»

Die ruhige Stimme ließ uns hochfahren. Giraud stand draußen und schaute zum offenen Fenster herein.

Dann sprang er ins Zimmer und ging zum Tisch.

«Ich stehe zu Ihren Diensten. Bitte entschuldigen Sie, dass ich mich nicht früher gemeldet habe.»

«Aber nicht doch – nicht doch!», sagte der Untersuchungsrichter verwirrt.

«Natürlich bin ich nur ein Detektiv», fuhr der andere fort. «Ich weiß nichts über Verhöre. Aber wenn ich eins zu führen hätte, dann würde ich das nur ungern bei offenem Fenster tun. Jeder, der zufällig draußen steht, kann zuhören. Aber egal.»

M. Hautet wurde rot vor Zorn. Zwischen dem Untersuchungsrichter und dem auf den Fall angesetzten Detektiv konnte von großer Liebe eindeutig nicht die Rede sein. Sie waren gleich zu Anfang aneinander geraten. Vielleicht war das auch gar nicht zu vermeiden gewesen. Giraud hielt alle Untersuchungsbeamten für Idioten, und M. Hautet, der sich so ernst nahm, musste sich einfach vom lässigen Auftreten des Pariser Detektivs gekränkt fühlen.

Eh bien, Monsieur Giraud», sagte der Untersuchungsrichter in ziemlich scharfem Ton. «Zweifellos haben Sie Ihre Zeit aufs Hervorragendste genutzt. Sie können uns sicher die Namen der Mörder nennen, nicht wahr? Und auch deren derzeitigen Aufenthaltsort?»

Von dieser Ironie unangefochten erwiderte M. Giraud: «Ich weiß zumindest, woher sie gekommen sind.»

Er zog zwei kleine Gegenstände aus der Tasche und legte sie auf den Tisch. Wir drängten uns aneinander. Es handelte sich um sehr schlichte Gegenstände: einen Zigarettenstummel und ein unbenutztes Streichholz. Der Detektiv fuhr herum und wandte sich an Poirot.

«Was sehen Sie da?», fragte er.

In seinem Tonfall lag etwas fast Brutales, das mich erröten machte. Poirot dagegen ließ sich nicht beeindrucken. Er zuckte mit den Schultern.

«Einen Zigarettenstummel und ein Streichholz.»

«Und was sagt Ihnen das?»

Poirot hob die Hände.

«Es sagt mir – nichts.»

«Ah!», sagte Giraud zufrieden. «Sie haben sich ja auch nicht mit diesen Gegenständen befasst. Das ist kein gewöhnliches Streichholz – jedenfalls nicht in diesem Land. In Südamerika kommt es sehr häufig vor. Zum Glück ist es unbenutzt, sonst hätte ich das vielleicht nicht erkannt. Offenbar hat einer der Männer seine Zigarette weggeworfen und sich eine neue angesteckt, und dabei ist ein Streichholz aus der Schachtel gefallen.»

«Und das andere Streichholz?», fragte Poirot.

«Welches andere?»

«Das, mit dem er seine Zigarette angezündet hat. Haben Sie das auch gefunden?»

«Nein.»

«Vielleicht haben Sie nicht gründlich genug gesucht.»

«Nicht gründlich genug gesucht...» Der Detektiv schien einem Wutausbruch nahe, doch er riss sich zusammen. «Ich sehe, Sie machen gern einen Witz, Monsieur Poirot. Wie auch immer – ob wir das Streichholz nun haben oder nicht, der Zigarettenstummel allein reicht schon aus. Es handelt sich um eine südamerikanische Zigarette mit Lakritzpapier.»

Poirot verbeugte sich.

Der Kommissar sagte: «Zigarettenstummel und Streichholz könnten auch von Monsieur Renauld stammen. Vergessen Sie nicht, dass er erst vor zwei Jahren aus Südamerika zurückgekehrt ist.»

«Nein», erwiderte der andere voller Überzeugung. «Ich habe Monsieur Renaulds Hinterlassenschaft bereits durchgesehen. Er hat ganz andere Zigaretten geraucht und andere Streichhölzer benutzt.»

«Finden Sie es nicht seltsam», fragte Poirot, «dass diese Fremden weder Waffe noch Handschuhe noch Spaten mitbringen und alles griffbereit hier vorfinden?»

Giraud lächelte ziemlich herablassend.

«Das ist zweifellos merkwürdig. Und ohne meine Theorie wäre es ganz und gar unerklärlich.»

«Aha!», sagte M. Hautet. «Ein Komplize hier im Haus.»

«Oder draußen», erwiderte Giraud mit seltsamem Lächeln.

«Aber jemand muss sie ins Haus gelassen haben. Wir können doch nicht davon ausgehen, dass sie durch einen schlichten Glücksfall die Haustür offen vorgefunden haben?»

«Es hat ihnen jemand die Tür aufgemacht, aber sie hätte sich genauso leicht von außen öffnen lassen – von jemandem, der über einen Schlüssel verfügte.»

«Aber wer hatte einen Schlüssel?»

Giraud zuckte die Achseln.

«Wer immer einen hatte, wird es nur dann zugeben, wenn es sich nicht vermeiden lässt. Aber es gibt mehrere, die einen Schlüssel gehabt haben können. Monsieur Jack Renauld, der Sohn, zum Beispiel. Er ist zwar gerade unterwegs nach Südamerika, aber vielleicht hat er seinen Schlüssel verloren, oder er ist ihm gestohlen worden. Und dann ist da noch der Gärtner – der ist schon seit vielen Jahren hier. Eine der Zofen hat vielleicht einen Liebhaber. Es ist so einfach, einen Abdruck von einem Schlüssel zu machen und neue anfertigen zu lassen. Es gibt viele Möglichkeiten. Und dann ist da noch eine Person, bei der ich es für ausgesprochen wahrscheinlich halte, dass sie einen Schlüssel hat.»

«Und das wäre?»

«Madame Daubreuil», antwortete der Detektiv.

«Ei, ei», sagte der Untersuchungsrichter. «Das haben Sie also auch schon gehört?»

«Ich höre alles», entgegnete Giraud ungerührt.

«Ich könnte schwören, dass Sie eins noch nicht gehört haben», erwiderte M. Hautet, entzückt angesichts der Gelegenheit, sein überlegenes Wissen vorführen zu können. Und sogleich erzählte er die Geschichte von der geheimnisvollen

Besucherin am letzten Abend. Er erwähnte auch den auf «Duveen» ausgestellten Scheck und reichte Giraud schließlich den mit «Bella» unterzeichneten Brief.

«Das alles ist hochinteressant. Aber meine Theorie wird davon nicht berührt.»

«Und wie sieht diese Theorie aus?»

«Das möchte ich im Moment noch für mich behalten. Vergessen Sie nicht, ich habe mit meinen Untersuchungen gerade erst angefangen.»

«Sagen Sie mir eins, Monsieur Giraud», bat Poirot plötzlich. «Ihre Theorie lässt zu, dass die Tür offen war. Sie erklärt nicht, warum sie hinterher immer noch offen stand. Wäre es nicht ganz natürlich gewesen, wenn die Verbrecher sie geschlossen hätten? Wenn ein *sergent de ville* am Haus vorbeigekommen wäre, und manchmal gehen sie ja Streife, um sich davon zu überzeugen, dass alles in Ordnung ist, dann wären sie ja vielleicht entdeckt und vom Fleck weg festgenommen worden?»

«Bah! Sie haben es vergessen. Ein Versehen, das garantiere ich Ihnen.»

Zu meiner Überraschung sagte Poirot nun dasselbe, was er Bex schon am Vorabend mitgeteilt hatte:

«*Ich bin nicht Ihrer Meinung.* Dass die Tür offen stand, war entweder so geplant, oder es musste einfach so sein, und eine Theorie, die diese Tatsache leugnet, muss sich als Fehlschlag erweisen.»

Wir alle betrachteten den kleinen Mann mit ziemlicher Verblüffung. Ich hatte angenommen, dass die Sache mit dem Streichholz für ihn eine Demütigung bedeutete, und nun war er selbstzufrieden wie eh und je und putzte Giraud herunter, ohne mit der Wimper zu zucken.

Der Detektiv zwirbelte seinen Schnurrbart und blickte meinen Freund herausfordernd an.

«Sie sind nicht meiner Meinung, ja? Na, und was fällt Ihnen an diesem Fall besonders auf? Lassen Sie uns Ihre Ansicht doch hören.»

«Eine Tatsache erscheint mir als ganz besonders bedeutend. Sagen Sie, Monsieur Giraud, kommt Ihnen an diesem Fall denn gar nichts bekannt vor? Erinnert er Sie an nichts?»

«Bekannt? Erinnern? Das kann ich so schnell nicht sagen. Aber ich glaube es eigentlich nicht.»

«Sie irren sich», sagte Poirot ruhig. «Es ist schon einmal ein nahezu identisches Verbrechen begangen worden.»

«Wann denn? Und wo?»

«Ach, leider weiß ich das im Moment auch nicht, aber es wird mir wieder einfallen. Ich hatte gehofft, Sie würden mir helfen können.»

Giraud schnaubte ungläubig.

«Es hat schon viele Fälle gegeben, in denen Maskierte eine Rolle spielten. Ich kann mich nicht an alle Details erinnern. Diese Verbrechen ähneln einander doch alle.»

«Es gibt etwas, das man individuelle Züge nennen könnte.» Nun dozierte Poirot wieder und wandte sich an uns alle. «Ich spreche jetzt von der Psychologie des Verbrechens. Monsieur Giraud weiß sehr gut, dass jeder Verbrecher seine besondere Methode hat und dass die Polizei, wenn sie zum Beispiel wegen eines Einbruchs gerufen wird, oft erraten kann, wer ihn begangen hat, ganz einfach, weil der Einbrecher zu bestimmten Methoden gegriffen hat. (Japp würde Ihnen dasselbe erzählen, Hastings.) Der Mensch ist ein phantasieloses Tier. Phantasielos in seinem respektablen Alltagsleben, ebenso phantasielos, wenn er sich außerhalb des Gesetzes begibt. Wenn jemand ein Verbrechen begeht, dann werden seine späteren Verbrechen große Ähnlichkeit mit dem ersten aufweisen. Der englische Mörder, der sich seiner Frauen entledigte, indem er sie in der Badewanne ertränkte, war so ein Fall. Hätte er seine Methoden variiert, wäre er vielleicht bis heute unentdeckt geblieben. Aber er gehorchte dem Diktat der menschlichen Natur, glaubte, dass das, was einmal gelungen war, auch wieder gelingen müsse, und bezahlte den Preis für diese eklatante Phantasielosigkeit.»

«Und was wollen Sie uns damit sagen?», feixte Giraud.

«Dass Sie bei zwei Verbrechen, die auf dieselbe Weise geplant und durchgeführt worden sind, hinter beiden dasselbe Gehirn finden werden. Ich suche dieses Gehirn, Monsieur Giraud, und ich werde es finden. Hier haben wir das wahre Indiz – ein psychologisches Indiz. Sie kennen sich vielleicht mit Zigaretten und Streichhölzern aus, Monsieur Giraud, aber ich, Hercule Poirot, kenne den menschlichen Geist!»

Giraud zeigte sich gänzlich unbeeindruckt.

«Um Ihnen weiterzuhelfen», fuhr Poirot fort, «möchte ich Sie noch auf eine Tatsache hinweisen, die Ihnen vielleicht nicht mitgeteilt worden ist. Madame Renaulds Armbanduhr ging am Tag nach der Tragödie zwei Stunden vor.»

Giraud starrte ihn an.

«Vielleicht geht sie immer vor?»

«Wie ich gehört habe, tut sie das, ja.»

«Na also.»

«Aber zwei Stunden sind doch sehr viel», sagte Poirot freundlich. «Und dann haben wir noch die Fußspuren im Blumenbeet.»

Er nickte zum offenen Fenster hinüber. Giraud war mit zwei Sprüngen dort und schaute hinaus.

«Aber ich sehe keine Fußspuren?»

«Nein», sagte Poirot und rückte einen kleinen Bücherstapel auf dem Tisch gerade. «Es gibt auch keine.»

Einen Moment lang verdüsterte ein schier mörderischer Zorn Girauds Miene. Er trat auf seinen Quälgeist zu, doch in diesem Moment wurde die Salontür aufgerissen und Marchaud kündigte einen Besucher an:

«Monsieur Stonor, der Sekretär, ist soeben aus England eingetroffen. Darf er eintreten?»

Zehntes Kapitel

Gabriel Stonor

Der Mann, der jetzt das Zimmer betrat, war eine Aufsehen erregende Erscheinung. Sehr groß, gut gebaut, mit athletischem Körper und tiefbraunem Gesicht dominierte er die Versammlung augenblicklich. Sogar Giraud wirkte neben ihm blutarm. Bei näherer Bekanntschaft sollte ich feststellen, dass Gabriel Stonor ein recht ungewöhnlicher Mensch war. Er war gebürtiger Engländer, hatte sich aber in aller Welt herumgetrieben. Er war in Afrika auf Großwildjagd gegangen, hatte Korea bereist, in Kalifornien Vieh gezüchtet und auf den Südseeinseln Geschäfte gemacht.

Mit sicherem Blick erkannte er M. Hautet.

«Sie sind der für diesen Fall zuständige Untersuchungsrichter? Ich freue mich, Sie kennen zu lernen, Sir. Das ist wirklich eine schreckliche Geschichte. Wie geht es Mrs. Renauld? Ist sie einigermaßen bei Fassung? Es muss ein entsetzlicher Schock für sie gewesen sein.»

«Entsetzlich, entsetzlich», sagte M. Hautet. «Lassen Sie mich Ihnen Monsieur Bex, unseren Kommissar, und Monsieur Giraud von der Sûreté vorstellen. Dieser Herr ist Monsieur Hercule Poirot. Monsieur Renauld hatte ihn um Hilfe gebeten, doch er traf zu spät ein, um die Tragödie noch abwenden zu können. Und das ist Captain Hastings, ein Freund von Monsieur Poirot.»

Stonor musterte Poirot voller Interesse.

«Er hat Sie um Hilfe gebeten?»

«Sie wussten also nicht, dass Monsieur Renauld mit dem Gedanken spielte, einen Detektiv hinzuzuziehen?», warf M. Bex ein.

«Nein, das wusste ich nicht. Aber es überrascht mich kein bisschen.»

«Warum nicht?»

«Weil der Gute außer sich war. Ich weiß nicht, worum es ging. Er hat sich mir nicht anvertraut. So eng war unsere Beziehung nicht. Aber er war außer sich – ganz und gar.»

«Hm», sagte M. Hautet. «Und Sie wissen nichts über die Ursache?»

«Wie gesagt, nein, Sir.»

«Verzeihen Sie bitte, Monsieur Stonor, aber wir müssen mit den Formalitäten anfangen. Ihr Name?»

«Gabriel Stonor.»

«Wie lange sind Sie schon Monsieur Renaulds Sekretär?»

«Seit etwa zwei Jahren, damals war er gerade aus Südamerika herübergekommen. Ich lernte ihn durch einen gemeinsamen Freund kennen, und er bot mir diesen Posten an. Und er war ein fabelhafter Boss.»

«Hat er Ihnen viel über sein Leben in Südamerika erzählt?»

«Doch, so einiges.»

«Wissen Sie, ob er jemals in Santiago war?»

«Mehrere Male, glaube ich.»

«Er hat nie irgendein besonderes Erlebnis von dort erwähnt – etwas, das eine Vendetta gegen ihn ausgelöst haben könnte?»

«Nie.»

«Hat er je irgendein Geheimnis erwähnt, das er von dort mitgebracht hat?»

«Nicht, dass ich wüsste. Aber er hatte schon etwas Mysteriöses an sich. Ich habe ihn zum Beispiel nie über seine Kindheit sprechen hören oder über irgendetwas, das vor seiner Zeit in Südamerika gelegen hat. Er war von Geburt her Frankokanadier, glaube ich, aber von seinem Leben in Kanada hat er nie erzählt. Er konnte stumm sein wie ein Fisch, wenn er wollte.»

«Soviel Sie wissen, hatte er also keine Feinde, und Sie wissen auch nichts über ein Geheimnis, das zu seiner Ermordung geführt haben könnte?»

«So ist es.»

«Monsieur Stonor, haben Sie jemals im Zusammenhang mit Monsieur Renauld den Namen Duveen gehört?»

«Duveen. Duveen.» Nachdenklich wiederholte Stonor den Namen. «Ich glaube nicht. Aber er kommt mir trotzdem bekannt vor.»

«Kennen Sie eine Dame, eine Freundin von Monsieur Renauld, die mit Vornamen Bella heißt?»

Wieder schüttelte Mr. Stonor den Kopf.

«Bella Duveen? Heißt sie so? Seltsam. Ich bin sicher, dass ich den Namen kenne. Aber im Moment weiß ich einfach nicht, in welchem Zusammenhang.»

Der Untersuchungsrichter hustete.

«Verstehen Sie, Monsieur Stonor, es ist folgendermaßen. *Es darf in diesem Fall keine Vorbehalte geben!* Sie neigen vielleicht dazu, aus einem Gefühl der Rücksichtnahme gegenüber Madame Renauld – der Sie, wie ich annehme, ein hohes Maß an Achtung und Zuneigung entgegenbringen –, Sie denken vielleicht – kurzum!», sagte M. Hautet und fand aus diesem Satz nicht mehr heraus. «Es darf keinerlei Vorbehalte geben.»

Stonor starrte ihn an, und allmähliches Verstehen leuchtete aus seinen Augen.

«Ich kann Ihnen nicht ganz folgen», sagte er respektvoll. «Was hat Mrs. Renauld mit alldem zu tun? Ich bewundere und respektiere diese Dame zutiefst, sie ist eine wunderbare und außergewöhnliche Frau, aber ich weiß wirklich nicht, inwiefern irgendwelche Vorbehalte meinerseits sie betreffen könnten.»

«Auch nicht, wenn sich herausstellen sollte, dass diese Bella Duveen für Madame Renaulds Mann mehr war als nur eine Freundin?»

«Ah!», sagte Stonor. «Jetzt verstehe ich. Aber ich würde meinen letzten Dollar darauf setzen, dass Sie sich da irren. Der Gute hat andere Unterröcke niemals auch nur angeschaut. Er hat seine Frau angebetet, wirklich. Ich habe nie ein glücklicheres Paar gesehen.»

M. Hautet schüttelte langsam den Kopf.

«Monsieur Stonor, wir verfügen über einen unwiderlegbaren Beweis – einen Liebesbrief, den diese Bella an Monsieur Renauld geschrieben hat. Darin wirft sie ihm vor, ihrer überdrüssig geworden zu sein. Außerdem können wir beweisen, dass er vor seinem Tod eine Liebschaft mit einer Französin unterhielt, einer Madame Daubreuil, die in einem benachbarten Haus lebt.»

Der Sekretär runzelte die Stirn.

«Moment, Sir. Da haben Sie das falsche Schwein am Wickel. Ich kenne Paul Renauld. Was Sie da gerade gesagt haben, ist der pure Unfug. Es gibt gewiss eine andere Erklärung.»

Der Untersuchungsrichter zuckte mit den Schultern.

«Und wie sieht diese Erklärung aus?»

«Wieso glauben Sie an eine Liebschaft?»

«Madame Daubreuil hat ihn abends hier besucht. Und seit Monsieur Renauld in die Villa Geneviève eingezogen ist, hat Madame Daubreuil große Beträge auf ihr Bankkonto eingezahlt. Insgesamt belaufen diese Summen sich auf viertausend Pfund in Ihrer englischen Währung.»

«Das ist sicher richtig», sagte Stonor ruhig. «Ich habe diese Summen auf seinen Wunsch hin selbst überwiesen. Aber das war doch keine Liebschaft.»

«Was soll es denn sonst gewesen sein?»

«*Erpressung*», sagte Stonor in scharfem Ton und hieb seine Hand auf den Tisch. «Das war Erpressung!»

«Ah!», rief der Untersuchungsrichter, wider Willen erschüttert.

«Erpressung», sagte Stonor noch einmal. «Der Gute musste bluten – und das in ziemlichem Tempo. Viertausend innerhalb weniger Wochen. Meine Güte! Ich habe Ihnen doch schon gesagt, dass Renauld etwas Mysteriöses an sich hatte. Und Madame Daubreuil wusste offenbar genug, um ihm die Daumenschrauben anlegen zu können.»

«Das ist möglich», rief der Kommissar aufgeregt. «Das ist einwandfrei möglich.»

«Möglich?», brüllte Stonor. «Es steht fest. Sagen Sie, haben Sie Mrs. Renauld zu diesem Unsinn mit der Liebschaft befragt?»

«Nein, Monsieur. Wir wollten ihr keinen unnötigen Kummer bereiten.»

«Kummer? Ach, sie würde Sie auslachen. Ich sage Ihnen, sie und Monsieur Renauld waren ein Paar, wie man es selten findet.»

«Ach, dabei fällt mir etwas ganz anderes ein», sagte M. Hautet. «Hat Monsieur Renauld Ihnen die Einzelheiten seines Testaments anvertraut?»

«Darüber weiß ich alles – ich habe es zu seinem Anwalt gebracht, nachdem er es aufgesetzt hatte. Ich kann Ihnen den Namen der Kanzlei nennen, wenn Sie das interessiert. Das Testament ist dort hinterlegt. Ein einfaches Teil. Die Hälfte in lebenslanger Treuhand an seine Frau, die andere Hälfte an seinen Sohn. Einige Legate. Ich glaube, mir hat er tausend zugedacht.»

«Wann hat er dieses Testament aufgesetzt?»

«Ach, so ungefähr vor anderthalb Jahren.»

«Wären Sie sehr überrascht, Monsieur Stonor, wenn ich Ihnen erzählte, dass Monsieur Renauld sein Testament vor kaum zwei Wochen geändert hat?»

Stonor war sichtlich überrascht. «Das wusste ich nicht. Und wie sehen diese Änderungen aus?»

«Sein gesamtes riesiges Vermögen fällt einschränkungslos an seine Frau. Sein Sohn wird nicht einmal erwähnt.»

Mr. Stonor stieß einen langen Pfiff aus.

«Das finde ich aber ganz schön hart für den Jungen. Natürlich betet seine Mutter ihn an, aber für fast alle anderen muss es doch aussehen wie eine Misstrauenserklärung von Seiten seines Vaters. Für seinen Stolz wird das recht bitter sein. Aber das alles beweist doch nur, dass ich Recht habe, wenn ich Ihnen sage, dass Renauld und seine Frau sich ganz hervorragend verstanden haben.»

«Schon, schon», sagte M. Hautet. «Schon möglich, dass wir unsere Vorstellungen in verschiedenen Punkten revidieren müssen. Wir haben natürlich nach Santiago gekabelt und rechnen jeden Augenblick mit Antwort. Vermutlich wird danach alles ganz klar auf der Hand liegen. Andererseits – wenn Sie Recht haben und Monsieur Renauld erpresst worden ist, dann müsste Madame Daubreuil uns wertvolle Informationen liefern können.»

Poirot fragte dazwischen:

«Monsieur Stonor, dieser englische Chauffeur, Masters, war der schon lange bei Monsieur Renauld angestellt?»

«Über ein Jahr.»

«Wissen Sie, ob er jemals in Südamerika gewesen ist?»

«Ich bin ziemlich sicher, dass das nicht der Fall ist. Ehe Mr. Renauld ihn eingestellt hat, war er viele Jahre bei guten Bekannten von mir in Gloucestershire in Diensten.»

«Sie können uns also garantieren, dass er über jeden Verdacht erhaben ist?»

«Absolut.»

Poirot schien ein wenig geknickt.

Inzwischen hatte der Untersuchungsrichter Marchaud hereingerufen.

«Meine besten Empfehlungen an Madame Renauld, ich hätte sie gern für ein paar Minuten gesprochen. Aber sie soll sich nicht herunterbemühen. Ich warte oben auf sie.»

Marchaud salutierte und war schon verschwunden.

Wir warteten einige Minuten, und dann öffnete sich zu unserer Überraschung die Tür, und Madame Renauld – totenbleich in ihrer Trauerkleidung – betrat den Raum.

M. Hautet brachte ihr einen Stuhl, sagte immer wieder, das sei doch nicht nötig gewesen, und sie dankte ihm mit einem Lächeln. Stonor hielt in viel sagendem Mitgefühl ihre Hand. Ihm fehlten offenbar die Worte.

Madame Renauld wandte sich an M. Hautet: «Sie wollten mich sprechen?»

«Wenn Sie gestatten, Madame. Wenn ich mich nicht irre, dann stammte Ihr Mann aus Französisch-Kanada. Können Sie mir etwas über seine Kindheit oder Jugend erzählen?»

Sie schüttelte den Kopf.

«Mein Mann war da immer sehr zurückhaltend, Monsieur. Er kam aus dem Nordwesten, das weiß ich, aber ich glaube, seine Kindheit war sehr unglücklich, er mochte jedenfalls nie darüber sprechen. Wir haben ausschließlich in Gegenwart und Zukunft gelebt.»

«Und gab es in seiner Vergangenheit irgendein Geheimnis?»

Madame Renauld lächelte kurz und schüttelte den Kopf.

«Nein, von so etwas Romantischem kann keine Rede sein, da bin ich sicher.»

Auch M. Hautet lächelte.

«Natürlich, wir dürfen hier nicht melodramatisch werden. Aber da ist noch etwas.» Er zögerte.

Stonor warf impulsiv ein: «Sie haben sich wirklich eine seltsame Idee in den Kopf gesetzt, Mrs. Renauld. Sie bilden sich doch tatsächlich ein, Mr. Renauld hätte eine Liebschaft gehabt mit einer Madame Daubreuil, die angeblich hier in der Nachbarschaft wohnt.»

Eine scharlachrote Woge spülte über Madame Renaulds Wangen. Sie warf den Kopf in den Nacken, biss sich auf die Lippe, ihr Gesicht bebte. Stonor starrte sie verblüfft an, M. Bex jedoch beugte sich vor und sagte sanft:

«Es tut uns Leid, Ihnen diese schmerzliche Frage stellen zu müssen, Madame, aber haben Sie irgendeinen Grund zu der Annahme, dass Madame Daubreuil die Geliebte Ihres Mannes gewesen sein kann?»

Mit gequältem Aufschluchzen schlug Madame Renauld die Hände vors Gesicht. Ihre Schultern zuckten krampfhaft. Dann hob sie endlich den Kopf und sagte mit brüchiger Stimme:

«Das ist durchaus möglich.»

In meinem ganzen Leben habe ich nichts gesehen, was der schieren Verblüffung in Stonors Gesicht ähnlich gewesen wäre. Er war ganz einfach sprachlos.

Elftes Kapitel

Jack Renauld

Ich kann nicht sagen, welche Wendung das Gespräch als Nächstes genommen hätte, denn in diesem Moment wurde die Tür aufgerissen, und ein hoch gewachsener junger Mann betrat das Zimmer.

Einen Augenblick lang hatte ich den unheimlichen Eindruck, der Tote sei wieder zum Leben erwacht. Dann sah ich, dass seine dunklen Haare keine Spur von Grau aufwiesen und dass der Mann, der hier auf so unhöfliche Weise hereinplatzte, fast noch ein Knabe war. In seiner Impulsivität nicht auf die anderen Anwesenden achtend, lief er schnurstracks auf seine Mutter zu.

«Mutter!»

«Jack!» Mit einem Aufschrei nahm sie ihn in die Arme. «Mein Liebster! Wie kommst du her? Du solltest doch vor zwei Tagen mit der *Anzora* von Cherbourg ablegen?» Dann fiel ihr plötzlich ein, dass sie nicht allein war mit ihrem Sohn. Mit einer gewissen Würde wandte sie sich an uns und sagte: «Messieurs, mein Sohn.»

«Aha!», rief M. Hautet, als der junge Mann sich verbeugte. «Sie sind also nicht mit der *Anzora* unterwegs?»

«Nein, Monsieur. Ich wollte gerade erklären, dass das Auslaufen wegen eines Maschinenschadens um vierundzwanzig Stunden verschoben werden musste. Wir hätten also letzte

Nacht aufbrechen sollen, aber ich habe mir zufällig vorher noch eine Abendzeitung gekauft und einen Bericht gesehen über – über die entsetzliche Tragödie, die über uns gekommen ist...» Seine Stimme brach, und seine Augen füllten sich mit Tränen. «Mein armer Vater – mein armer, armer Vater!»

Wie im Traum starrte Madame Renauld ihn an und wiederholte: «Du bist also nicht gefahren?» Und dann murmelte sie mit einem Ausdruck unendlicher Müdigkeit wie zu sich selbst: «Aber es spielt ja auch keine Rolle – mehr.»

«Bitte, setzen Sie sich, Monsieur Renauld», sagte M. Hautet und zeigte auf einen Stuhl. «Und ich versichere Sie meines tiefsten Mitgefühls. Es muss ein entsetzlicher Schock gewesen sein, es auf diese Weise zu erfahren. Aber zugleich ist es ein großes Glück, dass Ihr Schiff nicht rechtzeitig auslaufen konnte. Ich hoffe, Sie können uns die Informationen liefern, die wir brauchen, um diesem Mysterium auf den Grund zu kommen.»

«Ich stehe zu Ihrer Verfügung, Monsieur. Fragen Sie, was Sie wollen.»

«Als Erstes: Ich gehe davon aus, dass Ihr Vater Sie auf diese Reise geschickt hatte?»

«Sehr richtig, Monsieur. Er hat mir telegrafiert, ich solle mich sofort nach Buenos Aires begeben und von dort durch die Anden nach Valparaiso und danach nach Santiago weiterreisen.»

«Ah! Und der Zweck dieser Reise?»

«Keine Ahnung.»

«Was?»

«Nein. Sehen Sie, hier ist das Telegramm.»

Der Untersuchungsrichter nahm das Blatt und las:

«Sofort nach Cherbourg fahren, heute Nacht nach Buenos Aires einschiffen auf *Anzora*. Endziel Santiago. Weitere Instruktionen warten in Buenos Aires. Verlasse mich auf dich. Dringlichste Angelegenheit. Renauld.»

«Und vorher hatten Sie nie über diese Angelegenheit gesprochen?»

Jack Renauld schüttelte den Kopf.

«Das ist alles, was ich weiß. Mir ist natürlich bekannt, dass mein Vater nach all den Jahren viele geschäftliche Interessen in Südamerika hatte. Aber er hat nie davon gesprochen, dass er mich deswegen einmal hinüberschicken würde.»

«Sie waren natürlich schon häufig in Südamerika, Monsieur Renauld?»

«Ich bin ja dort geboren. Aber ich habe englische Schulen besucht und zumeist auch meine Ferien in England verbracht, deshalb weiß ich viel weniger über Südamerika, als man annehmen sollte. Bedenken Sie, bei Kriegsanfang war ich erst siebzehn.»

«Sie haben bei der englischen Luftwaffe gedient, nicht wahr?»

«Ja, Monsieur.»

M. Hautet nickte und stellte seine Fragen weiter in der uns inzwischen vertrauten Richtung. Jack Renauld erklärte kategorisch, nichts zu wissen über irgendwelche Feindschaften, die sein Vater sich in Santiago oder sonst irgendwo in Südamerika zugezogen haben könnte. Er sagte, er habe in der letzten Zeit bei seinem Vater keinerlei Veränderungen registriert und sein Vater habe ihm gegenüber nie ein Geheimnis erwähnt. Er habe seine Reise nach Südamerika ausschließlich mit den geschäftlichen Interessen seines Vaters in Verbindung gebracht.

Als M. Hautet eine kurze Pause einlegte, ließ sich Girauds ruhige Stimme vernehmen.

«Ich würde auch gern einige Fragen stellen, *monsieur le juge.*»

«Aber natürlich, Monsieur Giraud, wie Sie wünschen», erwiderte der Untersuchungsrichter kühl.

Giraud zog seinen Stuhl ein wenig dichter an den Tisch heran.

«Haben Sie sich mit Ihrem Vater gut verstanden, Monsieur Renauld?»

«Aber sicher», antwortete der Junge herablassend.

«Das können Sie mir versichern?»

«Ja.»

«Keine kleinen Auseinandersetzungen, wie?»

Jack zuckte mit den Schultern. «Gelegentliche Meinungsverschiedenheiten gibt es doch überall.»

«Schon, schon. Aber wenn nun irgendwer behauptete, Sie hätten sich am Abend Ihrer Abreise nach Paris heftig mit Ihrem Vater gestritten, dann wäre das eine Lüge, oder?»

Ich konnte Girauds Scharfsinn nur bewundern. Seine Behauptung: «Ich weiß alles» war keine leere Prahlerei gewesen. Jack Renauld war von dieser Frage sichtlich aus der Fassung gebracht.

«Wir – wir hatten eine Auseinandersetzung», gab er zu.

«Ah, eine Auseinandersetzung! Und haben Sie im Laufe dieser Auseinandersetzung folgende Bemerkung gemacht: ‹Wenn du tot bist, kann ich machen, was ich will.›?»

«Das kann schon sein», murmelte der Junge. «Ich weiß es nicht.»

«Und hat Ihr Vater daraufhin gesagt: ‹Aber ich bin noch nicht tot›, und haben Sie geantwortet: ‹Ja, leider!›?»

Der Junge gab keine Antwort. Seine Hände machten sich nervös an den Gegenständen zu schaffen, die vor ihm auf dem Tisch lagen.

«Ich muss um eine Antwort bitten, Monsieur Renauld», sagte Giraud scharf.

Wütend fegte der Junge ein schweres Papiermesser zu Boden.

«Was spielt das schon für eine Rolle? Sie können es gern wissen. Ja, ich habe mich mit meinem Vater gestritten. Vermutlich habe ich das alles tatsächlich gesagt – ich war so wütend, ich kann mich an meine Worte einfach nicht mehr erinnern! Ich war außer mir vor Zorn – ich glaube, ich hätte ihn in diesem Moment umbringen können. Von mir aus denken Sie, was Sie wollen!» Rot vor Wut und Trotz ließ er sich auf seinen Stuhl zurücksinken.

Giraud lächelte, schob seinen Stuhl ein wenig zurück und sagte: «Das wäre alles. Sicher möchten Sie jetzt das Verhör fortsetzen, Monsieur Hautet.»

«Ah, ja, genau», sagte M. Hautet. «Und worum ging es bei diesem Streit?»

«Ich weigere mich, das zu sagen.»

M. Hautet richtete sich kerzengerade auf.

«Monsieur Renauld, Sie dürfen mit dem Gesetz keine Scherze treiben!», donnerte er. «Worum ging es bei dem Streit?»

Der junge Renauld blieb stumm, sein jungenhaftes Gesicht war düster und gereizt. Doch nun erklang eine andere Stimme, unangefochten und ruhig, die Stimme Hercule Poirots.

«Ich kann es Ihnen sagen, wenn Sie wollen, Monsieur.»

«Sie wissen Bescheid?»

«Sicher weiß ich Bescheid. Es ging bei dem Streit um Mademoiselle Marthe Daubreuil.»

Verdutzt fuhr Renauld herum. Der Untersuchungsrichter beugte sich vor.

«Stimmt das, Monsieur?»

Jack Renauld senkte den Kopf.

«Ja», gab er zu. «Ich liebe Mademoiselle Daubreuil und möchte sie heiraten. Als ich das meinem Vater mitteilte, geriet er in heftigen Zorn. Ich konnte mir natürlich nicht anhören, wie die Frau, die ich liebe, beleidigt wurde, und deshalb habe auch ich die Fassung verloren.»

M. Hautet schaute zu Madame Renauld hinüber.

«Sie waren im Bilde über diese – Verbindung, Madame?»

«Ich hatte das befürchtet», erwiderte sie einfach.

«Mutter!», rief der Junge. «Auch du! Marthe ist so gut, wie sie schön ist. Was hast du nur gegen sie?»

«Ich habe durchaus nichts gegen Mademoiselle Daubreuil. Aber es wäre mir lieber, wenn du eine Engländerin heiratetest – oder eine Französin, deren Mutter eine weniger zweifelhafte Vergangenheit hat.»

Ihr Ton verriet ihren Groll gegen die ältere Frau, und ich konnte durchaus verstehen, was für ein harter Schlag es für sie gewesen sein musste, dass ihr Sohn sich in die Tochter ihrer Rivalin verliebt hatte.

An den Untersuchungsrichter gewandt, sagte Madame Renauld: «Ich hätte vielleicht mit meinem Mann darüber sprechen sollen, aber ich hatte die Hoffnung, es handle sich nur um einen Jugendflirt, mit dem es umso schneller vorbei sein würde, wenn niemand groß darauf achtete. Jetzt mache ich mir Vorwürfe, weil ich geschwiegen habe, aber ich habe Ihnen ja schon gesagt, dass mein Mann so besorgt wirkte, so unglücklich und ganz anders als sonst; ich wollte seinen Kummer nicht noch vergrößern.»

M. Hautet nickte.

«Als Sie Ihrem Vater Ihre Absichten in Bezug auf Mademoiselle Daubreuil mitteilten», sagte er, «war er da überrascht?»

«Er schien total perplex. Und dann befahl er mir kategorisch, mir diesen Wunsch aus dem Kopf zu schlagen. Niemals werde er einer solchen Heirat zustimmen. Ich war empört und habe gefragt, was er gegen Mademoiselle Daubreuil einzuwenden habe. Darauf konnte er keine zufrieden stellende Antwort geben, aber er hat sich auf sehr verächtliche Weise über das Geheimnis geäußert, das das Leben von Mutter und Tochter umgibt. Ich habe gesagt, ich wollte Marthe heiraten und nicht ihre Vorfahren, aber er brüllte mich an und erklärte, über diese Angelegenheit kein Wort mehr verlieren zu wollen. Ich solle meinen Plan aufgeben. Ich war wirklich wütend über so viel Ungerechtigkeit und Arroganz – und das, wo er sich immer alle Mühe gab, höflich zu den Daubreuils zu sein, und sie dauernd einladen wollte. Ich verlor den Kopf, und wir stritten uns immer weiter. Mein Vater erinnerte mich daran, dass ich ganz und gar von ihm abhängig sei, und vermutlich habe ich in diesem Zusammenhang die Bemerkung fallen lassen, dass ich nach seinem Tod machen könne, was ich wolle.»

Poirot unterbrach ihn mit einer kurzen Frage: «Das Testament Ihres Vaters war Ihnen also bekannt?»

«Ich wusste, dass er mir die Hälfte seines Vermögens vermacht hatte. Die andere Hälfte sollte in Treuhand an meine Mutter gehen und nach ihrem Tod ebenfalls an mich fallen», erwiderte der Junge.

«Erzählen Sie weiter», sagte der Untersuchungsrichter.

«Wir haben uns endlos angebrüllt, aber irgendwann ging mir auf, dass ich leicht meinen Zug nach Paris verpassen könnte. Ich musste zum Bahnhof laufen und war immer noch außer mir vor Zorn. Doch als ich dann in Paris war, habe ich mich wieder beruhigt. Ich habe Marthe geschrieben und ihr mitgeteilt, was passiert war, und ihre Antwort hat mich noch weiter besänftigt. Sie meinte, dass wir nur standhaft zu sein brauchten, dann werde jegliche Opposition am Ende verschwinden. Wir müssten unsere Zuneigung auf die Probe und unter Beweis stellen, und wenn meine Eltern dann begriffen, dass es sich bei mir nicht um eine flüchtige Leidenschaft handele, dann würden sie sich sicher erweichen lassen. Natürlich hatte ich den Haupteinwand meines Vaters gegen unsere Verbindung verschwiegen. Ich habe bald eingesehen, dass ich unserer Sache durch Zornesausbrüche nicht weiterhelfen würde.»

«Um das Thema zu wechseln – sagt Ihnen der Name Duveen etwas, Monsieur Renauld?»

«Duveen?», fragte Jack. «Duveen?» Er bückte sich und hob langsam das Papiermesser auf, das er vom Tisch gefegt hatte. Als er den Kopf hob, begegnete er Girauds wachsamem Blick. «Duveen? Nein, das kann ich nicht behaupten.»

«Würden Sie wohl diesen Brief lesen, Monsieur Renauld? Und mir sagen, ob Sie irgendeine Vorstellung davon haben, wer so an Ihren Vater geschrieben haben kann?»

Jack Renauld nahm den Brief und las ihn, und während des Lesens kehrte die Farbe in sein Gesicht zurück.

«An meinen Vater geschrieben?» Aus seinem Tonfall sprachen eindeutig Bewegung und Entrüstung.

«Ja. Wir haben ihn in seiner Manteltasche gefunden.»

«Weiß...» Er zögerte und schaute ganz kurz zu seiner Mutter hinüber.

Der Untersuchungsrichter hatte verstanden.

«Bisher nicht. Können Sie uns irgendetwas über die Schreiberin sagen?»

«Nein, ich habe keinerlei Vorstellung, wer das sein könnte.»

M. Hautet seufzte.

«Ein äußerst mysteriöser Fall. Aber egal, ich nehme an, wir können den Brief vergessen. Wo waren wir eigentlich? Ach ja, die Waffe. Ich fürchte, das wird schmerzlich für Sie sein, Monsieur Renauld. Wenn ich es richtig verstanden habe, haben Sie sie Ihrer Mutter geschenkt. Sehr traurig – sehr deprimierend...»

Jack Renauld beugte sich vor. Sein Gesicht, das sich beim Lesen des Briefes gerötet hatte, war jetzt totenbleich.

«Wollen Sie sagen, dass mein Vater mit einem Papiermesser aus Flugzeugdraht – ermordet wurde? Aber das ist doch unmöglich! So ein kleines Ding!»

«Leider, Monsieur Renauld, ist es nur zu wahr! Eine

ideale kleine Waffe, fürchte ich. Scharf und leicht zu benutzen.»

«Wo ist es? Kann ich es sehen? Steckt es noch im – Leichnam?»

«Aber nein, es ist entfernt worden. Sie möchten es sehen? Um sicherzugehen? Das wäre vermutlich nicht schlecht, obwohl Madame es schon identifiziert hat. Aber dennoch – Monsieur Bex, darf ich Ihnen diese Mühe machen?»

«Natürlich. Ich werde das Messer sofort holen.»

«Wäre es nicht besser, mit Monsieur Renauld zum Schuppen zu gehen?», schlug Giraud freundlich vor. «Er möchte den Leichnam seines Vaters doch sicher sehen.»

Der Junge winkte zitternd ab, und der Untersuchungsrichter, der jede Gelegenheit, Giraud eins auszuwischen, wahrnahm, sagte: «Aber nein – jetzt nicht. Monsieur Bex wird die Güte haben und es holen.»

Der Kommissar verließ das Zimmer. Stonor ging zu Jack und schüttelte ihm die Hand. Poirot war aufgestanden und rückte zwei Kerzenhalter gerade, die für sein geübtes Auge leicht schief gestanden hatten. Der Untersuchungsrichter las ein letztes Mal den geheimnisvollen Liebesbrief und wollte seine erste Theorie über Eifersucht und einen Stich in den Rücken nicht aufgeben.

Plötzlich wurde die Tür aufgerissen, und der Kommissar kam hereingestürzt.

«Monsieur le juge! Monsieur le juge!»

«Aber ja. Was ist denn los?»

«Das Messer! Es ist verschwunden!»

«Was – verschwunden?»

«Verschwunden. Nicht mehr da. Der Glaskrug, in dem wir es aufbewahrt hatten, ist leer.»

«Was?», rief ich. «Unmöglich. Ich habe es doch heute Morgen erst…» Und dann verstummte ich.

Doch schon hatte ich die Aufmerksamkeit aller Anwesenden auf mich gelenkt.

«Was sagen Sie da?», rief der Kommissar. «Heute Morgen?»

«Ich habe es heute Morgen noch dort gesehen», sagte ich langsam. «Vor anderthalb Stunden, um es genau zu sagen.»

«Sie waren also im Schuppen? Woher hatten Sie den Schlüssel?»

«Ich habe den *sergent de ville* darum gebeten.»

«Und dann sind Sie in den Schuppen gegangen? Warum?»

Ich zögerte, aber dann kam ich zu dem Schluss, dass mir wirklich nichts anderes übrig blieb, als die Wahrheit zu sagen.

«Monsieur Hautet», gestand ich, «ich habe einen groben Fehler begangen und muss um Ihre Nachsicht bitten.»

«Reden Sie, Monsieur.»

«Tatsache ist», sagte ich und wünschte mich meilenweit weg, «dass ich eine junge Dame getroffen habe, eine Bekannte. Sie wollte unbedingt alles sehen, was es zu sehen gab, und ich – also, kurz gesagt, ich habe mir den Schlüssel geben lassen, um ihr den Leichnam zu zeigen.»

«Ah!», rief der Untersuchungsrichter zornig. «Da haben Sie wirklich einen schwerwiegenden Fehler gemacht, Captain Hastings. Das ist gegen alle Vorschriften. Sie hätten sich diese Torheit nicht gestatten dürfen.»

«Ich weiß», sagte ich niedergeschlagen. «Und Sie können mich gar nicht streng genug tadeln.»

«Sie hatten diese Dame nicht hierher eingeladen?»

«Natürlich nicht. Ich bin ihr rein zufällig begegnet. Es handelt sich um eine Engländerin, die sich gerade in Merlinville aufhält. Ich wusste bis zu unserer unerwarteten Begegnung heute Morgen gar nichts davon.»

«Nun ja», sagte der Untersuchungsrichter ein wenig besänftigt. «Es war wirklich alles andere als richtig, aber die Dame ist zweifellos jung und schön. Ach ja, die Jugend!» Und er seufzte gerührt.

Doch der Kommissar, weniger romantisch, aber dafür praktischer, nahm den Faden wieder auf: «Sie haben danach die Tür nicht wieder abgeschlossen?»

«Das ist es ja gerade», sagte ich langsam. «Deshalb mache ich mir so schreckliche Vorwürfe. Meine Bekannte konnte den Anblick des Toten nicht ertragen. Sie wäre beinahe in Ohnmacht gefallen. Ich habe ihr Wasser und Cognac geholt und dann habe ich darauf bestanden, sie in die Stadt zurückzubegleiten. In der ganzen Aufregung habe ich vergessen, die Tür abzuschließen. Das habe ich erst nach meiner Rückkehr erledigt.»

«Das heißt, für mindestens zwanzig Minuten…», sagte der Kommissar langsam. Dann verstummte er.

«Genau», sagte ich.

«Zwanzig Minuten», sagte er nachdenklich.

«Es ist wirklich bedauerlich», warf M. Hautet ein, jetzt wieder streng. «Ganz beispiellos.»

Plötzlich meldete sich eine andere Stimme zu Wort.

«Sie finden das bedauerlich?», fragte Giraud.

«Aber natürlich.»

«Ich finde es bewundernswert», erklärte der andere unangefochten.

Diese unerwartete Unterstützung verblüffte mich.

«Bewundernswert, Monsieur Giraud?», fragte der Untersuchungsrichter und musterte ihn wachsam aus dem Augenwinkel.

«Just dies.»

«Und warum?»

«Weil wir jetzt wissen, dass der Mörder, oder ein Komplize des Mörders, vor nur einer Stunde in der Nähe dieses Hauses gewesen ist. Es wäre doch seltsam, wenn wir ihn nicht bald zu fassen bekämen, jetzt, da wir das wissen.» In seiner Stimme lag eine leise Drohung. Er fügte hinzu: «Er hat einiges riskiert, um das Messer an sich zu bringen. Vielleicht hatte er Sorge, wir könnten seine Fingerabdrücke darauf entdecken.»

Poirot wandte sich an Bex.

«Sie haben doch gesagt, es gebe keine?»

Giraud zuckte mit den Schultern.

«Das wusste er vielleicht nicht.»

Poirot sah ihn an. «Da irren Sie sich, Monsieur Giraud. Der Mörder hat Handschuhe getragen. Also muss er es wissen.»

«Ich behaupte ja nicht, dass es der Mörder selbst war. Es kann sich um einen Komplizen gehandelt haben, dem diese Tatsache nicht bekannt war.»

Der Schreiber des Untersuchungsrichters suchte seine Papiere zusammen.

M. Hautet sagte zu uns anderen:

«Unsere Arbeit hier ist beendet. Vielleicht, Monsieur Renauld, könnten Sie zuhören, während Ihnen Ihre Aussage vorgelesen wird. Ich habe das alles ganz bewusst so informell wie möglich ablaufen lassen. Meine Methoden sind oft als phantasievoll bezeichnet worden, aber ich möchte behaupten, dass sich zu Gunsten der Phantasie vieles sagen lässt. Der Fall liegt nun in den geschickten Händen des bekannten Monsieur Giraud. Zweifellos wird er sich auszeichnen. Wirklich, ich verstehe nicht, warum er die Mörder noch nicht gefasst hat! Madame, ich möchte Ihnen noch einmal meine zutiefst empfundene Anteilnahme aussprechen. Messieurs, ich wünsche Ihnen allen einen schönen Tag.» Mit diesen Worten entschwand er, zusammen mit seinem Schreiber und dem Kommissar.

Poirot zog seine riesige Zwiebel von Uhr hervor.

«Gehen wir zum Mittagessen ins Hotel, mein Freund», sagte er. «Und dann werden Sie mir ganz genau erzählen, was Sie heute Morgen alles angestellt haben. Niemand achtet auf uns. Wir werden uns nicht verabschieden.»

Schweigend verließen wir das Zimmer. Der Untersuchungsrichter war schon in seinem Auto davongefahren. Ich war auf der Treppe, als Poirots Stimme mich innehalten ließ.

«Noch ein Momentchen, mein Freund.» Mit geschicktem Griff zog er seinen Zollstock und maß mit großer Geste vom Kragen bis zum Saum einen Mantel aus, der in der Diele hing. Ich nahm an, dass dieser Mantel Mr. Stonor oder Jack Renauld gehörte.

Dann steckte Poirot den Zollstock mit kurzem zufriedenem Grunzen wieder in die Tasche und folgte mir an die frische Luft.

Zwölftes Kapitel

Poirot stellt gewisse Punkte klar

«Warum haben Sie den Mantel ausgemessen?», fragte ich neugierig, als wir gemächlich die heiße, weiße Straße hinuntergingen.

«*Parbleu!* Weil ich wissen wollte, wie lang er ist», antwortete mein Freund gelassen.

Ich war verärgert. Poirots unheilbare Angewohnheit, aus einem Nichts ein Mysterium zu machen, ging mir immer wieder auf die Nerven. Ich schwieg und hing meinen eigenen Gedanken nach. Es war mir zunächst nicht weiter aufgefallen, aber nun musste ich an etwas denken, das Madame Renauld zu ihrem Sohn gesagt hatte; diese Bemerkung gewann auf einmal eine ganz neue Bedeutung. «Du bist also nicht gefahren?», hatte sie gefragt, und dann hatte sie hinzugefügt: *«Aber es spielt ja auch keine Rolle – mehr.»*

Wie hatte sie das gemeint? Ihre Bemerkung war rätselhaft – und wichtig. War es möglich, dass sie mehr wusste, als wir glaubten? Sie hatte behauptet, nichts über die geheimnisvolle Mission zu wissen, mit der ihr Mann seinen Sohn betraut hatte. Doch war sie vielleicht weniger ahnungslos, als sie vorgab? Wäre sie sehr wohl in der Lage, uns weiterzuhelfen, wenn sie nur wollte, und gehörte ihr Schweigen zu einem sorgfältig entworfenen und durchdachten Plan?

Je mehr ich darüber nachdachte, desto mehr war ich davon

überzeugt, dass ich richtig lag. Mrs. Renauld wusste mehr, als sie verraten mochte. In ihrer Überraschung über das Auftauchen ihres Sohnes hatte sie sich für einen Moment verraten. Ich war sicher, dass sie vielleicht nicht die Mörder, aber doch deren Motiv kannte. Nur zog sie es aus irgendeinem überaus wichtigen Grund vor zu schweigen.

«Sie denken so gründlich nach, mein Freund», bemerkte Poirot und riss mich damit aus meinen Überlegungen. «Was macht Ihnen so zu schaffen?»

Das sagte ich ihm, wobei ich mir meiner Sache zwar sicher war, aber trotzdem damit rechnete, dass er sich über meine Schlussfolgerungen lustig machen würde. Doch zu meiner Überraschung nickte er nachdenklich.

«Da haben Sie wirklich Recht, Hastings. Ich bin schon die ganze Zeit sicher, dass sie uns etwas verschweigt. Am Anfang habe ich sie verdächtigt, das Verbrechen angeregt oder zumindest geduldet zu haben.»

«Sie haben *sie* verdächtigt?», rief ich.

«Aber sicher. Sie profitiert doch gewaltig davon – und durch sein neues Testament ist sie die Einzige, die davon profitiert. Das hat von Anfang an meine Aufmerksamkeit auf sie gelenkt. Sie haben vielleicht bemerkt, dass ich sehr bald ihre Handgelenke untersucht habe. Ich wollte sehen, ob die Möglichkeit bestand, dass sie sich selber gefesselt und geknebelt hatte. *Eh bien,* ich habe sofort gesehen, dass es kein Trug war, die Fesseln haben so straff gesessen, dass sie sich tief ins Fleisch einschnitten. Damit war es unmöglich, dass sie das Verbrechen allein begangen hatte. Aber es ist weiterhin möglich, dass sie daran beteiligt ist oder dass sie es angeregt hat und mit einem Komplizen arbeitet. Ihre Geschichte kam mir sehr bekannt vor – die maskierten Männer, die sie nicht erkennen konnte, die Erwähnung des ‹Geheimnisses› – das alles habe ich schon einmal gehört oder gelesen. Und ein weiteres kleines Detail hat mich schließlich davon überzeugt, dass sie nicht die Wahrheit sagt. Die Armbanduhr, Hastings, die Armbanduhr!»

Schon wieder diese Uhr! Poirot beobachtete mich neugierig.

«Sehen Sie, *mon ami?* Verstehen Sie?»

«Nein», erwiderte ich missmutig. «Ich sehe nicht, und ich verstehe auch nicht. Sie sehen überall ein verflixtes Mysterium, und es hilft nichts, Sie um eine Erklärung zu bitten. Sie wollen immer bis zur letzten Minute einen Trumpf im Ärmel haben.»

«Echauffieren Sie sich nicht, mein Freund», sagte Poirot lächelnd. «Ich erkläre alles, wenn Sie das wünschen. Aber kein Wort zu Giraud, *c'est entendu?* Er behandelt mich wie ein bedeutungsloses Fossil. Das wollen wir doch erst mal sehen! Anstandshalber habe ich ihm einen Hinweis gegeben. Wenn er den nicht nutzen will, dann ist das seine Sache.»

Ich versicherte Poirot, er könne sich ganz auf meine Diskretion verlassen.

«*C'est bien!* Aktivieren wir also die kleinen grauen Zellen. Sagen Sie, mein Freund, wann hat diese Tragödie sich ereignet, was meinen Sie?»

«Gegen zwei Uhr natürlich», sagte ich überrascht. «Sie wissen doch, dass Mrs. Renauld uns gesagt hat, die Uhr habe geschlagen, als die Männer gerade im Zimmer waren.»

«Genau, und deshalb akzeptieren Sie, der Untersuchungsrichter, Bex und alle anderen diesen Zeitpunkt ohne weitere Fragen. Ich, Hercule Poirot, behaupte aber, dass Madame Renauld lügt. Das Verbrechen ist mindestens zwei Stunden früher begangen worden!»

«Aber die Ärzte...»

«Sie haben nach Untersuchung des Leichnams erklärt, der Tod sei zwischen sieben und zehn Stunden zuvor eingetreten.

Mon ami, aus irgendeinem Grund sollte es so aussehen, als habe das Verbrechen später stattgefunden als in Wirklichkeit. Sie haben von zerbrochenen Uhren gelesen, die den genauen Zeitpunkt eines Verbrechens festhalten? Damit der Zeitpunkt nicht nur durch Madame Renaulds Aussage bezeugt wird, hat jemand die Zeiger der Uhr auf zwei gestellt und dann die Uhr mit aller Kraft auf den Boden geworfen. Dabei hat dieser Jemand sein Ziel allerdings verfehlt, das kommt ja oft vor. Das Glas ist zerbrochen, das Uhrwerk blieb unbeschädigt. Es war ein ausgesprochen fataler Zug, denn er hat meine Aufmerksamkeit sofort auf zwei Punkte gelenkt: erstens, dass Madame Renauld lügt, zweitens, dass es einen triftigen Grund für diese Zeitverschiebung geben muss.»

«Aber wie könnte dieser Grund aussehen?»

«Ja, das ist die Frage! Da haben wir das ganze Mysterium. Bisher kann ich es nicht erklären. Ich sehe eigentlich nur eine mögliche Verbindung.»

«Und die wäre?»

«Dass der letzte Zug um siebzehn nach zwölf fährt.»

Darüber musste ich erst nachdenken.

«Und wenn das Verbrechen scheinbar zwei Stunden später stattgefunden hat, dann hat jemand, der diesen Zug genommen hat, ein unangreifbares Alibi.»

«Perfekt, Hastings. Sie haben es durchschaut!»

Ich fuhr zusammen.

«Dann müssen wir uns am Bahnhof erkundigen!», rief ich. «Zwei Ausländer, die diesen Zug genommen haben, müssen doch aufgefallen sein. Wir müssen sofort hin.»

«Meinen Sie, Hastings?»

«Natürlich. Kommen Sie schon!»

Poirot dämpfte meine Glut, indem er meinen Arm antippte.

«Gehen Sie ruhig, wenn Sie möchten, *mon ami* – aber dann sollten Sie nicht nach zwei auffälligen Ausländern fragen.»

Ich starrte ihn an, und ziemlich ungeduldig sagte er:

«*Là, là,* dieses Geschwätz haben Sie doch nicht geglaubt, oder? Das mit den maskierten Männern und den ganzen Rest von *cette histoire-là*.»

Ich war dermaßen verblüfft, dass ich nicht wusste, was ich sagen sollte. Gelassen sprach Poirot weiter:

«Sie haben doch gehört, wie ich zu Giraud gesagt habe, dass mir alle Details dieser Geschichte bekannt vorkommen? *Eh bien,* das muss bedeuten, dass der Kopf, der das erste Verbrechen geplant hat, auch hinter diesem steckt, oder aber, dass ein gelesener Bericht über eine *cause célèbre* sich unbewusst dem Gedächtnis unseres Mörders eingeprägt und sein Vorgehen gelenkt hat. Ich werde das genauer sagen können, wenn ich ...» Er verstummte.

Mir wirbelten allerlei Gedanken durch den Kopf.

«Aber Mr. Renaulds Brief? Darin ist doch ganz klar von einem Geheimnis und von Santiago die Rede.»

«Zweifellos hat es in Monsieur Renaulds Leben ein Geheimnis gegeben – das steht fest. Andererseits halte ich das Wort Santiago für einen Köder, der uns immer wieder vor die Nase gehalten wird, um unsere Witterung abzulenken. Möglicherweise ist dieser Köder auch Monsieur Renauld vorgehalten worden, damit er seinen Verdacht nicht auf ein näher gelegenes Objekt richtete. Oh, seien Sie sicher, Hastings, die Gefahr, die ihm drohte, lauerte nicht in Santiago, sondern ganz in der Nähe, in Frankreich.»

Das sagte er mit solchem Ernst und solcher Überzeugung, dass ich ihm einfach glauben musste. Dennoch wagte ich einen letzten Einwand:

«Und was ist mit dem Streichholz und der Zigarette, die bei dem Toten gefunden wurden? Was ist damit?»

Poirots Gesicht strahlte vor Vergnügen.

«Auch so ein Köder. Hier ausgelegt, damit Giraud oder

einer von seinem Stamm ihn findet. O ja, er ist smart, unser Giraud, er beherrscht seine Tricks. Das tut auch ein guter Jagdhund. Er ist so zufrieden mit sich. Stundenlang ist er auf dem Bauch herumgekrochen. ‹Schauen Sie, was ich gefunden habe›, sagt er. Und dann fragt er mich: ‹Was sehen Sie hier?› Und ich antworte ehrlich und wahrhaftig: ‹Nichts.› Und Giraud, der große Giraud, er lacht, und er denkt: ‹Ach, was ist das für ein alter Trottel!› Aber wir werden ja sehen...»

Ich dagegen dachte schon wieder an die wichtigsten Tatsachen.

«Dann ist diese ganze Geschichte über die maskierten Männer...»

«Falsch.»

«Aber was ist wirklich passiert?»

Poirot zuckte mit den Schultern.

«Es gibt nur einen Menschen, der uns das sagen könnte – Madame Renauld. Aber sie wird schweigen. Weder Drohungen noch Versprechen würden sie beeindrucken. Eine bemerkenswerte Frau, Hastings. Ich habe auf den ersten Blick erkannt, dass ich es mit einer Frau von außergewöhnlichem Charakter zu tun habe. Anfangs habe ich sie, wie gesagt, verdächtigt, in das Verbrechen verwickelt zu sein. Später habe ich meine Ansicht geändert.»

«Und was hat Sie dazu gebracht?»

«Ihre spontane und echte Trauer beim Anblick ihres toten Mannes. Ich könnte schwören, dass aus ihrem Aufschrei ehrliche Qual sprach!»

«Ja», sagte ich nachdenklich. «In dieser Hinsicht kann man sich nicht irren.»

«Ich bitte um Entschuldigung, mein Freund – man kann sich immer irren. Denken Sie an eine große Schauspielerin – werden Sie nicht von ihrem gespielten Kummer mitgerissen und von dessen Echtheit überzeugt? Nein, was ich auch annehmen und glauben mochte, ich brauchte doch noch andere Indizien, um mich zufrieden geben zu können. Große Verbrecher können große Schauspieler sein. Meine Überzeugung baut in diesem Fall nicht auf meinem Eindruck auf, sondern auf der unbestreitbaren Tatsache, dass Madame Renauld tatsächlich in Ohnmacht gefallen ist. Ich habe ihre Augenlider angehoben und ihr den Puls gefühlt. Ein Irrtum war unmöglich – ihre Ohnmacht war echt. Das hat mich davon überzeugt, dass ihre Trauer ehrlich und nicht gespielt war. Und noch ein kleiner, belangloser Punkt: Madame Renauld musste nicht unbedingt ungehemmte Trauer zeigen. Sie war schon einmal in Ohnmacht gefallen, als sie vom Tod ihres Mannes erfuhr, und deshalb war eine zweite Reaktion von dieser Heftigkeit nicht mehr nötig. Nein, Madame Renauld hat ihren Mann nicht ermordet. Aber warum lügt sie? Sie erzählt Lügen über ihre Armbanduhr, sie erzählt Lügen über die Maskierten – und auch in einer dritten Hinsicht lügt sie. Sagen Sie, Hastings, wie erklären Sie sich die offene Tür?»

«Na ja», erwiderte ich ziemlich verlegen, «ich nehme an, es war ein Versehen. Sie haben vergessen, sie zu schließen.»

Poirot schüttelte den Kopf und seufzte.

«Das ist Girauds Erklärung. Damit bin ich nicht zufrieden. Diese offene Tür hat eine Bedeutung, die ich im Moment noch nicht erfassen kann. Aber in einer Hinsicht bin ich mir ziemlich sicher – sie haben das Haus nicht durch die Tür verlassen. Sondern durch das Fenster.»

«Was?»

«Genau.»

«Aber im Blumenbeet unter dem Fenster waren keine Fußspuren.»

«Nein – und es hätte welche geben müssen. Hören Sie zu, Hastings. Der Gärtner, Auguste, das haben Sie selber gehört, hat am vorangegangenen Nachmittag beide Beete bepflanzt.

Im einen Beet wimmelt es nur so von Abdrücken seiner schweren, genagelten Stiefel – im anderen sind keine. Verstehen Sie? Jemand ist dort vorbeigegangen, jemand, der, um die Fußspuren zu entfernen, die Oberfläche des Beetes mit einer Harke geglättet hat.»

«Woher stammte diese Harke?»

«Von dort, wo auch Spaten und Gartenhandschuhe herstammten», sagte Poirot ungeduldig. «Das ist doch nicht weiter schwer.»

«Aber warum glauben Sie, dass sie durchs Fenster geklettert sind? Wäre es nicht wahrscheinlicher, dass sie durchs Fenster ins Haus eingedrungen sind und es dann durch die Tür verlassen haben?»

«Natürlich ist das möglich. Aber ich vermute doch, dass sie durchs Fenster verschwunden sind.»

«Ich glaube, Sie irren sich.»

«Vielleicht, *mon ami*.»

Ich grübelte über die neuen Aspekte, die Poirots Schlussfolgerungen mir eröffnet hatten. Mir fiel ein, wie ich mich über seine kryptischen Anspielungen über Armbanduhr und Blumenbeet gewundert hatte. Seine Bemerkungen waren mir sinnlos vorgekommen, und erst jetzt ging mir auf, auf welch bemerkenswerte Weise er anhand weniger, schwacher Indizien einen Großteil der mit diesem Fall verbundenen Mysterien gelöst hatte. Ich musste meinem Freund verspätete Hochachtung zollen.

«Aber», sagte ich nach einer Weile nachdenklich, «obwohl wir jetzt sehr viel mehr wissen, sind wir der Erkenntnis, wer Mr. Renauld denn nun umgebracht hat, noch keinen Schritt näher gekommen.»

«Nein», erwiderte Poirot fröhlich. «Von dieser Erkenntnis haben wir uns sogar um einiges entfernt.»

Und diese Tatsache schien ihn derart mit Befriedigung zu

erfüllen, dass ich ihn überrascht anstarrte. Er fing meinen Blick auf und lächelte.

Plötzlich ging mir ein Licht auf.

«Poirot! Mrs. Renauld! Jetzt verstehe ich. Offenbar deckt sie jemanden!»

Das Schweigen, mit dem Poirot meinen Ausruf quittierte, sagte mir, dass er auf diese Idee auch schon gekommen war.

«Ja», sagte er nachdenklich. «Sie deckt jemanden – oder sie schützt ihn. Eins von beidem.»

Und dann, als wir das Hotel betraten, gemahnte er mich mit einer Handbewegung zu schweigen.

Dreizehntes Kapitel

Das Mädchen mit den ängstlichen Augen

Wir aßen mit ausgezeichnetem Appetit. Eine Weile schwiegen wir, dann bemerkte Poirot voller Bosheit: «*Eh bien!* Und was ist mit Ihrem groben Fehler? Wollten Sie mir nicht darüber berichten?»

Ich spürte, dass ich rot anlief. «Ach, Sie meinen heute Morgen?» Es gelang mir, mich reichlich lässig anzuhören.

Aber Poirot war ich nicht gewachsen. Innerhalb sehr weniger Minuten hatte er mir die ganze Geschichte entlockt, und während er das tat, funkelten seine Augen nur so.

«*Tiens!* Was für eine romantische Geschichte. Wie heißt sie denn, diese charmante junge Dame?»

Ich musste zugeben, dass ich das nicht wusste.

«Noch romantischer. Das erste *rencontre* im Zug von Paris, das zweite hier. Reisen führen zum Rendezvous, gibt es nicht so ein Sprichwort?»

«Seien Sie kein Esel, Poirot!»

«Gestern war es Mademoiselle Daubreuil, heute ist es Mademoiselle – Cinderella. Sie haben das Herz eines Türken, Hastings. Sie sollten sich einen Harem zulegen!»

«Machen Sie sich nur lustig über mich. Mademoiselle Daubreuil ist eine schöne junge Frau, die ich sehr bewundere – das gebe ich gern zu. Die andere ist nichts – ich glaube nicht, dass ich sie jemals wieder sehen werde.»

«Sie wollen die Dame nicht wieder sehen?»

Diese Bemerkung klang wie eine Frage, und ich registrierte den scharfen Blick, mit dem er mich dabei bedachte. Vor meinen Augen erschienen in riesiger Flammenschrift die Worte *Hôtel du Phare*, wieder hörte ich ihre Stimme: «Schauen Sie doch herein», und hörte mich selber voller *empressement* antworten: «Das mache ich.»

Einigermaßen gelassen erklärte ich: «Sie hat mich aufgefordert, bei ihr vorbeizuschauen, aber das werde ich natürlich nicht tun.»

«Wieso ‹natürlich›?»

«Na ja, ich will nicht.»

«Mademoiselle Cinderella wohnt im *Hôtel d'Angleterre*, haben Sie gesagt, oder?»

«Nein, im *Hôtel du Phare*.»

Für einen Moment kamen mir Zweifel. Ich hatte doch Poirot gegenüber gar kein Hotel erwähnt. Ich schaute ihn an und war wieder beruhigt. Er zerschnitt sein Brot in ordentliche kleine Vierecke und war ganz und gar in diese Aufgabe vertieft. Vermutlich glaubte er nur, ich hätte ihm von Cinderellas Quartier erzählt.

Wir tranken den Kaffee draußen und schauten dabei aufs Meer. Poirot rauchte eine seiner kleinen Zigaretten, dann zog er die Uhr aus der Tasche.

«Der Zug nach Paris geht um fünf vor halb drei», sagte er. «Ich muss langsam aufbrechen.»

«Nach Paris?», rief ich.

«Das habe ich gesagt, *mon ami*.»

«Sie fahren nach Paris? Aber warum?»

Mit sehr ernster Miene antwortete Poirot: «Um Monsieur Renaulds Mörder zu suchen.»

«Sie glauben, er ist in Paris?»

«Ich bin ziemlich sicher, dass er das nicht ist. Dennoch

muss ich dort nach ihm suchen. Das verstehen Sie nicht, aber ich werde Ihnen später alles erklären. Glauben Sie mir, diese Reise nach Paris ist nötig. Ich bleibe nicht lange. Aller Wahrscheinlichkeit nach bin ich morgen schon wieder zurück. Ich schlage Ihnen nicht vor, mich zu begleiten. Bleiben Sie hier, und behalten Sie Giraud im Auge. Und pflegen Sie die Gesellschaft von Monsieur Renauld *fils*.»

«Dabei fällt mir ein», sagte ich, «ich wollte Sie fragen, woher Sie das über die beiden gewusst haben.»

«*Mon ami* – ich kenne die Menschen. Stecken Sie einen Mann wie den jungen Renauld und eine schöne junge Frau wie Mademoiselle Marthe zusammen, und das Ergebnis ist nahezu unvermeidlich. Dann der Streit. Es musste dabei um Geld oder um eine Frau gegangen sein, und so, wie Léonie die Wut des Jungen beschrieben hat, tippte ich auf Letzteres. Also habe ich geraten – und richtig getroffen.»

«Sie hatten schon vermutet, dass sie den jungen Renauld liebt?»

Poirot lächelte.

«Auf jeden Fall habe ich gesehen, dass sie ängstliche Augen hatte. So denke ich immer an Mademoiselle Daubreuil – als an das Mädchen mit den ängstlichen Augen.»

Er war so ernst, dass mir ganz unbehaglich wurde.

«Wie meinen Sie das, Poirot?»

«Ich glaube, mein Freund, dass wir das sehr bald wissen werden. Aber ich muss gehen.»

«Ich bringe Sie zum Bahnhof», sagte ich und erhob mich.

«Das werden Sie bleiben lassen. Ich verbiete es.»

Er sagte das so kategorisch, dass ich ihn überrascht anstarrte.

«Das ist mein Ernst, *mon ami. Au revoir.*»

Nachdem Poiret mich verlassen hatte, wusste ich nicht so recht, was ich mit mir anfangen sollte. Ich schlenderte zum

Strand hinunter und sah mir die Badegäste an, brachte aber nicht die Energie auf, mich ihnen anzuschließen. Ich malte mir aus, dass Cinderella vielleicht in einem wunderschönen Badeanzug unter ihnen weilte, aber ich konnte sie nirgends entdecken.

Ziellos stromerte ich zwischen den Dünen entlang auf das andere Ende der Stadt zu. Ich dachte mir, der Anstand gebiete es, dass ich mich nach der jungen Frau erkundigte. Außerdem konnte es mir Ärger ersparen. Der Fall wäre damit erledigt. Ich würde mir ihretwegen keine Sorgen mehr machen müssen. Und wenn ich sie nicht aufsuchte, dann würde sie möglicherweise bei der Villa nach mir Ausschau halten.

Also verließ ich den Strand und ging in den Ort. Bald hatte ich das *Hôtel du Phare* gefunden, ein sehr bescheidenes Haus. Es ärgerte mich schrecklich, dass ich den Namen der Dame nicht kannte. Um meine Würde zu wahren, beschloss ich, ins Hotel zu gehen und mich dort umzusehen. Vermutlich fand ich sie im Foyer. Ich ging hinein, entdeckte aber keine Spur von ihr. Ich wartete eine Weile, dann siegte meine Ungeduld. Ich zog den Portier beiseite und drückte ihm fünf Franc in die Hand.

«Ich hätte gern eine Dame gesprochen, die bei Ihnen wohnt. Eine junge Engländerin, klein und dunkel. Ich weiß nicht genau, wie sie heißt.»

Der Mann schüttelte den Kopf und schien ein Grinsen zu unterdrücken.

«Eine solche Dame haben wir hier nicht.»

«Aber sie hat es mir selbst gesagt.»

«Monsieur muss sich irren – oder vermutlich hat die Dame sich geirrt, denn es hat sich schon ein anderer Herr nach ihr erkundigt.»

«Was sagen Sie da?», rief ich überrascht.

«Aber ja, Monsieur. Ein Herr, der sie genauso beschrieben hat wie Sie.»

«Wie sah er aus?»

«Es war ein kleiner Herr, gut angezogen, sehr adrett, sehr sauber, mit sehr steifem Schnurrbart, seltsam geformtem Kopf und grünen Augen.»

Poirot! Deshalb hatte ich ihn nicht zum Bahnhof begleiten dürfen. Was für eine Unverschämtheit! Wieso mischte er sich in meine Angelegenheiten ein? Glaubte er vielleicht, ich brauchte ein Kindermädchen?

Ich bedankte mich bei dem Mann und ging, ziemlich verwirrt und noch immer sehr wütend auf meinen aufdringlichen Freund.

Doch wo steckte die Dame? Ich schob meinen Zorn beiseite und versuchte, dieses Rätsel zu lösen. Offenbar hatte sie aus Versehen das falsche Hotel genannt. Aber dann kam mir ein anderer Gedanke. War das wirklich ein Versehen? Oder hatte sie ganz bewusst ihren Namen verschwiegen und eine falsche Adresse angegeben?

Je länger ich darüber nachdachte, desto sicherer wurde ich mir, dass letztere Annahme zutraf. Aus irgendeinem Grund wollte sie unsere Bekanntschaft nicht zur Freundschaft reifen lassen. Und ich – auch wenn ich mir das noch vor einer halben Stunde selber eingeredet hatte – wollte mir nicht einfach das Spiel aus der Hand nehmen lassen. Ich fand die ganze Geschichte ausgesprochen unbefriedigend und kehrte in reichlich schlechter Laune zur Villa Geneviève zurück. Ich ging nicht ins Haus, sondern folgte dem Gartenweg zu der kleinen Bank neben dem Schuppen. Dort setzte ich mich und war weiterhin missgelaunt.

Stimmen aus nächster Nähe rissen mich aus meinen Gedanken. Gleich darauf erkannte ich, dass sie aus dem Nachbargarten kamen, dem der Villa Marguerite, und dass sie sich in ziemlichem Tempo näherten. Eine Mädchenstimme führte das Wort, eine Stimme, die ich als die der schönen Marthe erkannte.

«*Chéri*», sagte sie. «Stimmt das wirklich? Haben unsere Sorgen nun ein Ende?»

«Das weißt du doch, Marthe», erwiderte Jack Renauld. «Nichts kann uns jetzt noch trennen, Liebste. Das letzte Hindernis auf dem Weg zu unserer Vereinigung ist beseitigt. Nichts kann dich mir mehr wegnehmen.»

«Nichts?», murmelte das Mädchen. «O Jack, Jack – ich habe Angst.»

Ich wollte mich zurückziehen, schließlich spielte ich hier ganz unbeabsichtigt den Lauscher an der Wand. Als ich aufstand, sah ich die beiden durch das Loch in der Hecke. Sie standen nebeneinander, die Gesichter mir zugewandt, er hatte den Arm um sie gelegt und blickte ihr in die Augen. Sie waren ein großartig aussehendes Paar, der dunkle, gut gebaute Junge und die blonde Göttin. Sie schienen füreinander geschaffen zu sein, wie sie so vor mir standen, glücklich, trotz der schrecklichen Tragödie, die ihr junges Leben überschattete.

Doch das Mädchen machte ein besorgtes Gesicht, und das schien auch Jack Renauld aufzufallen, denn er zog sie enger an sich und fragte: «Aber wovor hast du Angst, Liebes? Was gibt es jetzt noch zu befürchten?»

Und dann sah ich den Ausdruck in ihren Augen, den Ausdruck, den Poirot erwähnt hatte, und sie murmelte so leise, dass ich ihre Worte fast erraten musste: «Ich habe Angst – um *dich*.»

Die Antwort des jungen Renauld hörte ich nicht, denn eine ungewöhnliche Erscheinung ein Stück weiter hinten an der Hecke zog meine Aufmerksamkeit auf sich. Dort schien ein brauner Busch zu stehen, und das kam mir so früh im Sommer ausgesprochen seltsam vor. Ich ging hin, um mir die

Sache genauer anzuschauen, doch als ich näher kam, wich der braune Busch eilig zurück, legte den Finger an die Lippen und schaute mich an. Es war Giraud.

Er bedeutete mir, ich solle vorsichtig sein, und führte mich um den Schuppen herum, bis wir außer Hörweite waren.

«Was haben Sie denn hier gemacht?», fragte ich.

«Dasselbe wie Sie – gehorcht.»

«Aber ich war nicht zu diesem Zweck hergekommen.»

«Ach!», sagte Giraud. «Ich wohl.»

Wie immer musste ich den Mann bewundern, obwohl ich ihn nicht leiden konnte. Er maß mich mit einer Art verächtlicher Missbilligung.

«Und dass Sie hier hereingeplatzt sind, hat die Sache nicht besser gemacht. Vielleicht hätte ich in der nächsten Minute etwas Brauchbares gehört. Wo haben Sie Ihr Fossil gelassen?»

«Monsieur Poirot ist nach Paris gefahren», erwiderte ich kalt.

Giraud schnippte voller Verachtung mit den Fingern. «Nach Paris ist er gefahren, ja? Na, wie gut. Je länger er dort bleibt, desto besser. Aber was glaubt er, was er dort finden wird?»

«Das darf ich nicht verraten», sagte ich ruhig.

Giraud starrte mich durchdringend an.

«Vermutlich ist er gescheit genug, es Ihnen gar nicht zu sagen», bemerkte er grob. «Einen schönen Nachmittag noch, ich habe zu tun.» Und damit machte er auf dem Absatz kehrt und ließ mich stehen.

In der Villa Geneviève schien es nicht weiterzugehen. Giraud hatte offenbar keine Sehnsucht nach meiner Gesellschaft, und nach allem, was ich gesehen hatte, nahm ich an, dass es Jack Renauld auch nicht anders ging.

Ich kehrte in die Stadt zurück, nahm ein angenehmes Bad und begab mich ins Hotel. Ich ging früh schlafen und fragte mich noch, ob der kommende Tag wohl etwas Interessantes mit sich bringen würde.

Auf das, was er dann mit sich brachte, war ich ganz und gar nicht vorbereitet. Ich saß gerade im Speisesaal beim *petit déjeuner*, als der Kellner, der draußen mit irgendjemandem gesprochen hatte, in sichtlicher Erregung hereinkam. Er zögerte kurz, spielte an seiner Serviette herum und platzte schließlich heraus:

«Monsieur müssen bitte entschuldigen, aber Sie haben doch etwas mit dieser Sache in der Villa Geneviève zu tun, nicht wahr?»

«Ja», sagte ich interessiert. «Warum?»

«Monsieur hat also noch nichts davon gehört?»

«Wovon denn?»

«Dass dort in der vergangenen Nacht noch ein Mord geschehen ist!»

«Was?»

Ich ließ mein Frühstück stehen, schnappte mir meinen Hut und nahm die Beine in die Hand. Noch ein Mord – und Poirot war nicht da! Was für ein Pech! Aber wer war ermordet worden?

Ich rannte durch das Tor. In der Auffahrt standen die eifrig schwatzenden und gestikulierenden Dienstbotinnen. Ich winkte Françoise zu mir.

«Was ist passiert?»

«Ach, Monsieur! Noch ein Tod. Es ist entsetzlich. Auf diesem Haus lastet ein Fluch! Jawohl, ein Fluch. Man sollte *monsieur le curé* bitten, mit Weihwasser herzukommen. Ich werde keine Nacht mehr unter diesem Dach verbringen. Ich könnte doch die Nächste sein, wer weiß das schon?»

Sie bekreuzigte sich.

«Ja», rief ich, «aber wer ist denn umgebracht worden?»

«Woher soll ich das wissen? Ein Mann – ein Fremder. Sie

haben ihn dort hinten gefunden – im Schuppen, keine hundert Meter von der Stelle entfernt, wo der arme Monsieur gelegen hat. Und das ist noch nicht alles. Er ist erstochen worden – ins Herz, mit *demselben Messer!*»

Vierzehntes Kapitel

Der zweite Leichnam

Ich hatte genug gehört und rannte den Weg zum Schuppen hoch. Die beiden Wachtposten traten beiseite, um mich durchzulassen, und voller Erregung ging ich hinein.

Das Licht war trüb; der Schuppen war ein grober Holzverschlag, in dem alte Töpfe und Werkzeug aufbewahrt wurden. Um ein Haar wäre ich hineingestürmt, aber auf der Türschwelle riss ich mich zusammen, fasziniert von dem Anblick, der sich mir bot.

Giraud lag auf den Knien, er hielt eine Taschenlampe in der Hand und untersuchte jeden Zentimeter Boden. Als er mich hörte, schaute er stirnrunzelnd auf, dann besänftigte seine Miene sich ein wenig zu einer Art gutmütiger Verachtung.

«Das ist er», sagte Giraud und leuchtete eine Ecke an.

Dort ging ich hin.

Der Tote lag lang ausgestreckt auf dem Rücken. Er war mittelgroß, von dunklem Teint, vielleicht fünfzig Jahre alt. Er trug einen eleganten dunkelblauen Anzug, der vermutlich von einem teuren Schneider stammte, aber nicht neu war. Sein Gesicht war entsetzlich verzerrt, und links auf seiner Brust, gleich über dem Herzen, ragte ein schwarzer, glänzender Messergriff auf. Ich erkannte dieses Messer. Es war dasselbe, das ich am Vortag im Glaskrug gesehen hatte.

«Ich rechne jeden Augenblick mit dem Arzt», erklärte Giraud.

«Obwohl wir den eigentlich gar nicht brauchen. An der Todesursache besteht kein Zweifel. Er wurde ins Herz gestochen, und der Tod muss nahezu augenblicklich eingetreten sein.»

«Wann ist das passiert? Letzte Nacht?»

Giraud schüttelte den Kopf.

«Wohl kaum. Ich bin zwar kein Mediziner, aber ich glaube doch, dass der Mann seit über zwölf Stunden tot ist. Wann, sagten Sie, haben Sie das Messer zuletzt gesehen?»

«Gestern Morgen gegen zehn.»

«Dann möchte ich annehmen, dass das Verbrechen nicht sehr viel später begangen worden ist.»

«Aber an diesem Schuppen kommen ständig Leute vorbei.»

Giraud lachte hämisch.

«Sie machen ja großartige Fortschritte. Wer hat Ihnen gesagt, dass er in diesem Schuppen umgebracht worden ist?»

«Na ja», sagte ich verlegen. «Davon bin ich ausgegangen.»

«Ach, was für ein feiner Detektiv. Sehen Sie ihn sich an. Fällt ein Mann nach einem Stich ins Herz so um – ganz gerade, mit geschlossenen Beinen und lose herabhängenden Armen? Nein. Und legt jemand sich auf den Rücken und lässt sich erstechen, ohne auch nur einen Finger zu seiner Verteidigung zu rühren? Das wäre doch absurd, nicht wahr? Aber sehen Sie hier – und hier…» Er ließ den Lichtkegel seiner Taschenlampe über den Boden wandern. «Er ist nach seinem Tod hergeschleppt worden. Halb geschleppt und halb getragen. Auf dem harten Boden draußen sind die Spuren nicht zu sehen, und hier drinnen waren sie umsichtig genug, sie zu verwischen, aber eine der beiden Personen war eine Frau, mein junger Freund.»

«Eine Frau?»

«Ja.»

«Aber wenn die Spuren verwischt sind, woher wollen Sie das dann wissen?»

«Weil der Abdruck des Frauenschuhs noch immer unverkennbar ist. Und deshalb.» Er beugte sich vor, zog etwas vom Messergriff und hielt es mir hin. Es war ein langes, schwarzes Frauenhaar, ähnlich dem, das Poirot in der Bibliothek auf dem Sessel gefunden hatte.

Mit einem leicht ironischen Lächeln wickelte Giraud das Haar wieder um das Messer.

«Wir wollen so weit wie möglich alles unverändert lassen», erklärte er. «Dann freut sich der Untersuchungsrichter. Fällt Ihnen sonst noch etwas auf?»

Ich musste den Kopf schütteln.

«Sehen Sie sich seine Hände an.»

Das tat ich. Die Fingernägel waren rissig und verfärbt, die Haut war hart. Leider sagte mir das nicht so viel, wie mir lieb gewesen wäre. Ich blickte zu Giraud auf.

«Es sind nicht die Hände eines Gentleman», sagte er. «Andererseits ist er angezogen wie ein Wohlhabender. Das ist seltsam, nicht wahr?»

«Sehr seltsam», stimmte ich zu.

«Und keins seiner Kleidungsstücke trägt ein Schneideretikett. Was sagt uns das? Dieser Mann wollte sich als jemand ausgeben, der er nicht war. Er hat eine Maskerade aufgeführt. Warum? Hatte er vor irgendetwas Angst? Wollte er im Schutz dieser Verkleidung fliehen? Das alles wissen wir noch nicht, aber eins wissen wir immerhin – er wollte seine Identität so dringend verbergen, wie wir sie aufdecken möchten.»

Er starrte auf den Leichnam hinunter.

«Und wieder weist das Messer keinerlei Fingerabdrücke auf. Wieder hat der Mörder Handschuhe getragen.»

«Sie glauben, dass es derselbe Mörder ist?», fragte ich aufgeregt.

Giraud ließ sich nicht in die Karten schauen.

«Was ich glaube, spielt keine Rolle. Wir werden sehen. Marchaud!»

Der *sergent de ville* trat in die Tür.

«Monsieur?»

«Warum ist Madame Renauld nicht hier? Ich habe schon vor einer Viertelstunde nach ihr geschickt.»

«Sie kommt gerade mit ihrem Sohn den Weg herauf, Monsieur.»

«Gut. Ich will sie aber nacheinander sprechen.»

Marchaud salutierte und verschwand wieder. Gleich darauf führte er Mrs. Renauld herein.

«Hier kommt Madame.»

Giraud trat mit einer kurzen Verbeugung vor.

«Hier entlang, Madame.» Er führte sie zu dem Toten, trat beiseite und sagte: «Hier ist der Mann. Kennen Sie ihn?»

Und dabei fixierte er mit stechendem Blick ihr Gesicht, er versuchte, ihre Gedanken zu lesen, nahm jede Einzelheit in ihrem Verhalten zur Kenntnis.

Doch Mrs. Renauld blieb völlig gelassen – zu gelassen, wie ich fand. Sie betrachtete den Leichnam fast gleichgültig und auf jeden Fall ohne irgendein Anzeichen von Erregung oder Wiedererkennen.

«Nein», sagte sie. «Ich habe ihn nie im Leben gesehen. Er ist mir ganz und gar fremd.»

«Sind Sie sicher?»

«Ganz sicher.»

«Sie erkennen in ihm keinen von den Männern, die Sie überfallen haben?»

«Nein.» Sie schien zu zögern, als sei ihr eine Idee gekommen. «Nein, ich glaube nicht. Natürlich hatten sie beide Bärte – falsche Bärte, wie der Untersuchungsrichter meint – aber trotzdem, nein.» Jetzt fasste sie offenbar ihren Entschluss endgültig. «Ich bin ganz sicher, dass der Mann nicht dabei war.»

«Sehr gut, Madame. Das wäre dann alles.»

Hoch erhobenen Hauptes verließ sie den Schuppen, und die Sonne ließ die silbernen Fäden in ihrem Haar aufleuchten. Gleich darauf kam Jack Renauld herein. Auch er sagte auf ganz natürliche Weise, er könne den Mann nicht identifizieren.

Giraud grunzte nur. Mir war nicht klar, ob ihn das freute oder verärgerte. Er rief Marchaud.

«Sie haben die andere draußen?»

«Ja, Monsieur.»

«Bringen Sie sie herein.»

Die «andere» war Madame Daubreuil. Sie war empört und protestierte energisch.

«Ich muss schon sagen, Monsieur! Das ist eine Unverschämtheit! Was geht mich das alles überhaupt an?»

«Madame», sagte Giraud brutal, «ich untersuche nicht einen, sondern zwei Morde. Und beide können durchaus von Ihnen begangen worden sein.»

«Was erlauben Sie sich?», rief sie. «Wie können Sie es wagen, mich dermaßen zu beschuldigen? Das ist eine Frechheit!»

«Frechheit, ja? Und was ist das?» Er bückte sich, wickelte das Haar vom Messer und hielt es hoch. «Sehen Sie das, Madame?» Er machte einen Schritt auf sie zu. «Darf ich nachsehen, ob es passt?»

Mit einem Aufschrei wich sie zurück, und jetzt wurde sie leichenblass.

«Das stimmt nicht, ich schwöre es. Ich weiß nichts über dieses Verbrechen – über diese Verbrechen. Und wer behauptet, ich wüsste etwas, lügt! Ah, *mon Dieu,* was soll ich nur tun?»

«Beruhigen Sie sich, Madame», sagte Giraud kalt. «Bisher hat niemand Sie angeklagt. Aber ich möchte Ihnen raten, meine Fragen klar zu beantworten.»

«Was immer Sie wollen, Monsieur.»

«Schauen Sie sich den Toten an. Haben Sie ihn schon einmal gesehen?»

Als sie neben den Toten trat, nahm ihr Gesicht wieder ein wenig Farbe an. Madame Daubreuil betrachtete das Opfer mit einem gewissen Grad an Interesse und Neugier. Dann schüttelte sie den Kopf.

«Den kenne ich nicht.»

Ich musste ihr einfach glauben, das alles hörte sich so echt an. Giraud entließ sie mit einem Nicken.

«Sie lassen Sie gehen?», fragte ich leise. «Ist das klug? Das schwarze Haar stammt doch bestimmt von ihrem Kopf.»

«Ich brauche keine Belehrungen», sagte Giraud trocken. «Sie wird überwacht. Ich möchte sie jetzt noch nicht verhaften.»

Dann starrte er stirnrunzelnd den Leichnam an.

«Würden Sie ihn für einen spanischen Typ halten?», fragte er plötzlich.

Ich sah mir das Gesicht des Toten sehr sorgfältig an.

«Nein», sagte ich dann. «Ich würde ihn einwandfrei als Franzosen betrachten.»

Giraud grunzte unzufrieden.

«Ich auch.»

Er dachte kurz nach, dann winkte er mich mit gebieterischer Geste beiseite, fiel wieder auf die Knie und fuhr fort, den Schuppenboden abzusuchen. Er war großartig. Nichts entging seiner Aufmerksamkeit. Zentimeter für Zentimeter tastete er den Boden ab, drehte Töpfe um, untersuchte alte Säcke. Er machte sich über ein neben der Tür liegendes Bündel her, doch das erwies sich als ein zerlumpter Mantel samt Hose, worauf er es schnaubend wieder fallen ließ. Zwei Paar alte Handschuhe interessierten ihn, doch am Ende schüttelte er den Kopf und legte sie beiseite. Dann wandte er sich wieder den Töpfen zu und drehte einen nach dem anderen um. Irgendwann stand er schließlich auf und schüttelte nachdenklich den Kopf. Er kam mir ratlos vor, perplex. Ich glaube, er hatte ganz vergessen, dass ich da war.

Doch dann hörten wir draußen Schritte und Stimmen, und unser alter Freund, der Untersuchungsrichter, kam, mit seinem Schreiber und M. Bex und gefolgt vom Arzt, in den Schuppen geeilt.

«Wie außergewöhnlich, Monsieur Giraud!», rief M. Hautet. «Noch ein Verbrechen. Ach, wir sind in diesem Fall noch nicht auf dem Grund angelangt. Es gibt hier ein großes Geheimnis. Aber wer ist diesmal das Opfer?»

«Das kann uns niemand verraten, Monsieur. Wir haben ihn noch nicht identifizieren können.»

«Und wo ist der Leichnam?», fragte der Arzt.

Giraud trat beiseite.

«Dort in der Ecke. Ein Stich ins Herz, wie Sie sehen. Mit dem gestern Morgen gestohlenen Messer! Ich stelle mir vor, dass der Mord unmittelbar nach dem Diebstahl begangen wurde, aber das werden Sie uns genauer sagen können. Fassen Sie das Messer ruhig an – es weist keinerlei Fingerabdrücke auf.»

Der Arzt kniete neben dem Toten nieder, und Giraud wandte sich dem Untersuchungsrichter zu.

«Ein nettes kleines Problem, nicht wahr? Aber ich werde es lösen.»

«Niemand kann ihn also identifizieren», überlegte der Untersuchungsrichter. «Könnte es sich um einen der Mörder handeln? Vielleicht haben sie sich zerstritten.»

Giraud schüttelte den Kopf.

«Das hier ist ein Franzose – das würde ich beschwören!»

Doch da meldete sich der Arzt zu Wort, der mit verdutzter Miene neben dem Toten hockte.

«Sie sagen, er sei gestern Morgen umgebracht worden?»

«Darauf weist der Diebstahl des Messers hin», erklärte Giraud. «Natürlich kann es auch später gewesen sein.»

«Später? Unsinn! Dieser Mann ist seit mindestens achtundvierzig Stunden tot, wahrscheinlich sogar noch länger.»

Komplett verwirrt starrten wir einander an.

Fünfzehntes Kapitel

Ein Foto

Die Worte des Arztes waren eine solche Überraschung, dass wir fürs Erste allesamt sprachlos waren. Hier war ein Mann mit einem Messer erstochen worden, von dem wir alle wussten, dass es erst vor vierundzwanzig Stunden gestohlen worden war, und doch konnte Dr. Durand uns versichern, dass der Mann seit mindestens achtundvierzig Stunden tot sein musste. Das war einfach absolut phantastisch!

Wir waren noch damit beschäftigt, uns von dieser Aussage zu erholen, als mir ein Telegramm gebracht wurde. Man hatte es aus dem Hotel an die Villa weitergeleitet. Ich riss es auf. Es kam von Poirot und kündigte an, dass er um 12.28 Uhr in Merlinville eintreffen werde.

Ein Blick auf die Uhr verriet mir, dass ich gerade Zeit genug hatte, um in aller Ruhe zum Bahnhof zu gehen und ihn abzuholen. Es erschien mir ungeheuer wichtig, ihn sofort mit den neuen und verwirrenden Entwicklungen des Falls bekannt zu machen.

Offenbar, überlegte ich, hatte Poirot in Paris das Gewünschte problemlos gefunden. Das bewies seine rasche Rückkehr. Wenige Stunden hatten ausgereicht. Ich war gespannt, wie er meine aufregenden Mitteilungen aufnehmen würde.

Der Zug hatte einige Minuten Verspätung, und ich schlenderte ziellos den Bahnsteig auf und ab, bis mir einfiel, dass ich die Wartezeit füllen könnte, indem ich mich danach erkundigte, wer am Abend der ersten Tragödie Merlinville mit dem letzten Zug verlassen hatte.

Ich sprach den Oberträger an, einen intelligent aussehenden Mann, und es fiel mir nicht schwer, ihn auf mein Thema zu bringen. Es sei eine Schande für die Polizei, rief er empört, dass solche Verbrecher, solche Mörder ungestraft umherlaufen dürften. Ich erwähnte, dass sie den Ort möglicherweise mit dem letzten Zug verlassen hatten, doch davon wollte er nichts hören. Zwei Ausländer wären ihm aufgefallen, da war er ganz sicher. In den letzten Zug waren nur an die zwanzig Fahrgäste eingestiegen, da hätte er die beiden gar nicht übersehen können.

Ich weiß nicht, wie ich auf diese Idee kam – vielleicht lag es an der großen Angst, die ich aus Marthe Daubreuils Stimme herausgehört hatte, jedenfalls fragte ich unvermittelt: «Der junge Monsieur Renauld – der hat diesen Zug wohl auch nicht genommen, oder?»

«Aber nicht doch, Monsieur. Innerhalb einer halben Stunde anzukommen und wieder abzufahren, das wäre doch wirklich nicht lustig.»

Ich starrte den Mann an und konnte kaum begreifen, was er da sagte. Aber dann ging mir ein Licht auf.

«Sie meinen», fragte ich, und mein Herz schlug ein wenig schneller, «dass Monsieur Jack Renauld an dem Abend in Merlinville eingetroffen ist?»

«Aber sicher, Monsieur. Mit dem letzten Zug aus der Gegenrichtung, um zwanzig vor zwölf.»

Meine Gedanken standen Kopf. Deshalb hatte Marthe also solche Angst. Jack Renauld war während der Mordnacht in Merlinville gewesen. Aber warum hatte er uns das verschwiegen? Warum hatte er stattdessen behauptet, er habe sich in

Cherbourg aufgehalten? Ich dachte an sein offenes, jungenhaftes Gesicht und mochte einfach nicht glauben, dass er in das Verbrechen verwickelt war. Aber warum schwieg er in dieser wichtigen Frage? Eins stand fest, Marthe hatte es die ganze Zeit gewusst. Deshalb hatte sie sich solche Sorgen gemacht und Poirot so dringlich nach etwaigen Verdächtigen gefragt.

Die Einfahrt des Zuges riss mich aus meinen Überlegungen, und gleich darauf begrüßte ich Poirot. Der kleine Mann strahlte. Er lachte und schrie und vergaß meine englische Zurückhaltung, als er mich auf dem Bahnsteig an sich zog.

«*Mon cher ami,* ich habe es geschafft, ich habe es geradezu aufs Wunderbarste geschafft!»

«Wirklich? Das höre ich gern. Haben Sie gehört, was hier passiert ist?»

«Wie hätte ich etwas hören sollen? Es gibt also Fortschritte, ja? Der wackere Giraud, hat er jemanden verhaftet? Oder vielleicht sogar mehrere? Ach, der wird noch ein dummes Gesicht machen, der Gute. Aber wohin gehen wir, mein Freund? Gehen wir nicht ins Hotel? Ich muss mich um meinen Schnurrbart kümmern, nach der Hitze auf der Reise hängt er kläglich nach unten. Meine Jacke ist zweifellos völlig eingestaubt. Und meine Krawatte muss neu gebunden werden!»

Ich fiel ihm ins Wort, um die Aufzählung weiterer Gründe zu unterbinden.

«Mein lieber Poirot – vergessen Sie das alles. Wir müssen uns sofort zur Villa begeben. Es ist ein weiterer Mord geschehen!»

Niemals habe ich jemanden dermaßen verdattert erlebt. Poirots Kinn sackte nach unten. Er sah überhaupt nicht mehr munter aus, sondern starrte mich mit offenem Mund an.

«Was sagen Sie da? Ein weiterer Mord? Aber dann habe ich mich geirrt. Ich habe versagt. Soll Giraud sich getrost über mich lustig machen – Grund genug hat er.»

«Sie haben also nicht damit gerechnet?»

«Ich? Um nichts in der Welt. Dieser Mord zerstört meine Theorie – er ruiniert alles, er, ach nein!» Er blieb stehen und schlug sich auf die Brust. «Das ist unmöglich. Ich kann mich einfach nicht irren. Wenn man die Tatsachen methodisch und in der richtigen Reihenfolge durchgeht, dann ist nur eine Erklärung möglich. Ich muss Recht haben. Ich habe Recht!»

«Aber dann...»

Er fiel mir ins Wort.

«Warten Sie, mein Freund. Ich muss Recht haben, deshalb ist dieser neue Mord unmöglich, es sei denn – es sei denn... Oh, warten Sie, ich flehe Sie an. Sagen Sie nichts!»

Er verstummte für ein oder zwei Minuten, dann, und nun wirkte er wieder ganz normal, sagte er in ruhigem, überzeugtem Ton:

«Das Opfer ist ein Mann mittleren Alters. Sein Leichnam wurde in dem verschlossenen Schuppen in der Nähe des ersten Tatorts gefunden, und er war seit mindestens achtundvierzig Stunden tot. Aller Wahrscheinlichkeit nach wurde er auf ähnliche Weise erstochen wie Monsieur Renauld, wenn auch nicht unbedingt in den Rücken.»

Jetzt war ich derjenige, dem das Kinn nach unten sackte – und wie es sackte! In all der Zeit, die ich Poirot nun schon kannte, hatte ich so etwas noch nicht erlebt. Und unweigerlich kamen mir Zweifel.

«Poirot», rief ich. «Sie wollen sich über mich lustig machen. Sie haben längst alles über diesen Mord gehört.»

Er bedachte mich mit einem ernsten, vorwurfsvollen Blick.

«Trauen Sie mir das wirklich zu? Ich versichere Ihnen, ich habe rein gar nichts gehört. Haben Sie nicht gesehen, welchen Schock Ihre Mitteilung für mich bedeutet hat?»

«Aber woher um alles in der Welt wissen Sie dann so viel?»

«Ich habe also Recht? Natürlich, ich habe es gewusst. Die

kleinen grauen Zellen, mein Freund, die kleinen grauen Zellen. Die haben es mir gesagt. Nur auf diese Weise konnte ein weiterer Mord hier möglich sein. Und jetzt erzählen Sie mir alles. Wenn wir hier nach links abbiegen, können wir eine Abkürzung über den Golfplatz nehmen, sodass wir viel schneller bei der Villa Geneviève sind.»

Wir gingen den Weg, den Poirot vorgeschlagen hatte, und ich erzählte ihm alles, was ich wusste. Poirot hörte aufmerksam zu.

«Das Messer steckte in der Wunde, sagen Sie? Wie seltsam. Und Sie sind sicher, dass es dasselbe war?»

«Ganz sicher. Das macht es doch so unmöglich.»

«Nichts ist unmöglich. Vielleicht gibt es ja zwei Messer.»

Ich hob die Augenbrauen.

«Aber das ist doch ausgesprochen unwahrscheinlich! Es wäre ein höchst außergewöhnlicher Zufall.»

«Sie sprechen wie so oft, ohne nachzudenken, Hastings. In einigen Fällen wären zwei identische Waffen durchaus höchst unwahrscheinlich. In diesem jedoch nicht. Bei der Waffe, mit der wir es hier zu tun haben, handelt es sich um ein Kriegsandenken, das nach Jack Renaulds Anweisungen hergestellt worden ist. Wenn Sie sich das genauer überlegen, dann ist doch wirklich kaum anzunehmen, dass er nur eins davon in Auftrag gegeben hat. Aller Wahrscheinlichkeit nach wollte er für sich selber auch eins haben.»

«Aber das hat bisher niemand erwähnt», warf ich ein.

Poirots Tonfall wurde dozierend.

«Mein Freund, bei der Arbeit an einem Fall befasst man sich nicht nur mit den Dingen, die ‹erwähnt› werden. Bei vielen Dingen gibt es keinen Grund, sie zu erwähnen, und trotzdem können sie wichtig sein. Gleichzeitig gibt es oft sehr gute Gründe, sie nicht zu erwähnen. Sie haben die Wahl zwischen diesen beiden Motiven.»

Ich schwieg, wider Willen beeindruckt. Einige Minuten später erreichten wir den berühmten Schuppen. Dort fanden wir alle unsere Freunde vor, und nachdem ein paar Höflichkeitsfloskeln ausgetauscht waren, machte Poirot sich ans Werk.

Da ich Giraud bei der Arbeit beobachtet hatte, fand ich das sehr interessant. Poirot bedachte seine Umgebung lediglich mit einem flüchtigen Blick. Genauer untersuchte er nur den zerlumpten Mantel und die alte Hose neben der Tür. Girauds Lippen verzogen sich zu einem verächtlichen Lächeln, worauf Poirot, als habe er das registriert, das Lumpenbündel wieder sinken ließ.

«Alte Kleider des Gärtners?», fragte er.

«Genau», sagte Giraud.

Poirot kniete neben dem Leichnam nieder. Seine Finger arbeiteten rasch, aber methodisch. Er untersuchte die Beschaffenheit der Kleider und überzeugte sich davon, dass sie nicht gekennzeichnet waren. Die Stiefel und die schmutzigen, rissigen Fingernägel unterzog er einer besonderen Untersuchung. Während er mit den Fingernägeln beschäftigt war, stellte er Giraud eine kurze Frage.

«Sie haben sie gesehen?»

«Ja, ich habe sie gesehen», erwiderte der andere mit undeutbarer Miene.

Plötzlich erstarrte Giraud.

«Dr. Durand!»

«Ja?» Der Arzt trat vor.

«Er hat Schaum auf den Lippen. Haben Sie das gesehen?»

«Ich muss zugeben, dass mir das nicht aufgefallen ist.»

«Aber jetzt sehen Sie es?»

«Ja, natürlich.»

Wieder hatte Poirot eine Frage an Giraud.

«Sie haben es zweifellos bemerkt?»

Der andere gab keine Antwort. Poirot machte weiter. Das Messer war aus der Wunde entfernt worden. Wieder befand es sich in einem Glaskrug neben dem Leichnam. Poirot untersuchte es und sah sich dann die Wunde an. Als er aufschaute, war in seinen Augen das erregte grüne Leuchten, das ich so gut kannte.

«Das ist wirklich eine seltsame Wunde! Sie hat nicht geblutet. Auf der Kleidung sind keine Flecken. Die Messerklinge hat sich ein wenig verfärbt, das ist alles. Was meinen Sie, *monsieur le docteur?*»

«Ich kann nur sagen, dass das wirklich höchst unnormal ist.»

«Es ist überhaupt nicht unnormal. Es ist ganz einfach. Der Mann ist *nach seinem Tod erstochen worden.*» Das Stimmengewirr mit einer Handbewegung zum Verstummen bringend, wandte Poirot sich an Giraud und fügte hinzu: «Monsieur Giraud pflichtet mir da bei, nicht wahr, Monsieur?»

Was immer Giraud tatsächlich glauben mochte, er verzog keine Miene. Ruhig und fast verächtlich antwortete er: «Natürlich pflichte ich Ihnen bei.»

Wieder erhob sich verwirrtes und wissbegieriges Stimmengewirr.

«Aber wie kann man so etwas tun!», rief M. Hautet. «Einen Toten erstechen! Barbarisch! Unerhört! Vielleicht ein Fall von unstillbarem Hass.»

«Nein», entgegnete Poirot. «Ich glaube eher, es ist recht kaltblütig geschehen – um einen bestimmten Eindruck zu erwecken.»

«Was denn für einen Eindruck?»

«Den Eindruck, den es beinahe erweckt hätte», antwortete Poirot orakelhaft.

M. Bex hatte nachgedacht.

«Aber wie ist der Mann dann ermordet worden?»

«Er ist gar nicht ermordet worden. Er ist gestorben. Wenn ich mich nicht sehr irre, an einem epileptischen Anfall.»

Wieder löste Poirots Behauptung beträchtliche Aufregung aus. Dr. Durand kniete erneut nieder und untersuchte den Toten. Schließlich erhob er sich.

«Monsieur Poirot, ich neige zu der Annahme, dass Sie mit Ihrer Behauptung Recht haben. Anfangs habe ich mich ablenken lassen. Die unleugbare Tatsache, dass dem Mann ein Messer im Herzen steckte, hat meine Aufmerksamkeit von anderen Todesursachen abgelenkt.»

Poirot war der Held des Tages. Der Untersuchungsrichter überschüttete ihn mit Komplimenten. Poirot wehrte elegant ab und verabschiedete sich dann mit dem Hinweis, dass wir beide noch nicht zu Mittag gegessen hätten und dass er sich nach der anstrengenden Reise frisch machen müsse. Gerade als wir den Schuppen verlassen wollten, sprach Giraud uns an.

«Noch eins, Monsieur Poirot», sagte er in seinem ruhigen, spöttischen Ton. «Das hier war um den Messergriff gewickelt – ein Frauenhaar.»

«Ah!», sagte Poirot. «Ein Frauenhaar? Und von welcher Frau mag es wohl stammen?»

«Das wüsste ich auch gern», sagte Giraud. Dann machte er eine Verbeugung und ließ uns gehen.

«Er ist ja wirklich hartnäckig, der gute Giraud», sagte Poirot nachdenklich, als wir zum Hotel zurückkehrten. «Ich möchte wissen, in welche Richtung er mich damit irreführen wollte. Ein Frauenhaar, hm!»

Wir aßen mit herzhaftem Appetit, aber Poirot kam mir doch ein wenig zerstreut und unaufmerksam vor. Nach dem Essen gingen wir in unser Wohnzimmer, und dort bat ich ihn, mir von seiner geheimnisvollen Parisreise zu erzählen.

«Gern, mein Freund. Ich bin nach Paris gefahren, um das hier zu suchen.»

Er zog einen kleinen, vergilbten Zeitungsausschnitt aus der Tasche. Es handelte sich um das Foto einer Frau. Er reichte es mir. Ich schrie leise auf.

«Sie erkennen die Abgebildete, mein Freund?»

Ich nickte. Das Foto war zwar offenkundig viele Jahre alt und die Frau darauf anders frisiert, aber die Ähnlichkeit war nicht zu übersehen.

«Madame Daubreuil!», rief ich.

Poirot schüttelte lächelnd den Kopf.

«Nicht so ganz, mein Freund. Damals hat sie sich anders genannt. Dieses Foto zeigt die berüchtigte Madame Béroldy.»

Madame Béroldy! Sofort fiel mir alles wieder ein. Der Mordprozess, der weltweit Interesse erregt hatte.

Der Fall Béroldy!

Sechzehntes Kapitel

Der Fall Béroldy

Etwa zwanzig Jahre vor den hier beschriebenen Ereignissen traf der aus Lyon stammende Monsieur Arnold Béroldy mit seiner schönen Frau und ihrer kleinen Tochter, die damals noch ein Baby war, in Paris ein. Monsieur Béroldy war der jüngere Partner in einer Weinhandelsfirma, ein rundlicher Mann mittleren Alters, der die Freuden des Lebens liebte, seine bezaubernde Frau anbetete und ansonsten nicht weiter bemerkenswert war. Die Weinhandelsfirma war klein; sie machte zwar gute Geschäfte, gewährte dem jüngeren Partner aber kein großes Einkommen. Die Béroldys hatten eine kleine Wohnung und lebten zunächst sehr bescheiden.

Monsieur Béroldy mochte so unscheinbar sein, wie er wollte, seine Frau umgab jedenfalls das goldene Licht der Romantik. Die junge, gut aussehende und in jeder Hinsicht bezaubernde Madame Béroldy erregte sofort die Aufmerksamkeit der neuen Nachbarschaft, vor allem, als Gerüchte aufkamen, ein interessantes Geheimnis umhülle ihre Geburt. Angeblich war sie die uneheliche Tochter eines russischen Großfürsten. Andere nannten als Vater einen österreichischen Erzherzog, der mit ihrer Mutter in morganatischer Ehe verbunden gewesen sein sollte. In einem Punkt stimmten jedoch alle Gerüchte überein, nämlich darin, dass Jeanne Béroldy im Mittelpunkt eines aufregenden Geheimnisses stehe.

Zu den Freunden und Bekannten der Béroldys gehörte auch der junge Rechtsanwalt Georges Conneau. Schon bald zeigte sich, dass die faszinierende Jeanne sein Herz vollständig in ihren Bann geschlagen hatte. Madame Béroldy ermutigte den jungen Mann auf diskrete Weise, stellte aber immer wieder gewissenhaft ihre tiefe Zuneigung zu ihrem alternden Mann unter Beweis. Und doch gab es viele gehässige Mitmenschen, die bald erklärten, der junge Conneau sei ihr Liebhaber – und nicht der einzige!

Als die Béroldys seit etwa drei Monaten in Paris lebten, trat eine weitere Persönlichkeit auf den Plan. Und zwar Mr. Hiram P. Trapp aus den Vereinigten Staaten, ein überaus reicher Mann. Als er der charmanten und geheimnisvollen Madame Béroldy vorgestellt wurde, fiel er ihrem Zauber augenblicklich zum Opfer. Seine Bewunderung war offenkundig, blieb aber streng respektabel.

Ungefähr zu dieser Zeit vertraute Madame Béroldy sich einigen Freundinnen an. Sie behauptete, sich große Sorgen um ihren Mann zu machen. Er habe, so erklärte sie, sich in verschiedene politische Affären verwickeln lassen, und sie erwähnte einige wichtige Unterlagen, die man ihm anvertraut habe und die mit einem für ganz Europa bedeutenden Geheimnis zu tun hätten. Diese Papiere waren ihrem Mann angeblich anvertraut worden, um Verfolger abzuschütteln, aber Madame Béroldy machte sich nun einmal Sorgen, da sie in Paris mehrere wichtige Mitglieder des Revolutionären Kreises erkannt zu haben glaubte.

Der Schicksalsschlag ereignete sich am 28. November. Die Zugehfrau der Béroldys fand zu ihrer Überraschung eine sperrangelweit offen stehende Wohnungstür vor. Da sie aus dem Schlafzimmer leises Stöhnen hörte, ging sie hinein. Und dort bot sich ihr ein entsetzlicher Anblick. Madame Béroldy lag an Händen und Füßen gefesselt auf dem Boden und stöhnte leise, nachdem sie sich von einem Knebel hatte befreien können. Auf dem Bett lag Monsieur Béroldy in einer Blutlache, in seinem Herzen steckte ein Messer.

Madame Béroldys Aussage war klar und überzeugend. Sie war aus dem Schlaf hochgeschreckt, als zwei maskierte Männer sich über sie beugten. Diese Männer hatten ihr den Mund zugehalten und sie gefesselt und geknebelt. Danach hatten sie von Monsieur Béroldy das berühmte Geheimnis verlangt.

Doch der furchtlose Weinhändler hatte sich schlankweg geweigert, ihren Wünschen nachzukommen. In seiner Wut über diese Weigerung hatte der eine der Männer ihm das Messer ins Herz gejagt. Dann hatten sie mit den Schlüsseln des Toten den Safe in der Zimmerecke geöffnet und eine Menge Papiere weggeschleppt. Beide Männer hatten Vollbärte gehabt und Masken getragen, aber Madame Béroldy war ganz sicher, dass sie sich auf Russisch verständigt hatten.

Diese Geschichte wurde zur Sensation. Die Zeit verging, doch die geheimnisvollen Bartträger wurden nie aufgespürt. Und als sich das Interesse der Öffentlichkeit endlich legte, kam es zu einer Aufsehen erregenden Entwicklung: Madame Béroldy wurde verhaftet und des Mordes an ihrem Mann bezichtigt.

Der Prozess erregte wiederum großes Interesse. Jugend und Schönheit der Angeklagten und das Geheimnis ihrer Herkunft machten ihn zur *cause célèbre*.

Es ließ sich einwandfrei beweisen, dass es sich bei Jeanne Béroldys Eltern um ein ganz und gar alltägliches und respektables Ehepaar handelte, das am Stadtrand von Lyon einen Obstladen betrieb. Der russische Großfürst, die Hofintrigen, die politischen Ränke – alle diese Geschichten ließen sich bis zur Angeklagten zurückverfolgen. Erbarmungslos wurde vor Gericht ihre gesamte Lebensgeschichte aufgetischt. Das Motiv für den Mord fand man in Mr. Hiram P. Trapp. Mr. Trapp gab sich alle Mühe, doch nach ausgiebigen und geschickt geführten Kreuzverhören musste er zugeben, dass er die Dame liebte und sie zu seiner Frau gemacht hätte, wäre sie frei gewesen. Dass die Beziehung platonisch geblieben war, verlieh den Anklagepunkten gegen Madame Béroldy nur noch mehr Gewicht. Da das schlichte, ehrenhafte Wesen des Mannes sie daran gehindert hatte, seine Geliebte zu werden, hatte Jeanne Béroldy beschlossen, sich von ihrem alternden, belanglosen Gatten zu befreien, um danach den reichen Amerikaner zu heiraten.

Während des gesamten Prozesses trat Madame Béroldy den Anklägern kaltblütig und mit vollendeter Selbstbeherrschung entgegen. Nie wich sie von ihrer Aussage ab. Sie behauptete weiterhin, von königlichem Geblüt und in frühem Alter mit der Tochter des Obsthändlers vertauscht worden zu sein. Diese Behauptungen waren zwar absurd und durch nichts zu belegen, aber viele Menschen glaubten insgeheim dennoch daran.

Die Staatsanwaltschaft aber blieb unerbittlich. Sie hielt die maskierten Russen für eine Lüge und ging davon aus, dass das Verbrechen von Madame Béroldy und ihrem Liebhaber Georges Conneau begangen worden sei. Gegen Conneau wurde ein Haftbefehl erlassen, doch der Mann hatte sich klugerweise bereits aus dem Staub gemacht. Es ergab sich, dass Madame Béroldy so locker gefesselt gewesen war, dass sie sich mit Leichtigkeit selbst hätte befreien können.

Und dann traf gegen Ende des Prozesses ein in Paris aufgegebener Brief bei den Anklagevertretern ein. Der Brief stammte von Georges Conneau, der zwar seinen Aufenthaltsort nicht nannte, aber ein vollständiges Geständnis ablegte. Er erklärte, den Mord auf Madame Béroldys Wunsch hin begangen zu haben. Sie hätten das Verbrechen gemeinsam geplant. Er habe geglaubt, Madame Béroldy werde von ihrem Mann misshandelt, und außer sich durch seine eigene Leidenschaft für sie, eine Leidenschaft, die er von ihr erwidert zu sehen glaubte, habe er den Mord geplant und den tödlichen Hieb ausgeführt, der die geliebte Frau aus der verhassten Sklaverei befreien sollte. Erst jetzt habe er von Mr. Hiram P. Trapps Existenz erfahren und erkannt, dass die geliebte Frau ihn betrogen habe. Sie habe nicht für ihn, Conneau, frei sein, sondern den reichen Amerikaner heiraten wollen. Sie habe sich von ihm die Kastanien aus dem Feuer holen lassen, und deshalb verrate er sie nun in seiner eifersüchtigen Wut und erkläre, die ganze Zeit nur auf ihren Wunsch hin gehandelt zu haben.

Und dann zeigte Madame Béroldy sich als die bemerkenswerte Frau, die sie zweifellos war. Ohne zu zögern gab sie ihre bisherige Verteidigungsstrategie auf und räumte ein, die «Russen» erfunden zu haben. Der wahre Mörder sei Georges Conneau. Außer sich vor Leidenschaft, habe er das Verbrechen begangen und ihr mit grauenhafter Rache gedroht, wenn sie ihr Schweigen bräche. Verängstigt durch diese Drohungen habe sie geschwiegen – zudem habe sie gefürchtet, man werde ihr, wenn sie die Wahrheit sage, anlasten, dem Verbrechen Vorschub geleistet zu haben. Sie habe standhaft jede weitere Verbindung zum Mörder ihres Mannes verweigert, und nun habe er seinen Brief aus Rache für diese Abfuhr geschrieben. Sie schwor, nichts mit den Vorbereitungen zu dem Mord zu tun gehabt zu haben und in der fraglichen Nacht davon geweckt worden zu sein, dass Georges Conneau mit dem blutbesudelten Messer in der Hand an ihr Bett getreten sei.

Es stand wirklich Spitze auf Knopf. Madame Béroldys Geschichte war kaum glaubhaft. Doch ihre Ansprache an die Jury war ein Meisterstück. Die Tränen strömten ihr übers Gesicht, und sie sprach von ihrem Kind, von ihrer weiblichen Ehre – und von ihrem Wunsch, ihrem Kind zuliebe ihren guten Ruf zu erhalten. Sie gab zu, dass sie vielleicht moralisch für das Verbrechen verantwortlich gemacht werden könne, da Georges Conneau ihr Liebhaber gewesen sei – doch, bei Gott, das sei alles! Sie wisse, dass es ein grober Verstoß gewesen sei, Conneau so lange zu decken, aber, erklärte sie mit brechender Stimme, keine Frau wäre zu etwas anderem fähig gewesen. Sie hatte ihn doch geliebt! Konnte sie ihn dann unter die Guillotine schicken? Sie habe sich vieles zu Schulden kommen lassen, aber an dem schrecklichen Verbrechen, das ihr da zugeschrieben werde, sei sie unschuldig.

Und wie immer die Wahrheit aussehen mochte, ihre Beredsamkeit und ihre Persönlichkeit trugen den Sieg davon. Madame Béroldy wurde freigesprochen, was im Publikum für nie da gewesene Aufregung sorgte.

Trotz aller Bemühungen der Polizei konnte Georges Conneau nie gefunden werden. Von Madame Béroldy hörte niemand mehr. Mitsamt ihrem Kind verließ sie Paris, um ein neues Leben zu beginnen.

Siebzehntes Kapitel

Wir ermitteln weiter

Ich habe den Fall Béroldy nun ausführlich dargestellt. Natürlich hatte ich nicht alle Details so, wie ich sie hier aufgeführt habe, im Gedächtnis. Aber ich konnte mich gut an den Fall erinnern. Er hatte damals ziemliches Interesse erweckt, und auch die englischen Zeitungen hatten in aller Breite darüber berichtet, deshalb musste ich mein Gedächtnis nicht übermäßig strapazieren, um auf die wichtigsten Punkte zu stoßen.

Für den Moment glaubte ich in meiner Aufregung, der ganze Fall sei nun gelöst. Ich gebe zu, dass ich sehr impulsiv bin und dass Poirot meine Art, sprunghaft zu einer Schlussfolgerung zu gelangen, oft beklagt, aber in diesem Fall glaubte ich eine Entschuldigung zu haben. Sofort war mir aufgegangen, auf welch bemerkenswerte Weise diese Entdeckung Poirots Ansicht unterstützte.

«Poirot», sagte ich. «Herzlichen Glückwunsch. Jetzt sehe ich ganz klar.»

Mit der üblichen Präzision steckte Poirot sich eine seiner kleinen Zigaretten an. Dann schaute er auf.

«Und da Sie jetzt ganz klar sehen, *mon ami,* was genau sehen Sie?»

«Natürlich, dass Madame Daubreuil – Béroldy – Monsieur Renauld ermordet hat. Die Ähnlichkeiten zwischen beiden Fällen sind doch der schlagende Beweis.»

«Dann glauben Sie, dass Madame Béroldy zu Unrecht freigesprochen worden ist? Dass sie dem Mord an ihrem Mann tatsächlich Vorschub geleistet hat?»

Ich riss die Augen auf.

«Natürlich. Glauben Sie das nicht?»

Poirot ging ans andere Ende des Zimmers, rückte zerstreut einen Stuhl gerade und sagte nachdenklich: «Doch, das glaube ich auch. Aber ein ‹natürlich› gibt es hier nicht, mein Freund. Technisch gesprochen ist Madame Béroldy unschuldig.»

«Was das erste Verbrechen angeht, vielleicht. Aber nicht bei diesem.»

Poirot setzte sich und sah mich an, und dabei sah er nachdenklicher aus denn je.

«Sie sind also davon überzeugt, Hastings, dass Madame Daubreuil Monsieur Renauld ermordet hat?»

«Ja.»

«Warum?»

Diese Frage kam so plötzlich, dass sie mir die Sprache verschlug.

«Warum?», stammelte ich. «Warum? Ach, weil...» Und dann verstummte ich.

Poirot nickte mir zu.

«Sehen Sie, schon haben Sie einen Stolperstein erreicht. Warum sollte Madame Daubreuil (ich werde sie der Einfachheit halber weiter so nennen) Monsieur Renauld ermorden? Wir finden nicht einmal den Schatten eines Motivs. Sie profitiert nicht von seinem Tod, sondern verliert dadurch, als Geliebte wie als Erpresserin. Und niemand mordet ohne Motiv. Im ersten Fall war das anders – da hatten wir einen reichen Liebhaber, der nur darauf wartete, an die Stelle ihres Ehemannes zu treten.»

«Geld ist nicht das einzige mögliche Motiv für einen Mord», gab ich zu bedenken.

«Das ist schon wahr», stimmte Poirot freundlich zu. «Es gibt noch zwei weitere; eins davon ist das *crime passionnel*. Und dann gibt es das seltene dritte Motiv, Mord um einer Idee willen, was beim Mörder irgendeine Form von Geistesgestörtheit voraussetzt. Solche Taten werden von Massenmördern und religiösen Fanatikern begangen. Davon ist hier aber nicht die Rede.»

«Und was ist mit dem *crime passionnel*? Können Sie das ausschließen? Wenn Madame Daubreuil Renaulds Geliebte war, wenn sie feststellte, dass seine Zuneigung nachließ, oder wenn auf irgendeine Weise ihre Eifersucht erregt wurde, könnte sie ihn dann nicht in einem wütenden Moment ermordet haben?»

Poirot schüttelte den Kopf.

«Falls – ich sage falls, vergessen Sie das nicht – Madame Daubreuil Renaulds Geliebte war, dann hatte er gar keine Zeit, ihrer überdrüssig zu werden. Und auf jeden Fall sehen Sie sie falsch. Sie ist eine Frau, die starke emotionelle Belastung vortäuschen kann. Sie ist eine vollendete Schauspielerin. Aber wenn wir die Sache nüchtern betrachten, dann spricht ihr Leben eine ganz andere Sprache. Bei genauerem Hinschauen sehen wir, dass sie immer kaltblütig und berechnend vorgeht. Sie hat den Mord an ihrem Mann nicht geduldet, weil sie mit ihrem jungen Liebhaber zusammen sein wollte. Ihr ging es um den reichen Amerikaner, der sie wahrscheinlich keinen Strohhalm interessierte. Ein Verbrechen würde sie nur begehen, wenn sie davon profitieren könnte. Aber hier gab es keinen Profit. Und außerdem, wie erklären Sie das ausgehobene Grab? Das hat ein Mann gemacht.»

«Sie könnte doch einen Komplizen haben», brachte ich vor, denn ich wollte meine Schlussfolgerung nicht so ohne weiteres aufgeben.

«Ich habe noch einen Einwand. Sie haben die Parallelen zwischen beiden Verbrechen erwähnt. Worin sehen Sie die, mein Freund?»

Ich starrte ihn verblüfft an.

«Aber, Poirot, das haben Sie doch selbst gesagt! Die Geschichte über die maskierten Männer, das ‹Geheimnis›, die Papiere.»

Poirot lächelte verhalten.

«Bitte, echauffieren Sie sich nicht. Ich will Ihnen ja gar nicht widersprechen. Die Parallelen zwischen den beiden Geschichten bringen die Fälle einwandfrei miteinander in Verbindung. Aber überlegen Sie doch: Nicht Madame Daubreuil erzählt uns diese Geschichte – dann wäre wirklich alles sehr einfach –, sondern Madame Renauld. Steckt sie also mit der anderen unter einer Decke?»

«Das kann ich nicht glauben», sagte ich langsam. «Und wenn doch, dann muss sie die großartigste Schauspielerin sein, die die Welt je gesehen hat.»

«Ta-ta-ta!», sagte Poirot ungeduldig. «Wieder einmal haben Sie es mit dem Gefühl und nicht mit der Logik! Wenn eine Verbrecherin eine großartige Schauspielerin sein muss, dann gehen wir eben davon aus. Aber muss sie? Ich glaube aus verschiedenen Gründen nicht, dass Madame Renauld mit Madame Daubreuil unter einer Decke steckt, und einige von diesen Gründen habe ich Ihnen bereits genannt. Die anderen liegen auf der Hand. Deshalb können wir diese Möglichkeit ausschließen und uns der Wahrheit nähern, die wie immer sehr merkwürdig und interessant ist.»

«Poirot», rief ich, «was wissen Sie denn sonst noch?»

«*Mon ami,* Sie müssen Ihre eigenen Schlüsse ziehen. Sie haben ‹Zugang zu den Tatsachen›. Konzentrieren Sie Ihre grauen Zellen. Argumentieren Sie – nicht wie Giraud, sondern wie Hercule Poirot.»

«Aber sind Sie sicher?»

«Mein Freund, ich bin in vieler Hinsicht ein Dummkopf gewesen. Aber jetzt sehe ich endlich klar.»

«Sie wissen alles?»

«Ich habe herausgefunden, was ich für Monsieur Renauld herausfinden sollte.»

«Und Sie kennen den Mörder?»

«Ich kenne einen Mörder.»

«Was wollen Sie damit sagen?»

«Wir reden hier ein wenig aneinander vorbei. Wir haben es nicht mit einem Verbrechen zu tun, sondern mit zweien. Das erste habe ich geklärt, was das Zweite angeht – *eh bien,* ich muss gestehen, da bin ich mir nicht sicher.»

«Aber, Poirot, Sie haben doch gesagt, der Mann im Schuppen sei eines natürlichen Todes gestorben?»

«Ta-ta-ta!» Poirot stieß seine Lieblingsäußerung der Ungeduld aus. «Sie verstehen noch immer nicht. Ein Verbrechen ohne Mörder ist durchaus möglich, aber bei zwei Verbrechen braucht man zwei Leichen.»

Diese Aussage schien mir dermaßen bizarr, dass ich ihn besorgt anstarrte. Aber er wirkte restlos normal. Plötzlich sprang er auf und schlenderte zum Fenster.

«Da ist er», verkündete er.

«Wer?»

«Monsieur Jack Renauld. Ich habe ihn hergebeten.»

Das lenkte meine Überlegungen in eine andere Richtung, und ich fragte Poirot, ob er wisse, dass Jack Renauld in der Mordnacht in Merlinville gewesen sei. Ich hatte gehofft, meinen scharfsinnigen kleinen Freund damit zu überraschen, aber wie immer war er allwissend. Auch er hatte sich am Bahnhof erkundigt.

«Und wir sind da sicher nicht die Einzigen, Hastings. Gewiss hat auch der hervorragende Giraud seine Erkundungen eingeholt.»

«Sie glauben doch nicht…», sagte ich und unterbrach mich. «O nein, das wäre zu entsetzlich!»

Poirot musterte mich fragend, aber ich sagte nicht mehr. Mir war soeben aufgegangen, dass sieben Frauen direkt oder indirekt in diesen Fall verwickelt waren – Madame Renauld, Madame Daubreuil und ihre Tochter, die geheimnisvolle Besucherin und die drei Dienstbotinnen –, doch neben dem alten Auguste, der ja wohl kaum mitzählte, gab es nur einen Mann – Jack Renauld. Und das Grab musste von einem Mann ausgehoben worden sein!

Ich konnte mich dieser entsetzlichen Überlegung nicht weiter widmen, denn nun wurde Jack Renauld ins Zimmer geführt.

Poirot begrüßte ihn geschäftsmäßig.

«Setzen Sie sich, Monsieur. Ich bedaure sehr, Ihre Zeit in Anspruch nehmen zu müssen, aber Sie haben vielleicht gemerkt, dass die Atmosphäre in der Villa mir nicht zuträglich ist. Monsieur Giraud und ich sind nicht in jeder Hinsicht einer Meinung. Er hat mich nicht sonderlich höflich behandelt, und Sie werden verstehen, dass ich ihn nicht von meinen eventuellen kleinen Entdeckungen profitieren lassen möchte.»

«Ganz recht, Monsieur Poirot», sagte der Junge. «Dieser Giraud ist ein unverschämter Grobian, und es würde mich sehr freuen, wenn jemand ihn in seine Schranken wiese.»

«Dann darf ich Sie um einen kleinen Gefallen bitten?»

«Aber sicher.»

«Gehen Sie doch bitte zum Bahnhof, und fahren Sie eine Station weiter, nach Abbalac. Fragen Sie dort bei der Gepäckaufbewahrung, ob in der Mordnacht zwei Ausländer einen Koffer abgegeben haben. Es ist ein kleiner Bahnhof, bestimmt wird man sich daran erinnern. Würden Sie das für mich tun?»

«Natürlich», sagte der Junge, verwundert, aber bereitwillig.

«Mein Freund und ich, Sie verstehen, sind anderweitig beschäftigt», erklärte Poirot. «Der nächste Zug geht in einer Viertelstunde, und ich möchte Sie bitten, nicht in die Villa zurückzukehren; ich möchte nicht, dass Giraud etwas von unserem Vorhaben erfährt.»

«Natürlich, ich werde geradewegs zum Bahnhof gehen.»

Er sprang auf. Poirots Stimme hielt ihn zurück.

«Einen Augenblick, Monsieur Renauld, da ist noch eine Kleinigkeit, die ich nicht verstehe. Warum haben Sie Monsieur Hautet heute Morgen verschwiegen, dass Sie in der Mordnacht in Merlinville gewesen sind?»

Jack Renauld lief dunkelrot an. Dann riss er sich mit einiger Anstrengung zusammen.

«Sie irren sich. Ich war in Cherbourg, wie ich es dem Untersuchungsrichter heute Morgen gesagt habe.»

Poirot sah ihn an und kniff wie eine Katze die Augen zusammen, bis nur noch ein grüner Schimmer zu sehen war.

«Dann habe ich wirklich einen seltsamen Fehler gemacht – und den teile ich mit dem Bahnhofspersonal. Das hat Sie mit dem Zug um zwanzig vor zwölf eintreffen sehen.»

Jack Renauld zögerte kurz, dann fasste er einen Entschluss.

«Na und wenn schon? Sie wollen mich doch wohl nicht des Mordes an meinem Vater beschuldigen?» Diese Frage stellte er hochmütig, den Kopf in den Nacken geworfen.

«Ich wüsste aber gern, was Sie hergeführt hat.»

«Ganz einfach. Ich wollte meine Verlobte besuchen, Mademoiselle Daubreuil. Ich stand vor einer langen Reise und wusste nicht, wann ich zurückkehren würde. Ich wollte sie vor dem Auslaufen noch einmal sehen und sie meiner unverrückbaren Zuneigung versichern.»

«Und haben Sie sie gesehen?» Poirots Augen ließen das Gesicht des Jungen nicht los.

Erst nach einer spürbaren Pause antwortete Renauld: «Ja.»

«Und dann?»

«Dann musste ich feststellen, dass ich den letzten Zug verpasst hatte. Ich ging nach St. Beauvais, klopfte einen Fuhrunternehmer aus dem Schlaf und ließ mich mit einer Droschke nach Cherbourg fahren.»

«St. Beauvais? Das sind fünfzehn Kilometer. Ein langer Marsch, Monsieur Renauld.»

«Ich – mir war eben nach Laufen zu Mute.»

Poirot senkte den Kopf, um anzudeuten, dass er diese Erklärung akzeptiere. Jack Renauld griff nach Hut und Stock und ging. Sofort sprang Poirot auf die Füße.

«Schnell, Hastings. Wir werden ihm folgen.»

In diskretem Abstand zu unserer Beute gingen wir durch die Straßen von Merlinville. Doch als Poirot sah, dass Renauld zum Bahnhof hin abbog, blieb er stehen.

«Alles in Ordnung. Er hat den Köder geschluckt. Er fährt nach Abbalac und erkundigt sich nach dem fiktiven Koffer der fiktiven Fremden. Ja, *mon ami,* das war meine kleine Erfindung.»

«Sie wollten ihn aus dem Weg schaffen!», rief ich.

«Ihr Scharfsinn ist umwerfend, Hastings! Und jetzt werden wir, wenn es Ihnen recht ist, zur Villa Geneviève gehen.»

Achtzehntes Kapitel

Giraud handelt

Oben angekommen, steuerte Poirot den Schuppen an, in dem der zweite Leichnam entdeckt worden war. Er ging jedoch nicht hinein, sondern blieb bei der Bank gleich daneben stehen, die ich bereits erwähnt habe. Nachdem er die Bank kurz betrachtet hatte, schritt er die Entfernung zwischen ihr und der Hecke ab, die die Grenze zwischen Villa Geneviève und Villa Marguerite kennzeichnete. Dabei nickte er unaufhörlich. Er wanderte zur Hecke zurück und bog mit den Händen die Zweige auseinander.

«Wenn wir Glück haben», teilte er mir über die Schulter mit, «hält Mademoiselle Marthe sich vielleicht gerade im Garten auf. Ich würde gern mit ihr sprechen, aber ich möchte keinen offiziellen Besuch in der Villa Marguerite machen. Ah, wie gut, da ist sie. Pst, Mademoiselle! Pst! *Un moment, s'il vous plaît.*»

Ich trat in dem Moment neben ihn, da die ein wenig verwirrt aussehende Marthe Daubreuil auf die Hecke zugelaufen kam.

«Ich würde gern kurz mit Ihnen sprechen, Mademoiselle, wenn Sie gestatten?»

«Natürlich, Monsieur Poirot!»

Trotz ihrer Zustimmung lagen in ihrem Blick Besorgnis und Angst.

«Mademoiselle, wissen Sie noch, wie Sie hinter mir hergelaufen sind, nachdem ich mit dem Untersuchungsrichter bei Ihnen war? Sie wollten wissen, ob es schon Tatverdächtige gebe.»

«Und Sie haben mir von zwei Chilenen erzählt.» Sie schien ziemlich außer Atem zu sein und fasste sich mit der linken Hand an die Brust.

«Würden Sie mir diese Frage noch einmal stellen, Mademoiselle?»

«Wie meinen Sie das?»

«So. Wenn Sie mir diese Frage noch einmal stellten, dann würde ich Ihnen eine andere Antwort geben. Es wird jemand verdächtigt – aber kein Chilene.»

«Wer?» Dieses Wort war kaum zu hören.

«Monsieur Jack Renauld.»

«Was?» Das war ein Schrei. «Jack? Unmöglich. Wer wagt es, ihn zu verdächtigen?»

«Giraud.»

«Giraud!» Die junge Frau wurde totenbleich. «Ich habe Angst vor diesem Mann. Er ist grausam. Er wird – er wird...» Sie verstummte. Ihr Gesicht zeigte jetzt Mut und Entschiedenheit. In dem Moment erkannte ich, dass sie eine Kämpferin war. Auch Poirot ließ sie nicht aus den Augen.

«Sie wissen natürlich, dass er in der Mordnacht hier war?»

«Ja», erwiderte sie mechanisch. «Das hat er mir gesagt.»

«Es war sehr unklug von ihm, diese Tatsache verschweigen zu wollen», sagte Poirot.

«Ja, ja», antwortete sie ungeduldig. «Aber wir können unsere Zeit nicht mit Bedauern vergeuden. Wir müssen eine Möglichkeit finden, ihn zu retten. Er ist natürlich unschuldig, aber bei einem Mann wie Giraud hilft ihm das nicht weiter. Giraud denkt doch an seinen guten Ruf. Er muss jemanden verhaften, und dieser Jemand wird Jack sein.»

«Die Tatsachen sprechen gegen ihn», sagte Poirot. «Ist Ihnen das bewusst?»

Sie sah ihn geradeheraus an.

«Ich bin kein Kind, Monsieur. Ich werde tapfer sein und mich den Tatsachen stellen. Er ist unschuldig, und wir müssen ihn retten.»

Das sagte sie mit einer beinahe verzweifelten Entschiedenheit, dann verstummte sie und runzelte nachdenklich die Stirn.

«Mademoiselle», sagte Poirot, der sie weiterhin aufmerksam beobachtete, «gibt es irgendetwas, das Sie uns vielleicht verschweigen?»

Sie nickte verblüfft.

«Ja, das schon, aber ich weiß wirklich nicht, ob Sie das glauben werden – es klingt so absurd.»

«Sie müssen es uns unbedingt erzählen, Mademoiselle.»

«Also, es ist so. Monsieur Giraud hat mich kommen lassen, nachdem er schon einmal mit mir gesprochen hatte, er wollte wissen, ob ich den Mann im Schuppen identifizieren könne.» Sie nickte zum Schuppen hinüber. «Das konnte ich nicht. Jedenfalls in dem Moment nicht. Aber inzwischen habe ich mir überlegt...»

«Ja?»

«Es kommt mir so seltsam vor, aber ich bin trotzdem fast sicher. Es ist so. Am Morgen des Tages, an dem Monsieur Renauld ermordet worden ist, habe ich einen Spaziergang durch unseren Garten gemacht, und da habe ich Männer gehört, die sich stritten. Ich bog die Zweige auseinander und schaute durch die Hecke. Einer der Männer war Monsieur Renauld, der andere war ein Landstreicher, ein entsetzlich aussehender Bursche in schmutzigen Lumpen. Der Landstreicher hat abwechselnd gejammert und gedroht. Ich nahm an, dass er Geld wollte, doch dann rief *maman* mich ins Haus und ich musste gehen. Das ist alles, nur – ich bin fast sicher, dass der Landstreicher und der Tote im Schuppen ein und derselbe sind.»

Poirot stieß einen überraschten Ausruf aus.

«Aber warum haben Sie das nicht gleich gesagt, Mademoiselle?»

«Weil ich zuerst nur eine vage Ähnlichkeit der Gesichter gesehen habe. Der Tote war anders angezogen und hat einwandfrei einem weitaus höheren Stand angehört.»

Eine Stimme rief vom Haus her.

«*Maman*», flüsterte Marthe. «Ich muss zu ihr.» Und dann verschwand sie zwischen den Bäumen.

«Kommen Sie», sagte Poirot, nahm meinen Arm und steuerte die Villa an.

«Was denken Sie jetzt?», fragte ich gespannt. «Stimmt diese Geschichte, oder hat sie sie erfunden, um den Verdacht von ihrem Liebsten abzuwenden?»

«Es ist eine seltsame Geschichte», sagte Poirot, «aber ich halte sie für die reine Wahrheit. Und ohne es zu wollen, hat Mademoiselle Marthe uns noch in anderer Hinsicht die Wahrheit erzählt – und Jack Renauld als Lügner hingestellt. Ist Ihnen aufgefallen, dass er gezögert hat, als ich fragte, ob er Marthe Daubreuil in der Mordnacht gesehen habe? Er hat gezögert und dann ja gesagt. Ich habe gleich vermutet, dass das eine Lüge war. Und deshalb musste ich Mademoiselle Marthe sprechen, ehe er sie warnen konnte. Fünf kleine Wörter haben mir die gewünschte Auskunft verschafft. Als ich fragte, ob sie wisse, dass Jack Renauld in der fraglichen Nacht hier war, lautete ihre Antwort: ‹Er hat es mir gesagt.› Aber, Hastings, was hat Jack Renauld an diesem schicksalhaften Abend hier gewollt, und wenn er nicht bei Mademoiselle Marthe war, wo war er dann?»

«Aber Poirot», rief ich entsetzt, «Sie können doch nicht

glauben, ein Junge wie er würde seinen eigenen Vater ermorden!»

«*Mon ami*», sagte Poirot. «Sie sind weiterhin von unglaublicher Sentimentalität. Ich habe Mütter gesehen, die ihre kleinen Kinder umbrachten, um die Versicherungssumme an sich zu bringen. Und wer das gesehen hat, hält alles für möglich.»

«Und das Motiv?»

«Geld natürlich. Vergessen Sie nicht, dass Jack Renauld glaubte, im Falle des Todes werde das halbe Vermögen seines Vaters an ihn gehen.»

«Aber der Landstreicher. Wie passt der ins Bild?»

Poirot zuckte mit den Schultern.

«Giraud würde ihn sicher für einen Komplizen halten – für einen Gauner, der dem jungen Renauld bei der Ausführung der Tat geholfen hat und danach der Einfachheit halber aus dem Weg geräumt wurde.»

«Aber das Haar am Messergriff? Das Frauenhaar?»

«Ach», Poirot lächelte breit, «das ist der Clou von Girauds kleinem Scherz. Er hält es gar nicht für ein Frauenhaar. Schließlich kämmen die jungen Männer heutzutage ihre Haare glatt nach hinten und benutzen Pomade, um sie festzuhalten. Für eine solche Frisur brauchen Sie recht lange Haare.»

«Und Sie glauben das auch?»

«Nein», sagte Poirot mit unergründlichem Lächeln. «Ich weiß, dass dieses Haar von einer Frau stammt – und ich weiß auch, von welcher.»

«Madame Daubreuil», verkündete ich voller Überzeugung.

«Möglich», sagte Poirot und blickte mich viel sagend an. Doch ich wollte mich nicht reizen lassen.

«Was machen wir jetzt?», fragte ich, als wir die Diele der Villa Geneviève betraten.

«Ich möchte Monsieur Jack Renaulds Habseligkeiten

durchsehen. Deshalb musste ich ihn für ein paar Stunden aus dem Weg schaffen.»

Sorgfältig und methodisch öffnete Poirot eine Schublade nach der anderen, untersuchte den Inhalt und legte dann alles wieder hinein. Es war ein ausgesprochen ödes und uninteressantes Unterfangen. Poirot ging Kragen, Schlafanzüge und Socken durch. Motorengeräusche lockten mich ans Fenster. Und sofort erwachte ich zum Leben.

«Poirot!», rief ich. «Gerade ist ein Wagen vorgefahren. Giraud sitzt darin, zusammen mit Jack Renauld und zwei Gendarmen.»

«*Sacré tonnerre!*», knurrte Poirot. «Dieser Hund von Giraud, konnte er nicht warten? Ich kann die Sachen nicht wieder ordentlich in die letzte Schublade legen. Wir müssen uns beeilen.»

Überstürzt kippte er alles, vor allem Krawatten und Taschentücher, auf den Boden. Und dann schnappte er sich mit einem triumphierenden Ausruf einen kleinen Gegenstand, ein viereckiges Pappstück, vermutlich ein Foto. Er steckte es in die Tasche, stopfte alles wieder in die Schublade, packte mich am Arm und zog mich aus dem Zimmer und die Treppe hinunter. In der Diele stand Giraud und musterte seinen Gefangenen.

«Guten Tag, Monsieur Giraud», sagte Poirot. «Was haben wir denn hier?»

Giraud nickte zu Jack hinüber.

«Er wollte sich verdrücken, aber da hat er nicht mit mir gerechnet. Ich habe ihn wegen Mordes an seinem Vater, Monsieur Paul Renauld, festgenommen.»

Poirot fuhr herum und sah den Jungen an, der schlaff und mit totenbleichem Gesicht an der Tür lehnte.

«Was haben Sie dazu zu sagen, *jeune homme?*»

Jack Renauld starrte ihn ausdruckslos an.

«Nichts», erwiderte er.

Neunzehntes Kapitel

Ich aktiviere meine grauen Zellen

Ich war sprachlos. Bis zuletzt war ich einfach nicht im Stande gewesen, Jack Renauld für schuldig zu halten. Und auf Poirots Frage hin hatte ich mit lautstarken Unschuldsbeteuerungen gerechnet. Doch jetzt, als er bleich und schlaff an der Wand stand und das vernichtende Urteil bestätigte, kannte ich keinen Zweifel mehr.

Poirot dagegen hatte sich zu Giraud umgedreht.

«Aus welchem Grund haben Sie ihn verhaftet?»

«Erwarten Sie wirklich, dass ich Ihnen das mitteile?»

«Aus purer Höflichkeit, ja.»

Giraud betrachtete ihn zweifelnd. Er war hin- und hergerissen zwischen dem Wunsch, diese Bitte rüde abzuschlagen, und dem Vergnügen, über seinen Widersacher zu triumphieren.

«Sie glauben wohl, ich begehe hier einen Fehler, was?», sagte er höhnisch.

«Es würde mich nicht überraschen», erwiderte Poirot mit haarfeiner Bosheit.

Girauds Gesicht färbte sich tiefer rot.

«*Eh bien,* kommen Sie hier herein. Und urteilen Sie selber.»

Er riss die Tür zum Salon auf, und wir gingen hinein. Jack Renauld verblieb in der Obhut der beiden Gendarmen.

«So, Monsieur Poirot», sagte Giraud äußerst sarkastisch

und legte seinen Hut auf den Tisch. «Jetzt werde ich Ihnen eine kleine Lektion in Sachen Detektivarbeit erteilen. Ich werde Ihnen zeigen, wie wir Modernen arbeiten.»

«*Bien!*», sagte Poirot und machte sich zum Zuhören bereit. «Und ich zeige Ihnen, wie bewundernswert die alte Garde zu lauschen vermag.» Er ließ sich im Sessel zurücksinken, schloss die Augen, öffnete sie ganz kurz wieder und bemerkte: «Sie brauchen nicht zu befürchten, ich könnte einschlafen. Ich werde sehr genau zuhören.»

«Natürlich», setzte Giraud an, «habe ich diese chilenische Maskerade sofort durchschaut. Zwei Männer waren schon in den Fall verwickelt – aber keine mysteriösen Ausländer. Die waren eine Täuschung.»

«Bisher sehr glaubwürdig, mein lieber Giraud», murmelte Poirot. «Vor allem nach diesem gerissenen Trick mit dem Streichholz und dem Zigarettenstummel.»

Giraud starrte ihn wütend an, sprach dann aber weiter.

«Ein Mann muss in diesen Fall verwickelt gewesen sein, einer, der das Grab ausgehoben hat. Kein Mann profitiert von diesem Verbrechen, aber einer glaubte, davon zu profitieren. Ich hörte von Jack Renaulds Streit mit seinem Vater und den Drohungen, die er in dessen Verlauf ausgestoßen hat. Damit hatte ich das Motiv. Und nun zum Tathergang. Jack Renauld hielt sich in der Mordnacht in Merlinville auf. Diese Tatsache wollte er verschweigen – und das hat meinen Verdacht zur Gewissheit werden lassen. Dann haben wir ein zweites Opfer gefunden – erstochen mit demselben Messer! Wir wissen, wann das Messer gestohlen wurde. Captain Hastings kann den Zeitpunkt ungefähr nennen. Jack Renauld, der aus Cherbourg eintraf, war der Einzige, der Gelegenheit zu diesem Diebstahl hatte. Alle anderen Mitglieder dieses Haushalts haben ein Alibi.»

Poirot fiel ihm ins Wort.

«Sie irren sich. Es gibt noch einen, der diese Möglichkeit hatte.»

«Sie meinen Mr. Stonor? Der ist vorn vorgefahren, in einem Wagen, der ihn auf direktem Weg aus Calais hergebracht hatte. Nein, glauben Sie mir, ich habe alles überprüft. Monsieur Jack Renauld ist mit dem Zug gekommen. Erst eine Stunde später war er zu Hause. Zweifellos sah er Captain Hastings und seine Begleiterin aus dem Schuppen kommen, schlüpfte selber hinein, brachte den Dolch an sich und erstach seinen Komplizen…»

«Der bereits tot war.»

Giraud zuckte mit den Schultern.

«Das ist ihm vermutlich nicht aufgefallen. Er hat ihn sicher für schlafend gehalten. Zweifellos waren sie dort verabredet. Auf jeden Fall wusste er, dass ein zweiter Mord den Fall sehr viel komplizierter machen würde. Und so war es ja auch.»

«Aber Monsieur Giraud konnte er nicht täuschen», murmelte Poirot.

«Sie machen sich lustig über mich. Aber ich kann Ihnen noch einen letzten unwiderlegbaren Beweis liefern. Madame Renaulds Geschichte war erfunden – von Anfang bis Ende. Wir glauben, dass Madame Renauld ihren Mann geliebt hat – und doch hat sie gelogen, um seinen Mörder zu schützen. Für wen lügt eine Frau? Manchmal für sich, zumeist für den Mann, den sie liebt, immer für ihre Kinder. Und das ist der letzte, der unwiderlegbare Beweis! Daran kommen Sie nicht vorbei.»

Giraud verstummte, rot und triumphierend. Poirot sah ihn unverwandt an.

«So sehe ich den Fall», sagte Giraud. «Was haben Sie dazu zu sagen?»

«Nun, dass Sie eine Tatsache nicht in Betracht gezogen haben.»

«Und die wäre?»

«Jack Renauld war sicher über die Bauarbeiten am Golfplatz auf dem Laufenden. Er wusste, dass der Leichnam entdeckt werden musste, sobald mit dem Bau des Bunkers begonnen würde.»

Giraud lachte laut.

«Aber das ist doch der pure Unsinn! Der Leichnam sollte gefunden werden! Solange er nicht gefunden wurde, konnte der Mann nicht für tot erklärt werden, und so lange hätte Jack Renauld sein Erbe nicht antreten können.»

Ich sah ein kurzes grünes Leuchten in Poirots Augen, als er aufsprang.

«Und warum ihn dann überhaupt begraben?», fragte er ganz sanft. «Überlegen Sie doch, Giraud. Wenn es für Jack Renauld vorteilhaft war, dass der Tote sofort entdeckt wurde, warum ihn dann überhaupt begraben?»

Giraud gab keine Antwort. Mit dieser Frage hatte er nicht gerechnet. Er zuckte die Achseln, wie um klarzustellen, dass sie auch keine Rolle spiele.

Poirot ging zur Tür. Ich folgte ihm.

«Und noch etwas haben Sie nicht in Betracht gezogen», sagte er über die Schulter.

«Und das wäre?»

«Das Stück Bleirohr», sagte Poirot und verließ den Raum.

Jack Renauld stand noch immer stumm und bleich in der Diele, doch er musterte uns eingehend, als wir aus dem Salon kamen. Gleichzeitig hörten wir Schritte auf der Treppe. Madame Renauld war auf dem Weg nach unten. Als sie ihren Sohn zwischen den beiden Hütern des Gesetzes entdeckte, blieb sie wie erstarrt stehen.

«Jack», stammelte sie, «Jack, was soll das bedeuten?»

Er sah sie an, verzog aber keine Miene.

«Sie haben mich festgenommen, Mutter.»

«Was?»

Madame Renauld stieß einen durchdringenden Schrei aus, und ehe noch irgendjemand bei ihr war, schwankte sie und stürzte zu Boden. Wir stürmten zu ihr, um sie aufzuheben. Poirot richtete sich auf.

«Sie ist mit dem Kopf böse auf die Kante einer Stufe aufgeschlagen. Ich nehme an, dass sie auch eine leichte Gehirnerschütterung davongetragen hat. Wenn Giraud ihre Aussage hören will, wird er warten müssen. Sie wird mindestens eine Woche lang nicht bei klarem Bewusstsein sein.»

Denise und Françoise eilten zu ihrer Arbeitgeberin, und da er diese nun in guter Hut wusste, verließ Poirot das Haus. Er hatte den Kopf gesenkt und runzelte nachdenklich die Stirn. Ich schwieg eine Weile, wagte es am Ende aber doch, eine Frage zu stellen:

«Glauben Sie denn, dass allem Anschein zum Trotz Jack Renauld unschuldig sein könnte?»

Poirot antwortete nicht sofort, sagte aber schließlich ernst: «Ich weiß es nicht, Hastings. Die Möglichkeit besteht. Natürlich liegt Giraud restlos falsch – vom Anfang bis zum Ende. Wenn Jack Renauld schuldig ist, dann Girauds Argumenten zum Trotz, nicht weil sie richtig wären. Und den Anklagepunkt gegen Jack Renauld, der am schwersten wiegt, kenne nur ich.»

«Und der wäre?», fragte ich beeindruckt.

«Wenn Sie Ihre grauen Zellen benutzen und den ganzen Fall so klar sehen würden wie ich, dann wüssten Sie das, mein Freund.»

Das war das, was ich als eine von Poirots aufreizenden Antworten bezeichnen würde. Er ließ mich gar nicht zu Wort kommen, sondern fügte gleich hinzu:

«Lassen Sie uns auf diesem Weg zum Meer gehen. Wir können uns auf diesen kleinen Erdwall setzen, wo man einen

Blick auf den Strand hat, und den Fall noch einmal durchgehen. Sie werden alles erfahren, was ich weiß, aber es wäre mir lieber, wenn Sie durch eigene Bemühungen zur Wahrheit fänden – statt von mir an der Hand genommen zu werden.»

Wir ließen uns auf dem mit Gras bewachsenen Wall nieder, wie Poirot es vorgeschlagen hatte, und schauten aufs Wasser.

«Denken Sie doch nach, mein Freund», sagte Poirot eindringlich. «Sortieren Sie Ihre Vorstellungen. Gehen Sie methodisch vor. Und ordentlich. Das ist das Geheimnis des Erfolges.»

Ich versuchte, ihm zu gehorchen, und ging alle Details des Falls durch. Und plötzlich fuhr ich zusammen; mir jagte ein Gedanke von verwirrender Klarheit durch den Kopf. Zitternd stellte ich meine Hypothese auf.

«Sie haben eine kleine Idee, wie ich sehe, *mon ami*. Hervorragend. Wir machen Fortschritte.»

Ich hob den Kopf und zündete meine Pfeife an.

«Poirot», sagte ich. «Ich habe den Eindruck, dass wir uns erstaunlich geirrt haben. Ich sage wir – obwohl es der Wahrheit wohl näher käme, wenn ich von mir reden würde. Aber Sie müssen die Strafe für Ihre sture Geheimniskrämerei zahlen. Also sage ich noch einmal, dass wir uns erstaunlich geirrt haben. Wir haben nämlich jemanden vergessen.»

«Und der wäre?», fragte Poirot augenzwinkernd.

«Georges Conneau.»

Zwanzigstes Kapitel

Eine verblüffende Aussage

Augenblicklich pflanzte Poirot mir einen herzhaften Kuss auf die Wange.

«*Enfin!* Sie haben es. Und ganz allein haben Sie es geschafft. Wunderbar. Fahren Sie fort. Sie haben Recht. Es war entschieden ein Fehler von uns, Georges Conneau zu vergessen.»

Die Zustimmung des kleinen Mannes schmeichelte mir dermaßen, dass ich kaum weiterreden konnte. Aber irgendwann konnte ich mich wieder konzentrieren und argumentierte weiter:

«Georges Conneau ist vor zwanzig Jahren verschwunden, aber wir haben keinen Grund, ihn für tot zu halten.»

«*Aucunement*», stimmte Poirot zu. «Weiter.»

«Deshalb können wir davon ausgehen, dass er noch lebt.»

«Genau.»

«Oder dass er vor kurzer Zeit noch gelebt hat.»

«*De mieux en mieux!*»

«Wir setzen voraus», fuhr ich mit wachsendem Enthusiasmus fort, «dass es ihm schlecht ergangen ist. Er ist zum Kriminellen geworden, zum Gauner, zum Landstreicher, was immer Sie wollen. Er kommt zufällig nach Merlinville. Und dort findet er die Frau, die zu lieben er niemals aufhören konnte.»

«Eh, eh! Wie sentimental!», warnte Poirot.

«Wo Hass ist, ist auch Liebe», zitierte ich, vielleicht falsch.

«Auf jeden Fall findet er sie hier, wo sie unter einem anderen Namen lebt. Aber sie hat einen neuen Liebhaber, Renauld eben. Georges Conneau bricht, überwältigt von den aufgewühlten Erinnerungen, einen Streit mit diesem Renauld vom Zaun. Er lauert Renauld auf, als der seine Geliebte besucht, und jagt ihm das Messer in den Rücken. Dann beginnt er, entsetzt von seiner Tat, ein Grab auszuheben. Ich halte es für wahrscheinlich, dass Madame Daubreuil sich auf die Suche nach ihrem Liebhaber macht. Zwischen ihr und Conneau kommt es zu einer schrecklichen Szene. Er zieht sie in den Schuppen und stürzt dort plötzlich in einem epileptischen Anfall zu Boden. Nehmen wir an, dass Jack Renauld dazukommt. Madame Daubreuil erzählt ihm alles und macht ihn darauf aufmerksam, dass es für ihre Tochter hässliche Konsequenzen hätte, wenn dieser längst vergessene Skandal wieder zum Leben erweckt würde. Der Mörder seines Vaters ist tot – da ist es doch besser, die Sache zu vertuschen. Jack Renauld stimmt zu – er geht ins Haus, spricht mit seiner Mutter und kann sie von seiner Auffassung überzeugen. Angeregt von der Geschichte, die Madame Daubreuil ihm erzählt hat, lässt sie sich von ihm fesseln und knebeln. Also, Poirot, was sagen Sie dazu?» Ich ließ mich zurücksinken und genoss meinen Stolz auf diese erfolgreiche Rekonstruktion.

Poirot betrachtete mich nachdenklich.

«Ich glaube, Sie sollten Filmdrehbücher schreiben, *mon ami*», sagte er schließlich.

«Sie meinen...»

«Die Geschichte, die Sie mir da erzählt haben, könnte einen guten Film ergeben – aber sie hat keinerlei Ähnlichkeit mit dem wirklichen Leben.»

«Ich gebe zu, dass ich nicht bis ins letzte Detail gegangen bin, aber...»

«Sie sind noch weiter gegangen – Sie haben die Details souverän ignoriert. Was ist mit der Kleidung der beiden Männer? Meinen Sie wirklich, dass Conneau sein Opfer erst erstochen, es dann entkleidet, dann dessen Anzug übergestreift und dem Toten schließlich das Messer ein weiteres Mal in den Rücken gestoßen hat?»

«Ich weiß wirklich nicht, welche Rolle das spielen soll», entgegnete ich mürrisch. «Vielleicht hat er Madame Daubreuil gedroht und vorher Geld und Kleidung von ihr erhalten.»

«Gedroht – wie? Ist das Ihr Ernst?»

«Sicher. Er hat vielleicht gedroht, den Renaulds ihre wahre Identität zu verraten, und das hätte vermutlich alle Hoffnungen auf die Hochzeit ihrer Tochter mit Jack Renauld zerschlagen.»

«Sie irren sich, Hastings. Er konnte sie nicht erpressen, denn sie hatte die Oberhand. Vergessen Sie nicht, dass Georges Conneau noch immer wegen Mordes gesucht wird. Ein Wort von ihr, und ihm droht die Guillotine.»

Widerwillig musste ich zugeben, dass er Recht hatte.

«*Ihre* Theorie», fragte ich bissig, «ist zweifellos korrekt bis in alle Details?»

«Meine Theorie ist die Wahrheit», sagte Poirot ruhig. «Und die Wahrheit ist notwendigerweise korrekt. Sie haben bei Ihrer Theorie einen grundlegenden Irrtum begangen. Sie haben Ihrer Phantasie erlaubt, sich mit mitternächtlichen Stelldicheins und leidenschaftlichen Liebesszenen in die Irre zu begeben. Aber wenn wir ein Verbrechen aufklären wollen, müssen wir beim gesunden Menschenverstand bleiben. Soll ich Ihnen meine Methoden vorführen?»

«Oh, unbedingt, gewähren Sie eine Vorführung!»

Poirot setzte sich sehr gerade hin, bewegte seinen Zeigefinger heftig hin und her und fing an, seine Ansicht klarzustellen.

«Ich beginne wie Sie mit der grundlegenden Tatsache Georges Conneau. Die Geschichte, die Madame Béroldy vor

Gericht über die ‹Russen› erzählt hat, war gelogen, das hat sie selber zugegeben. Wenn sie mit dem Verbrechen direkt nichts zu tun hatte, so hat sie sich diese Geschichte ganz allein ausgedacht. Wenn sie aber nicht unschuldig war, dann kann die Geschichte von ihr oder von Georges Conneau stammen. In unserem Fall stoßen wir auf die gleiche Geschichte. Wie ich bereits ausgeführt habe, ist es sehr unwahrscheinlich, dass Madame Daubreuil die Anregung dafür geliefert hat. Wenden wir uns also der Hypothese zu, dass Georges Conneau sich damals die Geschichte ausgedacht hat. Sehr gut. Georges Conneau hat also das Verbrechen geplant, Madame Renauld war seine Komplizin. Sie steht im Rampenlicht, und hinter ihr sehen wir eine schattenhafte Gestalt, deren derzeitiges *alias* wir nicht kennen. Jetzt lassen Sie uns den Fall Renauld noch einmal sorgfältig von Anfang an durchgehen und alle wichtigen Punkte in der richtigen chronologischen Reihenfolge behandeln. Sie haben ein Notizbuch und einen Bleistift? Gut. Also, was notieren wir als allerfrühesten Punkt?»

«Den Brief an Sie?»

«Für uns war das der Anfang, für den Fall hingegen nicht. Der erste wichtige Punkt, meine ich, ist die Veränderung, die Monsieur Renauld kurz nach seinem Eintreffen in Merlinville durchgemacht hat und von der wir durch mehrere Zeugenaussagen wissen. Wir müssen auch an seine Freundschaft mit Madame Daubreuil und die hohen Geldsummen denken, die er ihr ausgezahlt hat. Und von hier aus kommen wir direkt zum dreiundzwanzigsten Mai.»

Poirot legte eine Pause ein, räusperte sich und gab mir ein Zeichen zu schreiben:

«23. *Mai*. M. Renauld streitet sich mit seinem Sohn, weil dieser Marthe Daubreuil heiraten will. Sohn reist nach Paris.

24. *Mai*. M. Renauld ändert sein Testament und vermacht sein gesamtes Vermögen seiner Frau.

7. Juni. Im Garten Streit mit einem Landstreicher, beobachtet von Marthe Daubreuil.

Brief an M. Hercule Poirot, der um seine Hilfe gebeten wird.

Telegramm an M. Jack Renauld mit dem Auftrag, sich mit der *Anzora* nach Buenos Aires einzuschiffen.

Der Chauffeur, Masters, wird in Urlaub geschickt.

Am Abend Besuch von einer Dame. Als er sie hinausbegleitet, sagt er: ‹Ja, ja – aber um Gottes willen, gehen Sie jetzt.›»

Poirot unterbrach sich.

«Also, Hastings, nehmen Sie sich diese Tatsachen eine nach der anderen vor, durchdenken Sie sie sorgfältig, jede zunächst für sich und dann in Bezug auf das Ganze, dann sollten Sie eigentlich neues Licht in den Fall bringen können.»

Ich bemühte mich, seiner Aufforderung gewissenhaft nachzukommen. Nach ein oder zwei Minuten sagte ich ziemlich skeptisch: «Was die ersten beiden Punkte angeht, so ist die Frage, ob wir von Erpressung oder von einer Liebesbeziehung zu dieser Frau ausgehen.»

«Erpressung, zweifellos. Sie haben ja gehört, was Stonor über seinen Charakter und seine Angewohnheiten gesagt hat.»

«Mrs. Renauld hat diese Ansicht aber nicht bestätigt.»

«Wir haben schon gesehen, dass Madame Renaulds Aussage durchaus nicht zuverlässig ist. In diesem Punkt müssen wir Stonor vertrauen.»

«Aber wenn Renauld eine Affäre mit einer Frau namens Bella hatte, dann ist es doch nicht unwahrscheinlich, dass er auch noch ein Verhältnis zu Madame Daubreuil eingegangen war.»

«Durchaus nicht, da haben Sie Recht. Aber hatte er eine solche Affäre?»

«Der Brief, Poirot, Sie vergessen den Brief.»

«Nein, den vergesse ich nicht. Aber wieso glauben Sie, dieser Brief sei an Monsieur Renauld gerichtet gewesen?»

«Wieso, der steckte doch in seiner Tasche, und – und...»

«Und das ist alles», fiel Poirot mir ins Wort. «Es wurde kein Name genannt, der uns den Adressaten des Briefes verraten hätte. Wir haben angenommen, der Brief sei an den Toten gerichtet gewesen, da er in seiner Manteltasche steckte. Aber, *mon ami*, bei diesem Mantel kam mir etwas ungewöhnlich vor. Ich habe ihn ausgemessen und noch zu Ihnen gesagt, dass Monsieur Renauld einen sehr langen Mantel anhatte. Diese Bemerkung hätte Ihnen zu denken geben müssen.»

«Ich dachte, Sie hätten es einfach nur gesagt, um überhaupt etwas zu sagen», räumte ich ein.

«*Ah, quelle idée!* Später haben Sie zugesehen, wie ich Monsieur Jack Renaulds Mantel ausgemessen habe. *Eh bien*, Monsieur Jack Renauld trägt einen sehr kurzen Mantel. Fügen Sie diesen beiden Tatsachen noch eine dritte hinzu, nämlich die, dass Monsieur Jack Renauld in aller Eile das Haus verließ, um den Zug nach Paris nicht zu verpassen, und sagen Sie mir, was Sie daraus schließen können.»

«Ich verstehe», sagte ich langsam, als mir die Bedeutung seiner Worte aufging. «Der Brief war an Jack Renauld geschrieben, nicht an seinen Vater. Doch Jack Renauld hatte in seiner Eile und Erregung den falschen Mantel erwischt.»

Poirot nickte.

«*Précisément.* Auf diesen Punkt können wir später noch zurückkommen. Für den Moment wollen wir uns mit der Erkenntnis zufrieden geben, dass der Brief nichts mit Monsieur Renauld *père* zu tun hat, und uns dem nächsten Ereignis in der Chronologie zuwenden.»

«23. *Mai*», las ich vor. «Monsieur Renauld streitet sich mit seinem Sohn, weil dieser Marthe Daubreuil heiraten will. Sohn reist nach Paris. – Hierzu fällt mir eigentlich nicht viel ein, und die Testamentsänderung am nächsten Tag ist auch eindeutig. Sie war die direkte Folge dieses Streites.»

«Da sind wir einer Meinung, *mon ami* – jedenfalls, was die Ursache angeht. Aber was genau steckte hinter Monsieur Renaulds Vorgehen?»

Überrascht riss ich die Augen auf.

«Er war natürlich wütend auf seinen Sohn.»

«Und doch schrieb er ihm liebevolle Briefe nach Paris?»

«Das sagt Jack Renauld, aber vorweisen kann er sie nicht.»

«Nun, dann lassen Sie uns weitergehen.»

«Wir kommen jetzt zum Tag der Tragödie. Sie haben die Ereignisse dieses Morgens in eine bestimmte Reihenfolge gestellt. Haben Sie dafür irgendeine Begründung?»

«Ich habe festgestellt, dass der Brief an mich zur selben Zeit aufgegeben wurde wie das Telegramm. Kurz darauf wurde Masters in Urlaub geschickt. Ich nehme an, dass der Streit mit dem Landstreicher vor diesen Ereignissen lag.»

«Ich glaube nicht, dass Sie da sichergehen können, es sei denn, Sie fragten Mademoiselle Daubreuil noch einmal.»

«Das ist nicht nötig. Ich bin mir sicher. Und wenn Sie das nicht begreifen, Hastings, dann begreifen Sie gar nichts.»

Ich schaute ihn kurz an.

«Natürlich. Ich bin ein Idiot! Wenn dieser Landstreicher Georges Conneau war, dann hat Mr. Renauld nach der stürmischen Auseinandersetzung mit ihm Gefahr gewittert. Er schickte den Chauffeur, Masters, weg, denn er nahm an, der werde von dem anderen bezahlt; er kabelte seinem Sohn und bat Sie um Hilfe.»

Poirot verzog die Lippen zu einem feinen Lächeln.

«Finden Sie es nicht seltsam, dass er in seinem Brief genau dieselben Ausdrücke gebraucht hat, die später in Madame Renaulds Geschichte vorkamen? Wenn die Erwähnung Santiagos eine Blindspur war, warum hätte Renauld davon sprechen und – noch wichtiger – seinen Sohn hinschicken sollen?»

«Das ist verwirrend, das muss ich zugeben, aber vielleicht finden wir später noch eine Erklärung. Wir kommen jetzt zum Abend und zum Besuch der geheimnisvollen Dame. Ich gestehe, dass der mich wirklich verblüfft, falls es nicht doch Madame Daubreuil war, wie Françoise ja die ganze Zeit behauptet hat.»

Poirot schüttelte den Kopf.

«Mein Freund, mein Freund, wohin verirren sich Ihre Gedanken denn bloß? Vergessen Sie nicht das Stück vom Scheck und die Tatsache, dass der Name Bella Duveen Stonor bekannt vorkam! Ich glaube, wir können davon ausgehen, dass Jacks unbekannte Schreiberin mit vollständigem Namen Bella Duveen heißt und dass sie in der fraglichen Nacht in der Villa war. Ob sie Jack sprechen oder sich von Anfang an an seinen Vater wenden wollte, können wir nicht wissen, aber ich denke, es hat sich Folgendes abgespielt. Sie konnte ihre Ansprüche auf Jack unter Beweis stellen, vermutlich legte sie Briefe von ihm vor, und Jacks Vater hat versucht, sie mit dem Scheck abzuspeisen. Erbost zerriss sie diesen Scheck. Ihr Brief ist der einer wirklich liebenden Frau, und vermutlich hat sie auf das Angebot von Geld zutiefst empört reagiert. Am Ende ist er sie losgeworden, und in dieser Hinsicht sind seine letzten Worte von Bedeutung.»

«‹Ja, ja – aber um Gottes willen, gehen Sie jetzt›», wiederholte ich. «‹Ich finde sie vielleicht ein wenig übertrieben, aber sonst?»

«Das reicht. Er wollte seine Besucherin unbedingt loswerden. Warum? Nicht, weil die Unterredung mit ihr unangenehm gewesen war. Nein, ihm lief die Zeit davon, und Zeit war aus irgendeinem Grund kostbar.»

«Warum hätte sie das sein sollen?», fragte ich verwirrt.

«Das fragen wir uns ja gerade. Warum? Und später haben wir dann die Sache mit der Armbanduhr – was wieder zeigt, dass die Zeit bei diesem Verbrechen eine sehr wichtige Rolle spielt. Wir nähern uns jetzt in schnellem Schritt dem eigentlichen Drama. Bella Duveen verlässt das Haus um halb elf, und die Armbanduhr zeigt uns, dass das Verbrechen vor zwölf Uhr begangen oder auf jeden Fall inszeniert worden ist. Wir sind alle Ereignisse durchgegangen, die vor dem Mord lagen, nur eins können wir nicht festmachen. Der Arzt sagt, der Landstreicher sei, als er gefunden wurde, mindestens achtundvierzig Stunden tot gewesen – mit einem möglichen Spielraum von weiteren vierundzwanzig Stunden. Ohne andere hilfreiche Tatsachen zur Verfügung zu haben als die bereits diskutierten, setze ich seinen Tod auf den Morgen des siebten Juni an.»

Verdutzt starrte ich ihn an.

«Aber wieso? Warum? Woher können Sie das denn wissen?»

«Weil sich nur so die Folge der Ereignisse logisch erklären lässt. *Mon ami,* ich habe Sie Schritt für Schritt den ganzen Weg geführt. Sehen Sie nicht, was so einwandfrei auf der Hand liegt?»

«Mein lieber Poirot, ich sehe daran nichts einwandfrei auf der Hand Liegendes. Vorhin glaubte ich, endlich klar zu sehen, aber jetzt tappe ich hoffnungslos im Nebel. Um Gottes willen, reden Sie weiter, sagen Sie mir, wer Monsieur Renauld umgebracht hat.»

«Das weiß ich ja noch nicht mit Sicherheit.»

«Aber Sie sagen doch, es liege einwandfrei auf der Hand.»

«Wir reden aneinander vorbei, mein Freund. Denken Sie daran, dass wir es hier mit zwei Verbrechen zu tun haben – für die wir, wie ich Ihnen bereits gesagt habe, zwei Leichen brauchen. Aber, aber, *ne vous impatientez pas!* Ich werde alles erklären. Für den Anfang greifen wir zur Psychologie. Wir finden drei Punkte, an denen Monsieur Renauld eine deutliche Veränderung seiner Ansichten und seines Handelns an den Tag legt – drei psychologische Punkte also. Der erste liegt direkt nach seinem Eintreffen in Merlinville, der zweite nach dem Streit mit seinem Sohn über ein bestimmtes Thema, der dritte am Morgen des siebten Juni. Doch was sind die drei Ursachen? Nummer eins können wir der Begegnung mit Madame Daubreuil zuschreiben. Nummer zwei hängt indirekt mit ihr zusammen, da es um die Heirat von Monsieur Renaulds Sohn und ihrer Tochter geht. Doch die Ursache für Nummer drei bleibt uns verborgen. Auf sie müssen wir durch Schlussfolgerungen kommen. Und nun, *mon ami,* möchte ich Ihnen eine Frage stellen: Wer hat dieses Verbrechen geplant, was meinen wir?»

«Georges Conneau», sagte ich unsicher, Poirot wachsam im Auge behaltend.

«Genau. Nun hat Giraud aber das Axiom aufgestellt, dass eine Frau lügt, um sich, den Mann, den sie liebt, oder ihr Kind zu retten. Da wir davon ausgehen, dass Georges Conneau ihr ihre Lüge diktiert hat, und da Georges Conneau nicht Jack Renauld ist, lässt sich folgern, dass die dritte Möglichkeit nicht zutrifft. Und wenn wir das Verbrechen Georges Conneau zuschreiben, dann gilt das auch für die erste. Also zwingt sich uns die zweite auf – Madame Renauld hat gelogen, um den Mann zu retten, den sie liebte, mit anderen Worten, Georges Conneau. Sie stimmen mir zu?»

«Ja», sagte ich. «Das klingt ja logisch.»

«*Bien!* Madame Renauld liebt Georges Conneau. Aber wer ist Georges Conneau?»

«Der Landstreicher.»

«Haben wir irgendeinen Grund zu der Annahme, dass Madame Renauld den Landstreicher geliebt hat?»

«Nein, aber...»

«Sehr gut. Klammern Sie sich nicht an Theorien, die nicht länger von Tatsachen gestützt werden. Fragen Sie sich lieber, wen Madame Renauld geliebt hat.»

Ich schüttelte perplex den Kopf.

«Mais oui, das wissen wir ganz genau. Wen hat Madame Renauld so sehr geliebt, dass sie beim Anblick seines Leichnams in Ohnmacht gefallen ist?»

Ich starrte ihn sprachlos an.

«Ihren Mann?», keuchte ich.

Poirot nickte.

«Ihren Mann – oder Georges Conneau, wie immer Sie ihn nennen mögen.»

Ich riss mich zusammen.

«Aber das ist unmöglich!»

«Wieso unmöglich? Haben wir uns nicht gerade erst darauf geeinigt, dass Madame Daubreuil die Möglichkeit hatte, Monsieur Renauld zu erpressen?»

«Ja, aber…»

«Und hat sie Monsieur Renauld nicht auch ausgesprochen erfolgreich erpresst?»

«Das kann schon sein, aber…»

«Und ist es nicht eine Tatsache, dass wir nichts über Monsieur Renaulds Kindheit und Jugend wissen? Dass er vor genau zweiundzwanzig Jahren plötzlich als Frankokanadier ins Leben getreten ist?»

«Das stimmt ja alles», sagte ich, jetzt mit festerer Stimme, «aber mir scheint, Sie übersehen einen springenden Punkt.»

«Und der wäre, mein Freund?»

«Also, wir gehen davon aus, dass Georges das Verbrechen geplant hat. Aber daraus ergibt sich die lächerliche Behauptung, er habe *den Mord an sich selber geplant!*»

«Eh bien, mon ami», sagte Poirot gelassen. «Genau das hat er getan.»

Einundzwanzigstes Kapitel

Hercule Poirot über den Fall

Mit gemessener Stimme begann Poirot seine Darlegung.

«Sie finden es seltsam, *mon ami,* dass jemand seinen eigenen Tod plant? So seltsam, dass Sie die Wahrheit zur Phantasie erklären und auf eine Geschichte zurückgreifen wollen, die in Wirklichkeit zehnmal unmöglicher ist. Ja, Monsieur Renauld hat seinen eigenen Tod geplant, aber es gibt noch ein Detail, das Ihnen vielleicht entgangen ist – er wollte gar nicht sterben.»

Ich schüttelte verwirrt den Kopf.

«Aber nein, das ist wirklich ganz einfach», sagte Poirot freundlich. «Für das Verbrechen, das Monsieur Renauld plante, war kein Mörder vonnöten, wie ich Ihnen bereits sagte, sehr wohl aber ein Leichnam. Lassen Sie uns den Fall rekonstruieren und die Ereignisse diesmal aus einem anderen Blickwinkel betrachten.

Georges Conneau entzieht sich der Justiz und flieht nach Kanada. Dort heiratet er unter anderem Namen und erwirbt schließlich in Südamerika ein großes Vermögen. Aber er hat Heimweh. Zwanzig Jahre sind vergangen, sein Äußeres hat sich um einiges verändert, außerdem ist er eine angesehene Persönlichkeit, die wohl von kaum irgendwem mit einem vor vielen Jahren geflohenen Verbrecher in Verbindung gebracht werden wird. Er hält eine Rückkehr für möglich. Er lässt sich in England nieder, möchte die Sommer jedoch in Frankreich verbringen. Und ein böses Geschick oder eine obskure Gerechtigkeit, die die Menschen lenkt und nicht zulässt, dass sie den Konsequenzen ihres Tuns entgehen, bringt ihn nach Merlinville. Und dort wohnt die einzige Person in ganz Frankreich, die ihn erkennen kann. Für Madame Daubreuil wird er natürlich zu einer Goldmine, einer Goldmine, die sie sich sofort zu Nutze macht. Er ist hilflos und ganz und gar in ihrer Gewalt. Und sie lässt ihn ausgiebig bluten.

Und dann passiert das Unvermeidliche. Jack Renauld verliebt sich in das schöne Mädchen, das er fast jeden Tag sieht, und möchte es heiraten. Das rüttelt seinen Vater auf. Um jeden Preis will er verhindern, dass sein Sohn die Tochter dieser bösen Frau heiratet. Jack Renauld weiß nichts über die Vergangenheit seines Vaters, Madame Renauld dagegen weiß alles. Sie ist eine Frau von starkem Charakter, die ihren Mann innig liebt. Die beiden beraten sich. Renauld sieht nur eine Möglichkeit – den Tod. Er muss scheinbar sterben, während er in Wirklichkeit ins Ausland flieht, um dort einen anderen Namen anzunehmen. Madame Renauld wird eine Zeit lang die Witwe spielen und sich dann zu ihm begeben. Sie muss die Kontrolle über sein Vermögen haben, und deshalb ändert er sein Testament. Woher sie einen Leichnam nehmen wollen, weiß ich nicht – vielleicht denken sie an ein Skelett, wie es die Medizinstudenten benutzen, und an einen Brand –, aber noch ehe ihr Plan wirklich gereift ist, ereignet sich etwas, das ihnen geradezu in die Hände spielt. Ein grober Landstreicher, gewalttätig und unflätig, taucht im Garten auf. Es kommt zu einem Handgemenge, Renauld versucht, ihn hinauszuwerfen, und plötzlich stürzt der Landstreicher, der an Epilepsie leidet, in einem Anfall zu Boden. Er ist tot. Renauld holt seine Frau. Zusammen ziehen sie den Toten in den Schuppen – wir wissen ja, dass die Auseinandersetzung dort in der Nähe stattfand. Ihnen geht auf, welche wunderbare Möglichkeit sich ihnen da bietet. Der Mann hat zwar keine Ähnlichkeit mit Renauld, aber er ist im passenden Alter und der normale französische Typ. Das muss genügen.

Ich stelle mir vor, dass sie da oben auf der Bank saßen, außer Hörweite des Hauses, und die Sache durchgesprochen haben. Die Identifizierung des Toten musste ganz und gar auf Madame Renaulds Aussage beruhen. Jack Renauld und der Chauffeur (der seit zwei Jahren in Diensten der Renaulds stand) mussten aus dem Weg geschafft werden. Die französischen Dienstbotinnen würden wohl kaum in die Nähe des Toten kommen, und auf jeden Fall wollte Renauld dafür sorgen, dass alle, die nicht genau auf Einzelheiten achten, getäuscht werden könnten. Masters wurde in Urlaub geschickt, Jack bekam ein Telegramm, und Buenos Aires wurde ausgewählt, um Renaulds Geschichte Glaubwürdigkeit zu verleihen. Da ich ihm als ziemlich obskurer, angejahrter Detektiv beschrieben worden war, bat er mich um Hilfe. Er wusste schließlich, dass sein Brief beim Untersuchungsrichter seine Wirkung tun würde – was ja auch der Fall war.

Sie zogen dem Toten einen von Renaulds Anzügen an und ließen seine Lumpen neben der Schuppentür liegen, da sie es nicht wagten, sie mit ins Haus zu nehmen. Um der Geschichte, die Madame Renauld erzählen sollte, zu Glaubwürdigkeit zu verhelfen, stießen sie ihm das Flugzeugmesser ins Herz. In der folgenden Nacht soll Renauld erst seine Frau fesseln und knebeln und dann mit einem Spaten an der Stelle, wo dieser – wie heißt das noch? – Bunker gebaut werden soll, ein Grab ausheben. Es muss ein Leichnam gefunden werden, denn Madame Daubreuil darf keinen Verdacht schöpfen. Andererseits wird sich, wenn ein wenig Zeit verstreicht, die Gefahr verringern, dass die mangelnde Ähnlichkeit des Toten mit Monsieur Renauld auffällt. Renauld soll die Lumpen des Landstreichers anziehen, zum Bahnhof gehen und unbemerkt mit dem Zug um siebzehn nach zwölf abreisen. Da alle annehmen werden, dass das Verbrechen zwei Stunden später geschehen ist, wird niemand ihn verdächtigen.

Jetzt verstehen Sie, warum er sich über den ungelegenen Besuch der jungen Bella so ärgert. Noch die kleinste Verzögerung kann seinen ganzen Plan gefährden. Er wird sie jedoch bald wieder los. Und dann geht's ans Werk. Er öffnet die Haustür ein wenig, um den Eindruck zu erwecken, die Mörder hätten das Haus auf diesem Weg verlassen. Er fesselt und knebelt Madame Renauld und begeht nicht denselben Fehler wie vor zweiundzwanzig Jahren, als die lockeren Fesseln seine Komplizin verdächtig machten. Aber er spricht mit ihr ungefähr die gleiche Geschichte ab, die er sich damals ausgedacht hatte, womit er beweist, dass unser Unterbewusstsein vor zu viel Phantasie zurückschreckt. Es ist eine kühle Nacht, er zieht einen Mantel über seine Unterwäsche und will ihn zu dem Toten ins Grab legen. Er steigt zum Fenster hinaus, glättet sorgfältig den Boden im Blumenbeet – und schafft damit ein Indiz, das ganz und gar gegen ihn spricht. Er geht auf den einsam gelegenen Golfplatz und fängt an zu graben – und dann...»

«Ja?»

«Und dann», sagte Poirot ernst, «ereilt ihn die Gerechtigkeit, der er sich so lange entzogen hat. Eine unbekannte Hand jagt ihm das Messer in den Rücken... Jetzt, Hastings, verstehen Sie, warum ich von zwei Verbrechen spreche. Das erste Verbrechen, das zu untersuchen Monsieur Renauld uns in seiner Arroganz gebeten hatte, ist geklärt. Aber dahinter liegt noch ein tieferes Rätsel. Und es wird nicht leicht sein, das zu lösen – denn der Verbrecher hat sich in seiner Weisheit der von Renauld selber bereitgelegten Werkzeuge bedient. Es war ein besonders schwer zu ergründendes und verblüffendes Rätsel, das hier gelöst werden musste.»

«Sie sind großartig, Poirot», sagte ich voller Bewunderung. «Einfach großartig. Niemand außer Ihnen hätte das geschafft.»

Ich glaube, dieses Lob gefiel ihm. Dieses eine Mal wirkte er beinahe verlegen.

«Der arme Giraud», sagte er und versuchte erfolglos, bescheiden auszusehen. «Zweifellos ist es nicht die reine Dummheit. Ein- oder zweimal war *la mauvaise chance* im Spiel. Das dunkle Haar, das um den Messergriff gewickelt war, zum Beispiel. Das war gelinde gesagt irreführend.»

«Um ganz ehrlich zu sein, Poirot», sagte ich langsam, «ich verstehe das noch immer nicht so recht – von wem stammt dieses Haar denn nun?»

«Von Madame Renauld natürlich. Und hier setzte *la mauvaise chance* ein. Ihre Haare, die früher dunkel waren, sind jetzt fast vollständig ergraut. Es hätte also auch ein graues Haar sein können – und dann hätte Giraud sich beim besten Willen nicht einreden können, es stamme von Jack Renaulds Kopf. Aber das ist wieder typisch. Immer muss er die Tatsachen verdrehen, damit sie zu seiner Theorie passen! Zweifellos wird Madame Renauld sprechen, wenn sie sich wieder erholt hat. Sie ist einfach nicht auf die Idee gekommen, ihr Sohn könnte dieses Mordes angeklagt werden. Wie sollte sie auch, solange sie ihn an Bord der *Anzora* in Sicherheit wähnte? *Ah! Voilà une femme,* Hastings! Welche Kraft, welche Selbstdisziplin! Sie hat nur einen Fehler begangen. Bei seiner unerwarteten Rückkehr: ‹Es spielt keine Rolle – mehr.› Und niemandem ist es aufgefallen, niemand hat die Bedeutung dieser Worte erfasst. Was hatte die arme Frau für eine entsetzliche Rolle zu spielen! Stellen Sie sich ihren Schock vor, als sie den Toten identifizieren soll und statt des erwarteten Landstreichers die leblose Gestalt ihres Mannes vorfindet, den sie schon in der Ferne glaubt. Kein Wunder, dass sie in Ohnmacht gefallen ist.

Aber wie entschieden hat sie seither, Verzweiflung und Trauer zum Trotz, ihre Rolle gespielt, und welche Seelenqual muss ihr das bereitet haben! Sie darf uns nichts sagen, was uns auf die Spur der wahren Mörder lenken könnte. Um ihres Sohnes willen darf niemand erfahren, dass Paul Renauld der Verbrecher Georges Conneau war. Und der letzte und bitterste Schlag war, dass sie Madame Daubreuil vor Zeugen als Geliebte ihres Mannes bezeichnen musste – denn die Sache mit der Erpressung konnte für ihr Geheimnis den Tod bedeuten. Wie geschickt sie mit dem leitenden Ermittler umgegangen ist, als er wissen wollte, ob es in der Vergangenheit ihres Mannes ein Geheimnis gegeben habe. ‹Nichts so Romantisches, da bin ich mir sicher, Monsieur.› Es war perfekt, dieser herablassende Tonfall, dieser Hauch von traurigem Spott. Monsieur Hautet kam sich töricht und melodramatisch zugleich vor. Ja, sie ist eine großartige Frau. Wenn sie einen Verbrecher geliebt hat, dann mit der Liebe einer Königin!»

Poirot versank in seinen Grübeleien.

«Noch eins, Poirot, was ist mit dem Stück Bleirohr?»

«Sehen Sie das nicht? Es sollte das Gesicht des Opfers bis zur Unkenntlichkeit entstellen. Und das hat mich überhaupt erst auf die richtige Spur gebracht. Während dieser Trottel von Giraud alles nach Streichholzresten abgesucht hat! Habe ich Ihnen nicht gesagt, dass ein zwei Fuß langes Indiz ebenso nützlich ist wie eins, das zwei Zoll misst? Aber Sie sehen, Hastings, wir müssen noch einmal anfangen. Wer hat Monsieur Renauld ermordet? Jemand, der kurz vor Mitternacht in der Nähe der Villa war, jemand, der von seinem Tod profitieren würde – diese Beschreibung passt nur zu gut auf Jack Renauld. Das Verbrechen braucht nicht einmal geplant gewesen zu sein. Und dann das Messer!»

Ich fuhr hoch, auf diesen Punkt hatte ich noch gar nicht geachtet.

«Natürlich», sagte ich. «Madame Renaulds Messer, das im Herzen des Landstreichers steckte. Es gab also zwei Messer?»

«O ja, und da beide haargenau gleich sind, können wir davon ausgehen, dass das zweite Jack Renauld gehört. Aber darüber würde ich mir nicht so sehr den Kopf zerbrechen. Ich habe mir dazu schon meine Gedanken gemacht. Nein, vor allem spricht die Psyche gegen ihn – Erblichkeit, *mon ami*, Erblichkeit. Wie der Vater, so der Sohn, und Jack Renauld ist und bleibt der Sohn von Georges Conneau.»

Er hörte sich so ernst und bedeutungsvoll an, dass ich wider Willen beeindruckt war.

«Und was für Gedanken haben Sie sich dazu gemacht?», fragte ich.

Statt zu antworten, konsultierte Poirot seine Zwiebel von Uhr und fragte dann: «Wann geht die Nachmittagsfähre von Calais?»

«Gegen fünf, glaube ich.»

«Das ist sehr gut. Wir haben gerade noch genug Zeit.»

«Sie fahren nach England?»

«Ja, mein Freund.»

«Warum?»

«Um eine mögliche Zeugin zu suchen.»

«Wen?»

Mit einem recht seltsamen Lächeln antwortete Poirot: «Miss Bella Duveen.»

«Aber wie wollen Sie sie finden – was wissen Sie überhaupt über sie?»

«Ich weiß nichts über sie – aber ich kann mir allerlei denken. Wir können davon ausgehen, dass sie tatsächlich Bella Duveen heißt, und da dieser Name Monsieur Stonor vage bekannt vorkam, wenn auch offensichtlich nicht in Verbindung mit der Familie Renauld, liegt es nahe, dass sie beim Varieté oder beim Theater ist. Jack Renauld als junger Mann mit viel

Geld hat seine erste Liebe sicher dort gefunden. Außerdem passt das zu Monsieur Renaulds Versuch, sie mit einem Scheck abzuspeisen. Ich glaube, ich werde sie finden – vor allem mit diesem Hilfsmittel.»

Und er zog das Foto hervor, das er in Jack Renaulds Kommodenschublade gefunden hatte. «In Liebe von Bella» war in eine Ecke gekritzelt, aber nicht diese Widmung zog meinen Blick magisch an. Es war keine überwältigende Ähnlichkeit, aber mir genügte sie allemal. Ich fühlte mich beklommen, als sei eine unbeschreibliche Katastrophe über mich hereingebrochen.

Es war das Gesicht Cinderellas!

Zweiundzwanzigstes Kapitel

Ich finde Liebe

Für einen Moment saß ich wie erstarrt da, das Foto immer noch in der Hand. Dann riss ich mich zusammen, bemühte mich um eine unbewegte Miene und reichte das Bild Poirot. Dabei sah ich ihn kurz an. Ob er meine Erregung bemerkt hatte? Doch zu meiner Erleichterung schien er nicht auf mich geachtet zu haben. Mein ungewöhnliches Benehmen war ihm offenbar entgangen.

Er sprang auf.

«Wir haben keine Zeit zu verlieren. Wir müssen in aller Eile aufbrechen. Aber immerhin – die See ist ruhig.»

In der Hektik des Aufbruchs konnte ich nicht mehr nachdenken, aber als ich dann auf der Fähre war und von Poirot nicht gesehen werden konnte, nahm ich mich zusammen und ging leidenschaftslos die Tatsachen durch. Wie viel wusste Poirot, und warum wollte er diese Frau finden? Nahm er an, dass sie gesehen hatte, wie Jack Renauld den Mord beging? Oder verdächtigte er sie – aber das war doch unmöglich. Sie hatte keinerlei Grund gehabt, Renauld senior nach dem Leben zu trachten. Was hatte sie überhaupt an den Tatort geführt? Ich dachte genau über alles nach. Sie hatte sich nach unserer Trennung in Calais offenbar nicht auf die Fähre begeben. Kein Wunder, dass ich sie dort vergeblich gesucht hatte. Wenn sie in Calais zu Abend gegessen und dann den Zug nach

Merlinville genommen hatte, konnte sie ungefähr zu dem von Françoise genannten Zeitpunkt in der Villa Geneviève eingetroffen sein. Doch was hatte sie unternommen, nachdem sie das Haus kurz nach zehn verlassen hatte? Vermutlich hatte sie entweder ein Hotel aufgesucht oder war nach Calais zurückgefahren. Und dann? Das Verbrechen war Dienstagnacht begangen worden. Am Donnerstagmorgen war sie wieder in Merlinville aufgetaucht. Vielleicht hatte sie Frankreich ja überhaupt nicht verlassen? Ich glaubte das eigentlich nicht. Was hatte sie dort gehalten – die Hoffnung auf eine Begegnung mit Jack Renauld? Ich hatte ihr gesagt (wie wir zu diesem Zeitpunkt annahmen), dass er sich auf hoher See befinde, auf dem Weg nach Buenos Aires. Vielleicht hatte sie gewusst, dass die *Anzora* nicht ausgelaufen war. Aber wenn sie das gewusst hatte, dann hatte sie Jack gesehen. Was hatte Poirot bloß vor? War Jack Renauld, der Marthe Daubreuil besuchen wollte, stattdessen auf Bella Duveen gestoßen, die Frau, die er so herzlos verlassen hatte?

Ich sah langsam Licht am Ende des Tunnels. Wenn das der Fall war, dann konnte sie Jack vielleicht das Alibi liefern, das er brauchte. Aber unter diesen Umständen war sein Schweigen kaum zu erklären. Warum hatte er nicht offen gesprochen? Fürchtete er, diese frühere Liebschaft könne Marthe Daubreuil zu Ohren kommen? Ich schüttelte unzufrieden den Kopf. Es war doch eine harmlose Geschichte gewesen, ein törichter Jugendflirt, und ganz zynisch überlegte ich mir, dass der Sohn eines Millionärs von einer bettelarmen Französin, die ihn dazu noch innig liebte, wohl kaum einen Korb erhalten würde, solange kein triftigerer Grund vorlag.

Poirot tauchte in Dover wieder auf, tatendurstig und lächelnd, und unsere Weiterreise nach London verlief ereignislos. Es war schon nach neun, als wir dort eintrafen, und ich ging davon aus, dass wir uns sofort in unsere Wohnung begeben und erst am nächsten Morgen aktiv werden würden.

Doch Poirot hatte andere Pläne.

«Wir haben keine Zeit zu verlieren, *mon ami*. Die englischen Zeitungen werden erst übermorgen von der Verhaftung berichten, aber wir sollten die Zeit trotzdem nutzen.»

Ich konnte ihm nicht ganz folgen, fragte aber nur, wie wir die Gesuchte denn finden sollten.

«Sie erinnern sich doch an Joseph Aarons, den Theateragenten? Nicht? Ich habe ihm bei der kleinen Episode mit dem japanischen Ringer helfen können. Ein nettes kleines Problem, ich muss Ihnen das eines Tages einmal erzählen. Zweifellos wird er uns sagen können, wo wir finden, was wir suchen.»

Wir brauchten einige Zeit, um Mr. Aarons aufzuspüren, erst nach Mitternacht wollte uns das endlich gelingen. Er begrüßte Poirot voller Wärme und erklärte sich bereit, uns in jeder gewünschten Weise behilflich zu sein.

«Es gibt in unserer Branche nicht viel, was ich nicht weiß», sagte er mit freundlichem Lächeln.

«Eh bien, Monsieur Aarons, ich suche ein junges Mädchen namens Bella Duveen.»

«Bella Duveen. Diesen Namen kenne ich, aber auf Anhieb kann ich ihn nicht unterbringen. Was macht sie genau?»

«Das weiß ich nicht – aber so sieht sie aus.»

Mr. Aarons betrachtete das Foto, dann erhellte sich seine Miene.

«Ich hab's!» Er schlug sich auf den Oberschenkel. «Die Dulcibella Kids, beim Zeus!»

«Die Dulcibella Kids?»

«Genau. Schwestern. Akrobatinnen, Tänzerinnen und Sängerinnen. Bringen eine recht gute kleine Nummer. Im Moment treten sie irgendwo in der Provinz auf, glaube ich, wenn sie nicht gerade pausieren. Während der letzten zwei oder drei Wochen waren sie in Paris.»

«Können Sie herausfinden, wo genau sie sich aufhalten?»

«Kinderspiel. Gehen Sie nach Hause, ich beliefere Sie morgen früh.»

Nachdem er das versprochen hatte, verabschiedeten wir uns. Und er hielt Wort. Gegen elf am folgenden Morgen wurde uns eine hingekritzelte Mitteilung gebracht.

«Die Dulcibella-Schwestern treten im *Palace* in Coventry auf. Viel Glück.»

Ohne viel Federlesen brachen wir nach Coventry auf. Poirot erkundigte sich nicht im Theater nach den Gesuchten, er reservierte einfach für die Abendvorstellung Plätze.

Die Vorstellung war unbeschreiblich langweilig – aber vielleicht kam sie ja auch nur mir so vor. Japanische Familien balancierten waghalsig aufeinander, Möchtegern-Gecken in grünlichem Smoking und mit sorgfältig pomadisierten Haaren erzählten Anekdoten aus der Gesellschaft und tanzten wunderbar. Fette Primadonnen sangen am oberen Ende des menschlichen Registers, ein Komiker versuchte, einen bekannten Politiker zu parodieren, und erlitt dabei jämmerlich Schiffbruch.

Aber endlich wurden die Dulcibella Kids angekündigt. Mein Herz hämmerte schmerzhaft. Und da war sie – da waren sie beide, die Schwestern, die eine blond, die andere dunkel, beide gleich groß, beide in kurzen Wipperöckchen und schweren Stiefeln. Sie sahen aus wie zwei ungeheuer pikante Kinder. Sie sangen, ihre Stimmen klangen frisch und fröhlich, ein wenig dünn und varietémäßig, aber doch attraktiv.

Es war wirklich eine hübsche kleine Nummer. Sie waren gute Tänzerinnen und führten einige überzeugende akrobatische Kunststücke vor. Ihre Liedtexte waren frech und mitreißend. Als der Vorhang fiel, erhob sich heftiger Applaus. Die Dulcibella Kids waren ganz offenkundig ein Erfolg.

Plötzlich hatte ich das Gefühl, es im Theater nicht mehr aushalten zu können. Ich brauchte frische Luft. Ich schlug Poirot den Aufbruch vor.

«Gehen Sie ruhig, *mon ami*. Ich unterhalte mich sehr gut und will die ganze Vorstellung erleben. Wir sehen uns später.»

Das Theater lag nur wenige Schritte von unserem Hotel entfernt. Ich ging in unser Wohnzimmer, bestellte mir einen Whisky und Soda, trank und starrte nachdenklich in den leeren Kamin. Ich hörte die Tür gehen und schaute mich, Poirot erwartend, um. Doch dann sprang ich auf. In der Tür stand Cinderella.

Zögernd und unter leichtem Keuchen sagte sie:

«Ich habe Sie im Theater gesehen. Sie und Ihren Freund. Als Sie aufgebrochen sind, habe ich draußen gewartet und Sie verfolgt. Warum sind Sie hier – in Coventry? Was wollten Sie heute Abend im Theater? Und Ihr Begleiter, ist das der – Detektiv?»

Da stand sie nun, und der Umhang, den sie über ihr Kostüm geworfen hatte, rutschte ihr von den Schultern. Ich sah ihre bleiche Wange unter dem Rouge und hörte die Angst in ihrer Stimme. Und in diesem Moment begriff ich alles – ich begriff, warum Poirot sie suchte und wovor sie sich fürchtete, und endlich begriff ich auch mein eigenes Herz...

«Ja», sagte ich sanft.

«Sucht er – mich?» Das flüsterte sie fast.

Und als ich nicht sofort antwortete, sackte sie neben dem Sessel zu Boden und brach in verzweifeltes Schluchzen aus.

Ich kniete neben ihr nieder, nahm sie in die Arme und strich ihr die Haare aus dem Gesicht.

«Nicht weinen, Kind, nicht weinen, um Gottes willen. Hier kann dir nichts passieren. Ich kümmere mich um dich. Nicht weinen, Liebling. Nicht weinen. Ich weiß – ich weiß alles.»

«Nein, das tust du nicht.»

«Ich glaube doch.» Und gleich darauf wurde ihr Schluchzen leiser, und ich fragte: «Du hast das Messer gestohlen, nicht?»

«Ja.»

«Und deshalb sollte ich dich umherführen? Deshalb hast du die Ohnmacht vorgetäuscht?»

Wieder nickte sie.

«Warum hast du das Messer genommen?», fragte ich weiter.

Sie antwortete mit kindlicher Schlichtheit: «Ich hatte Angst, es könnten Fingerabdrücke drauf sein.»

«Hattest du denn vergessen, dass du Handschuhe getragen hast?»

Sie schüttelte verwirrt den Kopf und fragte langsam: «Wirst du mich verraten – der Polizei?»

«Großer Gott – nein!»

Sie schaute mich an, lange und voller Ernst, und dann fragte sie mit leisem Stimmchen, das vor sich selbst Angst zu haben schien: «Warum nicht?»

Es waren ein seltsamer Ort und eine seltsame Zeit für eine Liebeserklärung – und Gott weiß, ich hatte mir nicht einmal in der wildesten Phantasie ausgemalt, dass die Liebe in einer solchen Verkleidung zu mir kommen könnte. Aber ich antwortete ganz einfach und natürlich:

«Weil ich dich liebe, Cinderella.»

Wie beschämt senkte sie den Kopf und murmelte mit belegter Stimme: «Das kannst du nicht – das kannst du nicht – du weißt doch nicht...» Dann schien sie sich zusammenzureißen, sie schaute mir in die Augen und fragte: «Was weißt du denn eigentlich?»

«Ich weiß, dass du in der Mordnacht bei Mr. Renauld gewesen bist. Er bot dir einen Scheck an, den du empört zerrissen hast. Dann hast du das Haus verlassen...» Ich verstummte.

«Weiter – was dann?»

«Ich weiß nicht, ob du wusstest, dass Jack Renauld in dieser

Nacht kommen würde, oder ob du einfach in der Hoffnung auf eine Begegnung noch dort gewartet hast, auf jeden Fall hast du gewartet. Vielleicht warst du einfach unglücklich und bist ziellos herumgelaufen – jedenfalls warst du kurz vor Mitternacht noch da und hast auf dem Golfplatz einen Mann gesehen...»

Wieder unterbrach ich mich. Die Wahrheit war mir blitzartig aufgegangen, als Cinderella das Zimmer betreten hatte, aber jetzt sah ich das Bild noch viel klarer. Ich sah das Muster des Mantels vor mir, der den Leichnam von Mr. Renauld eingehüllt hatte, ich dachte an die erstaunliche Ähnlichkeit, die mir für einen Moment die Vorstellung eingegeben hatte, der Tote sei von den Toten auferstanden, als sein Sohn zu uns in den Salon gestürzt war.

«Weiter», sagte sie noch einmal mit ruhiger Stimme.

«Ich nehme an, dass er dir den Rücken zugekehrt hatte – aber du hast ihn erkannt oder das zumindest geglaubt. Sein Schritt und seine Haltung und auch das Muster seines Mantelstoffes waren dir vertraut.» Ich legte eine kleine Pause ein. «Du hast in einem deiner Briefe an Jack Renauld eine Drohung ausgestoßen. Als du ihn dort sahst, hast du vor Zorn und Eifersucht den Verstand verloren – und zugestoßen. Ich glaube nicht eine Sekunde, dass du ihn umbringen wolltest. Aber du hast ihn umgebracht, Cinderella.»

Sie schlug die Hände vors Gesicht und sagte mit erstickter Stimme: «Du hast Recht... du hast Recht... jetzt, wo du es sagst, sehe ich es vor mir.» Dann fuhr sie fast wütend zu mir herum. «Und du liebst mich? Jetzt, wo du das alles weißt, wie kannst du mich da noch lieben?»

«Ich weiß nicht», sagte ich ein wenig müde. «Ich glaube, die Liebe ist einfach so – wir können nicht dagegen an. Ich habe es versucht, das habe ich wirklich – schon seit unserer ersten Begegnung. Aber die Liebe war zu stark für mich.»

Und da, als ich am wenigsten damit rechnete, brach sie plötzlich wieder zusammen, warf sich auf den Boden und schluchzte heftig.

«Nein, das geht nicht!», rief sie. «Ich weiß nicht, was ich tun soll, ich weiß nicht, wohin. Oh, hab Mitleid mit mir, hab Mitleid mit mir und sag mir, was ich tun soll.»

Wieder kniete ich neben ihr nieder und gab mir alle Mühe, sie zu beruhigen. «Hab keine Angst vor mir, Cinderella. Um Gottes willen, hab keine Angst vor mir. Ich liebe dich wirklich – aber ich will keine Gegenleistung. Ich möchte dir nur helfen. Liebe ihn weiterhin, wenn du ihn lieben musst, aber lass mich dir helfen, er kann das doch nicht.»

Nachdem ich das gesagt hatte, schien sie wie zu Stein erstarrt. Sie nahm die Hände vom Gesicht und starrte mich an.

«Das glaubst du?», flüsterte sie. «Du glaubst, dass ich Jack Renauld liebe?»

Halb lachend und halb weinend schlang sie mir leidenschaftlich die Arme um den Hals und drückte ihr süßes, nasses Gesicht an meins.

«Nicht so sehr, wie ich dich liebe», flüsterte sie. «Niemals so sehr wie dich.»

Ihre Lippen streiften meine Wange, dann suchten sie meinen Mund und küssten mich wieder und wieder, unvorstellbar heiß und süß. Es war so wild und so umwerfend und so unbegreiflich, ich werde es mein Leben lang nicht vergessen!

Ein Geräusch bei der Tür ließ uns hochfahren. Dort stand Poirot und sah uns an.

Ich kannte kein Zögern. Sofort stand ich neben ihm und presste ihm die Arme an die Seiten.

«Schnell», sagte ich zu Cinderella. «Mach, dass du wegkommst. So schnell wie möglich. Ich werde ihn festhalten.»

Sie sah mich kurz an, dann jagte sie an uns vorbei aus dem Zimmer. Ich hielt Poirot mit eisernem Griff fest.

«*Mon ami*», sagte der mit sanfter Stimme. «Sie machen das sehr gut. Der starke Mann hat mich in seiner Macht, und ich bin hilflos wie ein Kind. Aber das alles ist unbequem und auch ein wenig lächerlich. Setzen wir uns und kommen wir zur Ruhe.»

«Wollen Sie sie nicht verfolgen?»

«*Mon Dieu*, nein. Bin ich Giraud? Lassen Sie mich los, mein Freund.»

Ich behielt ihn argwöhnisch im Auge, denn ich musste Poirot immerhin lassen, dass ich ihm an Scharfsinn nicht gewachsen war, doch ich lockerte meinen Griff, und er ließ sich in einen Sessel sinken und betastete behutsam seine Arme.

«Wenn Sie gereizt werden, sind Sie wirklich stark wie ein Stier, Hastings. *Eh bien,* meinen Sie, Sie hätten sich Ihrem alten Freund gegenüber anständig verhalten? Ich zeige ihnen ein Bild der jungen Dame, Sie erkennen es, sagen mir aber kein Wort.»

«Das war doch auch nicht nötig, wenn Sie ohnehin schon wussten, dass ich es erkannt hatte», sagte ich verbittert. Poirot hatte es also die ganze Zeit gewusst! Ich hatte ihn nicht eine Sekunde lang täuschen können.

«Ta-ta! Sie wussten nicht, dass ich es wusste. Und heute verhelfen Sie ihr zur Flucht, nachdem wir sie mit solcher Mühe ausfindig gemacht haben. *Eh bien!* Die Frage ist jetzt, werden Sie für mich oder gegen mich arbeiten, Hastings?»

Ich konnte nicht gleich antworten. Ein Bruch mit meinem alten Freund würde sehr schmerzlich für mich sein. Doch in diesem Fall musste ich mich gegen ihn stellen. Ob er mir das jemals verzeihen würde? Bisher war er erstaunlich ruhig geblieben, aber ich kannte ja seine phantastische Selbstbeherrschung.

«Poirot», sagte ich, «es tut mir Leid. Ich gebe zu, ich habe mich in diesem Fall nicht richtig verhalten. Aber manchmal hat man keine Wahl. Und in Zukunft muss ich meine eigenen Entscheidungen treffen.»

Poirot nickte mehrmals.

«Ich verstehe», sagte er. Das spöttische Funkeln in seinen Augen war erloschen, und er klang so ehrlich und freundlich, dass ich überrascht war. «Das ist es doch, mein Freund, nicht wahr? Die Liebe ist gekommen – nicht, wie Sie es sich vorgestellt hatten, bunt und prachtvoll und mit strahlendem Gefieder, sondern traurig und auf blutenden Füßen. Nun ja – ich habe Sie gewarnt. Als mir aufging, dass dieses Mädchen das Messer genommen haben musste, habe ich Sie gewarnt. Sie erinnern sich vielleicht. Aber es war schon zu spät. Doch nun sagen Sie mir, wie viel wissen Sie?»

Ich schaute ihm in die Augen.

«Nichts, was Sie mir erzählen könnten, würde mich noch überraschen, Poirot. Das müssen Sie verstehen. Falls Sie vorhaben, Ihre Suche nach Miss Duveen wieder aufzunehmen, dann sollten Sie sich eins klar vor Augen halten. Wenn Sie sich einbilden, Sie sei in das Verbrechen verwickelt oder mit der mysteriösen Dame identisch, die Mr. Renauld am letzten Abend besucht hat, dann irren Sie sich. Ich bin an jenem Tag mit ihr aus Frankreich gekommen und habe mich erst abends im Victoria-Bahnhof von ihr getrennt, sie kann also unmöglich in Merlinville gewesen sein.»

«Ah!» Poirot musterte mich nachdenklich. «Und das würden Sie vor Gericht beschwören?»

«Aber selbstverständlich.»

Poirot erhob sich und machte eine Verbeugung.

«*Mon ami! Vive l'amour!* Sie kann Wunder wirken. Sie sind wirklich auf eine geniale Idee gekommen. Damit ist sogar Hercule Poirot geschlagen!»

Dreiundzwanzigstes Kapitel

Probleme zeichnen sich ab

Nach anstrengenden Momenten, wie ich eben einen beschrieben habe, kann die Reaktion nicht ausbleiben. Ich begab mich an diesem Abend mit einem Gefühl des Triumphs zur Ruhe, doch am nächsten Morgen ging mir auf, dass ich mein Schäfchen noch längst nicht im Trockenen hatte. Sicher, ich fand keine schwache Stelle in dem Alibi, das ich mir so spontan aus den Fingern gesogen hatte. Ich brauchte nur bei meiner Geschichte zu bleiben, dann konnte ich mir unmöglich vorstellen, dass Bella eine Verurteilung drohte.

Doch ich wusste, dass ich vorsichtig sein musste. Poirot würde sich nicht so einfach geschlagen geben. Er würde versuchen, den Stich doch noch an sich zu bringen, und das auf eine Art und in einem Moment, auf die ich am wenigsten gefasst war.

Wir trafen uns am nächsten Morgen zum Frühstück, als sei nichts geschehen. Poirots gute Laune schien unerschütterlich, doch ich entdeckte in seinem Verhalten auch einen Hauch mir bis dahin unbekannter Reserviertheit. Nach dem Frühstück verkündete ich, ich wolle einen Spaziergang machen. Poirots Augen funkelten boshaft.

«Sollten Sie Auskünfte einholen wollen, so können Sie sich diese Mühe sparen. Ich kann Ihnen alles erzählen, was Sie wissen möchten. Die Dulcibella-Schwestern haben ihren

Vertrag gekündigt und Coventry mit unbekanntem Ziel verlassen.»

«Ist das wahr, Poirot?»

«Glauben Sie mir, Hastings. Ich habe mich heute früh sogleich erkundigt. Was hatten Sie denn eigentlich erwartet?»

Natürlich hatte ich unter diesen Umständen nichts anderes erwarten können. Cinderella hatte den kleinen Vorsprung, den ich ihr hatte verschaffen können, genutzt, und sie würde jede weitere Sekunde nutzen, um sich aus der Reichweite ihres Verfolgers zu entfernen. Genau das hatte ich gewollt und geplant. Dennoch ging mir auf, dass ich hier in ein Netz aus neuen Schwierigkeiten geriet.

Ich hatte keinerlei Möglichkeit, Kontakt zu ihr aufzunehmen, aber sie musste doch erfahren, dass ich ein Alibi für sie ersonnen hatte, das ich auch vertreten wollte. Natürlich war es möglich, dass sie auf irgendeine Weise versuchen würde, mich zu erreichen, aber ich hielt das kaum für wahrscheinlich. Sie musste wissen, dass Poirot ihre Nachricht vermutlich abfangen und damit wieder auf ihre Spur gelenkt sein würde. Ihr blieb wirklich nichts anderes übrig, als fürs Erste ganz und gar verschwunden zu bleiben.

Aber was trieb derweil Poirot? Ich musterte ihn sorgfältig. Mit ungeheuer unschuldiger Miene starrte er nachdenklich ins Leere. Er wirkte einfach zu gelassen und locker, um mich in Sicherheit zu wiegen. Ich hatte inzwischen gelernt, dass Poirot umso gefährlicher war, je harmloser er aussah. Seine Ruhe machte mir Angst. Er schien diese Besorgnis aus meinem Blick zu lesen und lächelte mir wohlwollend zu.

«Sie sind verwirrt, Hastings? Sie fragen sich, warum ich nicht die Verfolgung aufnehme?»

«Nun ja – im Grunde schon.»

«Sie würden das an meiner Stelle tun. Das ist mir klar. Aber ich bin keiner von denen, die durch die Gegend jagen, um eine Nadel im Heuhaufen zu suchen, wie Sie hier zu Lande sagen. Nein – Mademoiselle Bella Duveen mag gehen, wohin sie will. Zweifellos werde ich sie zu gegebener Zeit finden. Und so lange warte ich gern.»

Ich starrte ihn skeptisch an. Versuchte er, mich in die Irre zu führen? Ich hatte das aufreizende Gefühl, dass er selbst jetzt noch Herr der Lage war. Mein Überlegenheitsgefühl bröckelte mehr und mehr. Ich hatte Cinderella die Möglichkeit zur Flucht eröffnet und einen genialen Plan entwickelt, um sie vor den Folgen ihrer übereilten Tat zu bewahren – aber ich spürte keine Erleichterung. Poirots vollkommene Ruhe weckte tausend Befürchtungen in mir.

«Ich nehme an, Poirot», sagte ich einigermaßen gelassen, «ich darf Sie nicht nach Ihren Plänen fragen? Dieses Recht habe ich ja verscherzt.»

«Aber durchaus nicht. Die sind doch kein Geheimnis. Wir werden unverzüglich nach Frankreich zurückkehren.»

«Wir?»

«Genau – wir! Sie wissen sehr gut, dass Sie es sich nicht leisten können, Papa Poirot aus den Augen zu lassen. Eh? Stimmt das nicht, mein Freund? Aber Sie können natürlich gern in England bleiben, wenn Sie möchten.»

Ich schüttelte den Kopf. Er hatte den Nagel auf den Kopf getroffen. Ich konnte es mir nicht leisten, ihn aus den Augen zu lassen. Nach allem, was vorgefallen war, konnte ich zwar nicht mit seinem Vertrauen rechnen, aber ich konnte ihn immerhin überwachen. Er war die einzige Gefahr, die Bella drohte. Giraud und die französische Polizei scherten sich nicht um ihre Existenz. Ich musste um jeden Preis in Poirots Nähe bleiben.

Poirot beobachtete mich aufmerksam, während ich mir das alles überlegte, und nickte zufrieden.

«Ich habe Recht, nicht wahr? Und da es Ihnen durchaus

zuzutrauen wäre, mich zu verfolgen, in irgendeiner absurden Tarnung wie einem falschen Bart – was alle Welt natürlich sofort durchschauen würde, *bien entendu* –, wäre es mir doch angenehmer, wenn wir gemeinsam reisten. Es wäre mir gar nicht lieb, wenn andere sich über Sie lustig machten.»

«Also gut. Aber anstandshalber möchte ich Sie warnen...»

«Ich weiß – ich weiß alles. Sie sind mein Feind. Also seien Sie mein Feind. Das macht mir weiter nichts aus.»

«Wenn alles fair und offen vor sich geht, stört es mich nicht.»

«Sie teilen die englische Leidenschaft für ‹fair play› wirklich, und da Ihre Skrupel nun beruhigt sind, sollten wir aufbrechen. Wir haben keine Zeit zu verlieren. Unser Aufenthalt in England war kurz, aber ausreichend. Ich weiß – was ich wissen wollte.»

Das sagte er leichthin, aber ich las doch eine verborgene Drohung in seine Worte hinein.

«Dennoch», begann ich und verstummte gleich wieder.

«Dennoch – wie Sie sagen. Zweifellos sind Sie mit Ihrer Leistung zufrieden. Ich dagegen mache mir Gedanken über Jack Renauld.»

Jack Renauld! Bei diesen Worten fuhr ich zusammen. Diesen Aspekt der Sache hatte ich total vergessen. Jack Renauld, in Haft, bereits vom Schatten der Guillotine bedroht. Nun sah ich meine Rolle in trüberem Licht. Ich konnte Bella retten – das schon, aber dann riskierte ich, einen Unschuldigen aufs Schafott zu schicken.

Voller Entsetzen verdrängte ich diesen Gedanken. Es war doch unmöglich. Er würde freigesprochen werden. Natürlich würde er freigesprochen werden. Aber die kalte Furcht stellte sich wieder ein. Was, wenn nicht? Was dann? Konnte ich das auf mein Gewissen laden – entsetzliche Vorstellung! Würde das das Ende sein – eine Entscheidung, Bella oder Jack Renauld? Mein Herz riet mir zu, um jeden Preis die Frau zu retten, die ich liebte. Aber wenn ein anderer diesen Preis bezahlen musste, dann sah die Lage doch anders aus.

Was würde sie selbst sagen? Mir fiel ein, dass ich Jack Renaulds Verhaftung mit keinem Wort erwähnt hatte. Bisher ahnte sie nicht, dass ihr früherer Liebhaber im Gefängnis saß und dass ihm ein entsetzliches Verbrechen angelastet wurde, das er nicht begangen hatte. Wie würde sie sich verhalten, wenn sie es erfuhr? Würde sie zulassen, dass ihr Leben auf seine Kosten gerettet wurde? Sie durfte auf keinen Fall etwas übereilen. Jack Renauld konnte – und würde aller Wahrscheinlichkeit nach – auch ohne ihr Eingreifen freigesprochen werden. Und damit wäre alles gut. Aber was, wenn nicht? Das war das entsetzliche, das unlösbare Dilemma! Ich stellte mir vor, dass ihr nicht die Todesstrafe drohen würde. In ihrem Fall lagen die Umstände des Verbrechens ganz anders. Sie konnte Eifersucht und böswilliges Verlassen geltend machen, und ihre Jugend und Schönheit würden nicht ohne Wirkung bleiben. Die Tatsache, dass durch ein tragisches Versehen Mr. Renauld den Preis gezahlt hatte, und nicht sein Sohn, konnte an ihrem Motiv für das Verbrechen nichts ändern. Doch so milde das Urteil der Richter auch ausfallen mochte, sie würde doch mit vielen Jahren im Gefängnis rechnen müssen.

Nein, Bella musste beschützt werden. Aber zugleich musste Jack Renauld gerettet werden. Wie beides möglich sein sollte, konnte ich mir nicht so recht vorstellen. Ich verließ mich auf Poirot. Er wusste alles. Und komme, was wolle, es würde ihm gelingen, einen Unschuldigen zu retten. Es würde sicher nicht leicht sein, aber auf irgendeine Weise würde er es schaffen. Und wenn niemand Bella verdächtigte und Jack Renauld freigesprochen wurde, dann würde alles in schönster Ordnung sein.

Das sagte ich mir immer wieder, aber im tiefsten Herzen verspürte ich nach wie vor eine kalte Furcht.

Vierundzwanzigstes Kapitel

«Retten Sie ihn!»

Wir verließen England mit der Abendfähre und erreichten am nächsten Morgen St. Omer, wohin Jack Renauld gebracht worden war. Poirot machte sich unverzüglich auf den Weg zu M. Hautet. Da er keine Einwände gegen meine Gesellschaft zu haben schien, schloss ich mich an.

Nach allerlei Formalitäten und einleitenden Floskeln wurden wir ins Zimmer des Untersuchungsrichters geführt. Er begrüßte uns herzlich.

«Ich hatte gehört, Sie seien nach England zurückgekehrt, Monsieur Poirot. Ich freue mich, dass das nicht der Fall ist.»

«Ich war dort, Monsieur, aber nur für eine Stippvisite. Eine Nebenspur, aber doch eine, von der ich annahm, dass sie genauere Untersuchungen lohnen würde.»

«Und hat sie das – eh?»

Poirot zuckte mit den Schultern. M. Hautet nickte und seufzte.

«Wir müssen uns damit abfinden, fürchte ich. Dieses Tier Giraud, er hat entsetzliche Manieren, aber er ist zweifellos klug. Kaum Hoffnung, dass so einer einen Fehler begeht.»

«Meinen Sie?»

Jetzt war der Untersuchungsrichter derjenige, der mit den Schultern zuckte.

«Na ja, um ganz offen zu sein – und ganz im Vertrauen natürlich –, sehen Sie denn eine andere Möglichkeit?»

«Um ganz offen zu sein, ich sehe noch viele unklare Punkte.»

«Als da wären?»

Doch Poirot ließ sich nicht aushorchen.

«Ich habe sie noch nicht zusammengestellt», sagte er. «Das war eher eine allgemeine Bemerkung. Mir gefällt der junge Mann, und ich würde ihn nur ungern eines derart entsetzlichen Verbrechens für schuldig halten. Was sagt er denn eigentlich zu diesen Vorwürfen?»

Der Untersuchungsrichter runzelte die Stirn.

«Ich verstehe ihn einfach nicht. Er scheint nichts zu seiner Verteidigung vorbringen zu können. Es war ungeheuer schwer, ihm überhaupt irgendeine Antwort zu entlocken. Er leugnet einfach und sucht dann in äußerst hartnäckigem Schweigen seine Zuflucht. Ich werde ihn morgen wieder verhören, vielleicht möchten Sie zugegen sein?»

Diese Einladung nahmen wir mit *empressement* an.

«Ein tragischer Fall», seufzte der Untersuchungsrichter. «Und mein ganzes Mitgefühl gilt Madame Renauld.»

«Wie geht es Madame Renauld?»

«Sie ist noch nicht wieder zu Bewusstsein gekommen. Und in gewisser Hinsicht ist das ein Segen, die arme Frau, ihr bleibt viel erspart. Die Ärzte sagen, es bestehe keine Gefahr, aber wenn sie wieder zu sich komme, werde sie so viel Ruhe wie möglich brauchen. Offenbar sind der Schock und ihr Sturz an ihrem derzeitigen Zustand gleichermaßen schuld. Es wäre entsetzlich, wenn ihr Verstand darunter gelitten hätte, aber es würde mich nicht wundern – nein, wirklich nicht.»

M. Hautet lehnte sich zurück und schüttelte, während er diese düstere Vorhersage machte, mit einer Art bekümmertem Vergnügen den Kopf.

Dann riss er sich endlich zusammen und sagte: «Ach, übrigens, ich habe einen Brief für Sie, Monsieur Poirot. Wo habe ich den denn nur hingelegt?»

Er durchwühlte seine Papiere. Schließlich fand er den Brief und reichte ihn Poirot.

«Er wurde mir zugesandt, damit ich ihn an Sie weiterleite», erklärte er. «Aber da Sie keine Adresse hinterlassen hatten, war mir das nicht möglich.»

Poirot betrachtete den Brief neugierig. Die Adresse war in einer geschwungenen ausländischen Schrift gehalten, die zweifellos von einer Frau stammte. Poirot öffnete den Brief nicht. Er steckte ihn in die Tasche und erhob sich.

«Dann bis morgen. Haben Sie vielen Dank für Ihre Hilfsbereitschaft und Ihre Freundlichkeit.»

«Aber nicht doch. Ich stehe immer zur Ihrer Verfügung.»

Als wir das Haus gerade verlassen wollten, begegnete uns Giraud, der stutzerhafter aussah denn je und offenbar sehr mit sich zufrieden war.

«Aha! Monsieur Poirot», rief er munter. «Sie sind also aus England zurückgekehrt?»

«Wie Sie sehen», erwiderte Poirot.

«Der Fall wird jetzt ja wohl bald abgeschlossen sein, nehme ich an.»

«Da stimme ich Ihnen zu, Monsieur Giraud.»

Poirot sagte das mit leichter Resignation. Sein kleinlautes Auftreten schien den anderen zu entzücken.

«Und was für ein Wickelkind von Verbrecher! Völlig unfähig zu irgendeiner Verteidigung. Wirklich außergewöhnlich.»

«So außergewöhnlich, dass es zu denken gibt, finden Sie nicht?», deutete Poirot in sanftem Ton an.

Aber Giraud hörte nicht einmal zu. Er schwenkte freundlich seinen Stock.

«Na, guten Tag, Monsieur Poirot. Es freut mich, dass auch

Sie endlich von der Schuld des jungen Renauld überzeugt sind.»

«*Pardon!* Aber ich bin nicht im Geringsten überzeugt. Jack Renauld ist unschuldig.»

Giraud starrte ihn kurz an – dann prustete er los, tippte sich auf die für ihn typische Weise an den Kopf und sagte: «*Toqué!*»

Poirot streckte sich. Ein gefährliches Leuchten war in seine Augen getreten.

«Monsieur Giraud, während der gesamten Ermittlungen haben Sie mich ganz bewusst immer wieder beleidigt. Jemand muss Ihnen eine Lektion erteilen. Ich bin bereit, um fünfhundert Franc mit Ihnen zu wetten, dass ich Monsieur Renaulds Mörder früher finden werde als Sie. Schlagen Sie ein?»

Giraud starrte ihn hilflos an und murmelte noch einmal: «*Toqué.*»

«Na los», drängte Poirot. «Schlagen Sie ein?»

«Ich möchte Sie wirklich nicht berauben.»

«Beruhigen Sie sich – das werden Sie nicht.»

«Ach. Na gut, ich schlage ein! Sie behaupten, ich hätte Sie beleidigt. Nun, das eine oder andere Mal hat Ihr Verhalten mich verärgert.»

«Das höre ich nur zu gern», sagte Poirot. «Guten Morgen, Monsieur Giraud. Kommen Sie, Hastings.»

Schweigend ging ich neben ihm her. Mein Herz war schwer. Poirot hatte seine Absichten nur zu deutlich werden lassen. Ich glaubte immer weniger an meine Fähigkeiten, Bella vor den Folgen ihrer Tat zu retten. Diese unselige Begegnung mit Giraud hatte Poirot angestachelt und ihn zur Aufbietung aller Kräfte angespornt.

Plötzlich legte sich eine Hand auf meine Schulter, und als ich mich umdrehte, erblickte ich Gabriel Stonor. Wir blieben stehen und begrüßten ihn, und er bot an, uns zum Hotel zu begleiten.

«Und was führt Sie hierher, Monsieur Stonor?», fragte Poirot.

«Wir müssen zu unseren Freunden halten», erwiderte der andere trocken. «Vor allem, wenn sie zu Unrecht angeklagt werden.»

«Sie glauben also nicht, dass Jack Renauld den Mord begangen hat?», fragte ich eifrig.

«Natürlich nicht. Ich kenne den Jungen. Ich gebe zu, dass mich einige Aspekte dieses Falles wirklich verwirren, aber auch wenn er sich jetzt wie ein Idiot aufführt, ich werde Jack Renauld nie für einen Mörder halten.»

Mein Herz schlug dem Sekretär entgegen. Es war, als befreiten seine Worte es von einer heimlichen Last.

«Ich bin ganz sicher, dass viele Ihre Überzeugung teilen», rief ich. «Es gibt wirklich absurd wenige Indizien gegen ihn. Ich habe keinerlei Zweifel daran, dass er freigesprochen werden muss – keinerlei Zweifel.»

Doch Stonor reagierte nicht so, wie ich mir das gewünscht hatte.

«Ich wäre gern ebenso sicher wie Sie», sagte er ernst und wandte sich an Poirot. «Was meinen Sie, Monsieur?»

«Ich glaube, die Lage sieht in vieler Hinsicht sehr düster für ihn aus», sagte Poirot ruhig.

«Sie halten ihn für schuldig?», fragte Stonor scharf.

«Nein. Aber ich glaube, es wird ihm schwer fallen, seine Unschuld zu beweisen.»

«Er führt sich so verdammt seltsam auf», murmelte Stonor. «Ich weiß natürlich auch, dass es in diesem Fall um sehr viel mehr geht, als man mit bloßem Auge sehen kann. Giraud merkt das nicht, er ist schließlich ein Außenseiter, aber die ganze Sache ist verdammt merkwürdig. Nun ja, Schweigen ist Gold. Wenn Mrs. Renauld etwas vertuschen will, dann werde ich mich an ihre Anweisungen halten. Das ist ihr Stück, und ich achte ihr Urteil viel zu hoch, als dass ich mich da einmischen würde, aber Jacks Verhalten ist mir einfach ein Rätsel. Man könnte doch glatt denken, dass er als der Schuldige dastehen *will!*»

«Aber das ist doch absurd», rief ich. «Da ist einmal das Messer…» Ich verstummte, weil ich nicht wusste, was ich nach Poirots Ansicht überhaupt verraten durfte. Ich sagte, und dabei wählte ich meine Worte sehr genau: «Wir wissen, dass Jack Renauld das Messer an diesem Abend gar nicht haben konnte. Mrs. Renauld weiß das.»

«Das stimmt», sagte Stonor. «Und wenn sie wieder zu sich kommt, dann wird sie sicher das alles und noch viel mehr erzählen können. Aber ich muss Sie jetzt verlassen.»

«Einen Moment noch», Poirots Hand hielt ihn zurück. «Können Sie dafür sorgen, dass ich sofort informiert werde, wenn Madame Renauld ihr Bewusstsein zurückerlangt?»

«Aber natürlich. Das ist kein Problem.»

«Die Sache mit dem Messer ist doch wichtig, Poirot», sagte ich, als wir nach oben gingen. «Vor Stonor konnte ich nicht wirklich offen sein.»

«Und das war nur richtig von Ihnen. Wir sollten dieses Wissen so lange wie möglich für uns behalten. Und was das Messer angeht, so ist Ihre Aussage Jack Renauld kaum eine Hilfe. Wissen Sie noch, dass ich heute Morgen, ehe wir London verlassen haben, für eine Stunde ausgegangen bin?»

«Ja?»

«Ich habe die Firma gesucht, die Jack Renaulds Andenken hergestellt hat. Das war nicht sehr schwer. *Eh bien,* Hastings, er hat nicht zwei Papiermesser machen lassen, sondern *drei.*»

«Und das heißt…»

«Das heißt, dass er eines seiner Mutter und eines Bella Duveen geschenkt hat und dass er dann noch ein drittes hatte, das er zweifellos selber benutzen wollte. Nein, Hastings, ich fürchte, die Sache mit dem Messer wird uns nicht helfen, ihn vor der Guillotine zu retten.»

«So weit wird es nicht kommen», rief ich gequält.

Poirot schüttelte skeptisch den Kopf.

«Sie werden ihn retten», rief ich voller Überzeugung.

Poirot musterte mich ironisch.

«Haben Sie das nicht unmöglich gemacht, *mon ami?*»

«Auf irgendeine andere Weise», murmelte ich.

«Ah! *Sapristi!* Da erwarten Sie aber Wunder von mir. Nein – schweigen Sie. Lassen Sie uns lieber diesen Brief lesen.»

Er zog den Umschlag aus seiner Brusttasche.

Beim Lesen verzog er das Gesicht, dann reichte er mir den dünnen Briefbogen.

«Es gibt auf der Welt noch andere leidende Frauen, Hastings.»

Die Schrift war undeutlich, und die Nachricht war offenbar in großer Erregung zu Papier gebracht worden.

Lieber Monsieur Poirot
Wenn Sie diesen Brief erhalten, dann helfen Sie mir, ich bitte Sie. Ich habe sonst niemanden, und Jack muss um jeden Preis gerettet werden. Ich flehe Sie auf Knien um Ihre Hilfe an.
Marthe Daubreuil

Bewegt gab ich ihm den Brief zurück.

«Sie fahren doch zu ihr?»

«Sofort. Wir nehmen einen Wagen.»

Eine halbe Stunde später fuhren wir vor der Villa Marguerite vor. Marthe erwartete uns schon an der Tür, sie umklammerte Poirots Hand und ließ ihn ein.

«Ah, da sind Sie – wie gütig von Ihnen. Ich war so verzweifelt, ich wusste nicht, was ich tun soll. Ich darf ihn nicht einmal im Gefängnis besuchen. Ich leide unsäglich. Ich verliere fast den Verstand! – Und stimmt es, was die Leute reden, dass er das Verbrechen nicht abstreitet? Aber das ist doch Wahnsinn! Er kann es einfach nicht gewesen sein. Ich werde das niemals auch nur für eine Minute glauben.»

«Ich glaube es auch nicht, Mademoiselle», sagte Poirot sanft.

«Aber warum sagt er dann nichts? Ich begreife das nicht.»

«Vielleicht will er jemanden decken», meinte Poirot, der sie nicht aus den Augen ließ.

Marthe runzelte die Stirn.

«Jemanden decken? Meinen Sie seine Mutter? Ach, die habe ich von Anfang an verdächtigt. Wer erbt denn dieses riesige Vermögen? Sie. Es ist leicht, sich in Witwenschleier zu hüllen und die Heuchlerin zu geben. Und als Jack verhaftet wurde, ist sie angeblich einfach so umgefallen.» Sie machte eine dramatische Handbewegung. «Und zweifellos hat Monsieur Stonor, der Sekretär, ihr geholfen. Die beiden stecken bestimmt unter einer Decke. Sie ist zwar älter als er – aber was interessiert das die Männer, wenn eine Frau reich ist!»

In ihrem Tonfall lag eine Spur von Bitterkeit.

«Stonor war in England», wandte ich ein.

«Das sagt er – aber was wissen wir?»

«Mademoiselle», sagte Poirot ruhig, «wenn wir zusammenarbeiten wollen, Sie und ich, dann muss alles ganz klar sein. Darf ich Ihnen als Erstes eine Frage stellen.»

«Ja, Monsieur?»

«Ist Ihnen der wirkliche Name Ihrer Mutter bekannt?»

Marthe sah ihn einen Moment lang an, dann ließ sie ihren Kopf auf ihre Arme sinken und brach in Tränen aus.

«Aber, aber», sagte Poirot und streichelte ihre Schulter. «Beruhigen Sie sich, *petite,* ich sehe, dass Sie es wissen. Nun eine zweite Frage: Wussten Sie, wer Monsieur Renauld war?»

«Monsieur Renauld?», wiederholte sie, hob den Kopf und blickte Poirot fragend an.

«Ah, ich sehe, Sie wissen es nicht. Und nun hören Sie mir genau zu.»

Schritt für Schritt ging er den Fall durch, so, wie er es am Tag unserer Überfahrt nach England für mich getan hatte. Marthe lauschte atemlos. Als er geendet hatte, holte sie tief Luft.

«Sie sind einfach wundervoll – großartig! Sie sind der größte Detektiv der Welt!»

Gleich darauf war sie von ihrem Stuhl gerutscht und kniete mit einer Hingabe vor ihm nieder, die es nur in Frankreich geben konnte.

«Retten Sie ihn, Monsieur», sagte sie weinend. «Ich liebe ihn so sehr. Oh, retten Sie ihn, retten Sie ihn – retten Sie ihn!»

Fünfundzwanzigstes Kapitel

Eine unerwartete Entwicklung

Am nächsten Morgen waren wir dabei, als Jack Renauld verhört wurde. Ich war entsetzt, zu sehen, wie sehr sich der junge Häftling in der kurzen Zeit verändert hatte. Seine Wangen waren eingefallen, tiefe schwarze Ringe umgaben seine Augen, er sah verhärmt und gequält aus, wie jemand, der sich nächtelang vergeblich um Schlaf bemüht hat. Er zeigte keinerlei Regung, als er uns sah.

«Renauld», begann der Untersuchungsrichter, «leugnen Sie, dass Sie in der Mordnacht in Merlinville gewesen sind?»

Jack antwortete nicht sofort, dann sagte er mit Mitleid erregendem Zaudern: «Ich – ich – ich habe Ihnen doch gesagt, dass ich in Cherbourg war.»

Der Untersuchungsrichter fuhr herum.

«Holen Sie die Zeugen vom Bahnhof.»

Gleich darauf öffnete sich die Tür, und ein Mann trat ein, in dem ich einen Träger vom Bahnhof Merlinville erkannte.

«Sie hatten in der Nacht des siebten Juni Dienst?»

«Ja, Monsieur.»

«Sie waren dabei, als der Zug um zwanzig vor zwölf einfuhr?»

«Ja, Monsieur.»

«Sehen Sie sich diesen Mann an. War er einer der Fahrgäste, die aus diesem Zug ausgestiegen sind?»

«Ja, Monsieur.»

«Es besteht nicht die Möglichkeit, dass Sie sich irren?»

«Nein, Monsieur. Monsieur Jack Renauld ist mir sehr gut bekannt.»

«Und im Datum können Sie sich auch nicht irren?»

«Nein, Monsieur. Denn am Morgen darauf, am achten Juni, haben wir ja von dem Mord erfahren.»

Ein weiterer Eisenbahnangestellter wurde hereingeführt und bestätigte die Aussage seines Kollegen. Der Untersuchungsrichter schaute Jack Renauld an.

«Diese Männer haben Sie einwandfrei identifiziert. Was haben Sie dazu zu sagen?»

Jack zuckte mit den Schultern.

«Nichts.»

«Renauld», sagte der Untersuchungsrichter. «Erkennen Sie das hier?»

Er nahm einen Gegenstand von dem Tisch zu seiner Rechten und hielt ihn dem Gefangenen hin. Ich fuhr zusammen, als ich das Flugzeugmesser erkannte.

«*Pardon*», rief Jacks Anwalt, Maître Grosier. «Ich will mit meinem Mandanten sprechen, ehe er diese Frage beantwortet.»

Doch Jack Renauld hatte keinerlei Mitleid mit dem unseligen Grosier. Er winkte ab und sagte ruhig:

«Ja, natürlich. Ich habe dieses Messer meiner Mutter geschenkt, als ein Andenken an den Krieg.»

«Und gibt es Ihres Wissens ein Duplikat dieses Messers?»

Wieder meldete sich Maître Grosier zu Wort, wieder winkte Jack ab.

«Nicht, dass ich wüsste. Ich habe es ja selbst entworfen.»

Sogar der Untersuchungsrichter schnappte angesichts dieser kühnen Behauptung nach Luft. Jack schien sein Schicksal geradezu überstürzen zu wollen. Ich wusste natürlich, dass er

Bella zuliebe verschweigen musste, dass es ein zweites, genau gleiches Messer gab. Solange von einem Messer ausgegangen wurde, konnte die Frau, die das zweite Papiermesser besaß, kein Verdacht treffen. Tapfer schützte er die Frau, die er einst geliebt hatte – aber welchen Preis würde er dafür bezahlen müssen! Allmählich begriff ich, welch große Aufgabe ich Poirot so leichtfertig übertragen hatte. Es würde nicht leicht fallen, für Jack Renauld einen Freispruch zu erwirken, solange die Wahrheit nicht auf den Tisch kam.

M. Hautet fuhr in ausgesprochen schneidendem Tonfall fort:

«Madame Renauld sagt, das Messer habe in der Mordnacht auf ihrem Tisch gelegen. Aber Madame Renauld ist eine Mutter. Es wird Sie überraschen, Renauld, aber ich halte es für sehr wahrscheinlich, dass Madame Renauld sich irrt und dass Sie das Messer, vielleicht unbeabsichtigt, mit nach Paris genommen hatten. Sie werden mir sicher widersprechen...»

Ich sah, wie der Junge die gefesselten Hände rang. Ihm trat der Schweiß auf die Stirn, als er mit gewaltiger Willensanstrengung M. Hautet heiser ins Wort fiel:

«Ich werde Ihnen nicht widersprechen. Es ist möglich.»

Es war ein verwirrender Moment. Maître Grosier sprang auf und rief:

«Mein Mandant steht unter beträchtlicher nervlicher Anspannung. Bitte, nehmen Sie zu Protokoll, dass ich ihn für seine Aussagen nicht für verantwortlich halte.»

Der Untersuchungsrichter winkte wütend ab. Vorübergehend schienen auch ihm Zweifel zu kommen. Jack Renauld hatte seine Rolle beinahe zu gut gespielt. Hautet beugte sich vor und blickte den Gefangenen forschend an.

«Ist Ihnen wirklich klar, Renauld, dass Ihre Antworten mir keine andere Möglichkeit lassen, als den Prozess gegen Sie zu eröffnen?»

Jacks bleiches Gesicht errötete. Er erwiderte Hautets Blick vollkommen ruhig.

«Monsieur Hautet, ich schwöre, dass ich meinen Vater nicht ermordet habe.»

Doch der kurze Zweifel des Untersuchungsrichters war verflogen. Er lachte verärgert.

«Zweifellos, zweifellos – unsere Gefangenen sind immer unschuldig. Doch Ihr eigener Mund hat Sie verurteilt. Sie haben nichts zu Ihrer Verteidigung zu sagen, haben kein Alibi – Sie stellen nur die Behauptung auf, unschuldig zu sein, und damit könnten Sie nicht einmal einen Säugling täuschen. Sie haben Ihren Vater ermordet, Renauld, es war ein grausamer, feiger Mord – nur um des Geldes willen, das Sie nach seinem Tod zu erben glaubten. Ihre Mutter ist danach zu Ihrem Werkzeug geworden. Zweifellos wird das Gericht milde mit ihr verfahren, schließlich hat sie als Mutter gehandelt. Doch Sie können nicht mit Milde rechnen, und das ist nur gut so! Sie haben ein entsetzliches Verbrechen begangen – ein Verbrechen, das von Göttern und Menschen gleichermaßen verabscheut wird!»

Zu seinem großen Ärger wurde M. Hautet an dieser Stelle unterbrochen. Die Tür wurde aufgerissen.

«Monsieur le juge, Monsieur le juge», stammelte der Beamte, «hier ist eine Dame, die sagt – die sagt…»

«Wer sagt was?», rief der zu Recht erzürnte Untersuchungsrichter. «Das geht doch einfach nicht. Ich verbitte mir das – ich verbitte mir das aufs Energischste!»

Doch eine schlanke Gestalt schob den stammelnden Beamten beiseite und drängte sich ins Zimmer. Sie war schwarz gekleidet, und ein langer Schleier verbarg ihr Gesicht.

Mein Herz hämmerte. Da war sie also! All meine Bemühungen waren vergebens gewesen. Doch ich musste den Mut bewundern, der sie zu diesem tapferen Schritt bewogen hatte.

Sie hob den Schleier – und ich keuchte auf. Denn die beiden Frauen ähnelten einander zwar wie ein Ei dem anderen – aber diese hier war nicht Cinderella. Und jetzt, da ich sie ohne die blonde Perücke sah, die sie auf der Bühne getragen hatte, erkannte ich in ihr das Mädchen auf dem Foto, das in Jack Renaulds Kommode gelegen hatte.

«Sie sind der *juge d'instruction,* Monsieur Hautet?», fragte sie.

«Ja, aber ich verbitte mir...»

«Ich bin Bella Duveen. Ich möchte mich stellen, ich habe Mr. Renauld ermordet.»

Sechsundzwanzigstes Kapitel

Ich bekomme einen Brief

«Mein Freund – du wirst alles wissen, wenn du diesen Brief erhältst. Nichts, was ich sage, kann Bella in ihrem Entschluss wanken machen. Sie will sich stellen. Und ich bin zu müde, um weiterzukämpfen.

Du weißt jetzt, dass ich dich getäuscht, dass ich dein Vertrauen mit Lügen belohnt habe. Dir erscheint das vielleicht als unverzeihlich, aber ehe ich dein Leben für immer verlasse, möchte ich dir doch erzählen, wie es dazu gekommen ist. Wenn ich wüsste, dass du mir verzeihst, wäre mein Leben leichter. Ich habe es nicht für mich getan – und das ist das Einzige, was ich zu meiner Verteidigung anführen kann.

Ich möchte mit dem Tag beginnen, an dem wir uns in Paris im Zug getroffen haben. Ich machte mir Sorgen um Bella. Sie war verzweifelt wegen Jack Renauld; sie hätte ihr Leben für ihn gegeben, und dass er sich so verändert und ihr nicht mehr so oft geschrieben hatte, regte sie schrecklich auf. Sie redete sich ein, er habe sich in eine andere verliebt – und nachher stellte sich natürlich heraus, dass sie völlig Recht hatte. Sie wollte zu der Villa in Merlinville gehen und sich mit Jack aussprechen. Sie wusste, dass ich dagegen war, und deshalb hat sie versucht, mir zu entwischen. In Calais konnte ich sie nicht finden, und ich wollte nicht ohne sie nach England zurückkehren. Ich hatte eine schlimme Ahnung, dass etwas Schreckliches passieren würde, wenn ich es nicht verhinderte.

Ich habe auf den nächsten Zug aus Paris gewartet. Mit dem kam sie, und sie war wild entschlossen zu diesem Besuch in Merlinville. Ich gab mir alle Mühe, ihr diesen Plan auszureden, aber es gelang mir nicht. Sie hatte es sich eben in den Kopf gesetzt. Ich gab auf. Ich hatte getan, was ich konnte. Es wurde spät. Ich ging in ein Hotel, und Bella fuhr nach Merlinville. Ich konnte mich einfach nicht von dem Gefühl befreien, dass sich eine Katastrophe zusammenbraute.

Der nächste Tag kam – Bella kam nicht. Wir waren im Hotel verabredet, aber sie tauchte nicht auf. Den ganzen Tag kein Zeichen von ihr. Ich ängstigte mich immer mehr. Und dann kam eine Abendzeitung mit der schrecklichen Nachricht.

Es war grauenhaft! Ich war natürlich nicht sicher – aber ich hatte entsetzliche Angst. Ich stellte mir vor, dass Bella Papa Renauld getroffen und ihm von sich und Jack erzählt und er sie vielleicht beleidigt hatte. Wir haben beide ein schrecklich hitziges Temperament.

Doch dann war die Rede von den maskierten Ausländern, und ich habe mich ein wenig beruhigt. Allerdings machte ich mir immer noch Sorgen, weil Bella unsere Verabredung nicht eingehalten hatte.

Am nächsten Morgen war ich so fertig mit den Nerven, dass ich einfach nach ihr Ausschau halten musste. Und als Erstes bin ich auf dich gestoßen. Das weißt du ja alles ... Als ich den Toten sah, der solche Ähnlichkeit mit Jack hatte und Jacks Mantel trug, wusste ich Bescheid. Und dann war da das Papiermesser – dieses tückische kleine Teil –, das Jack Bella geschenkt hatte! Bestimmt waren ihre Finger-

abdrücke drauf. Ich kann dir gar nicht erklären, wie hilflos und entsetzt ich in dem Moment war. Ich wusste nur eins – ich musste dieses Messer an mich bringen und verschwunden sein, ehe der Diebstahl bemerkt wurde. Ich habe die Ohnmacht vorgetäuscht, und als du Wasser für mich holen gingst, habe ich es unter mein Kleid geschoben.
Ich hatte dir gesagt, dass ich im *Hôtel du Phare* wohne, aber natürlich bin ich sofort nach Calais zurückgekehrt und habe die erste Fähre nach England genommen. Mitten auf dem Kanal habe ich den kleinen Teufel von Messer ins Wasser geworfen. Dann konnte ich wieder atmen.
Bella erwartete mich in unserer Londoner Wohnung. Sie wirkte ganz unbefangen. Ich erzählte ihr, was ich getan hatte und dass sie im Moment in Sicherheit sei. Sie starrte mich an, und dann lachte sie… lachte… lachte. Es war entsetzlich, sie zu hören. Ich hielt es für das Beste, sie zu beschäftigen. Sie hätte den Verstand verloren, wenn sie über alldem hätte herumbrüten können. Zum Glück fanden wir sofort ein Engagement.
Und dann sah ich dich und deinen Freund im Publikum… Ich war außer mir. Ihr musstet doch einen Verdacht haben, sonst hättet Ihr uns nicht verfolgt. Ich musste wissen, wie schlimm genau es aussah, deshalb bin ich dir gefolgt. Ich war verzweifelt. Und dann, noch ehe ich etwas sagen konnte, stellte sich heraus, dass du mich im Verdacht hattest und nicht Bella! Beziehungsweise dass du mich für Bella hieltest, wo ich doch das Messer gestohlen hatte.
Ich wünschte, mein Lieber, du könntest meine Gedanken von damals lesen … dann würdest du mir vielleicht verzeihen… Ich hatte solche Angst und war so verwirrt und verzweifelt… Ich wusste nur, dass du mich retten wolltest – aber ich wusste nicht, ob du auch bereit sein würdest, sie zu retten… Ich hielt es nicht für sehr wahrscheinlich – es war

doch nicht dasselbe. Und ich konnte dieses Risiko nicht eingehen. Bella und ich sind Zwillinge – ich musste tun, was für sie das Beste war. Deshalb habe ich weitergelogen. Ich kam mir schrecklich schlecht dabei vor – das tue ich immer noch … Das ist alles – genug, wirst du wohl sagen. Ich hätte Vertrauen zu dir haben sollen. Und dann …

Als die Zeitungen von Jacks Verhaftung schrieben, war alles zu Ende. Bella wollte nicht mehr abwarten, wie die Dinge sich entwickelten …

Ich bin sehr müde. Ich kann nicht mehr schreiben.»

Sie hatte mit Cinderella unterschreiben wollen, dann aber die ersten Buchstaben durchgestrichen und stattdessen «Dulcie Duveen» geschrieben.

Es war eine hingeworfene, wirre Epistel – aber ich habe sie bis heute aufbewahrt.

Poirot war bei mir, als ich sie las. Die Briefbögen fielen mir aus der Hand, und ich sah ihn an.

«Wussten Sie die ganze Zeit, dass es die – andere war?»

«Ja, mein Freund.»

«Warum haben Sie mir das nicht gesagt?»

«Anfangs hielt ich es kaum für möglich, dass Ihnen ein solcher Fehler unterlaufen könnte. Sie hatten das Foto gesehen. Die Schwestern sehen einander sehr ähnlich, aber deshalb braucht man sie noch lange nicht zu verwechseln.»

«Aber die blonden Haare?»

«Eine Perücke, die auf der Bühne einen pikanten Kontrast ergeben soll. Wäre es denn vorstellbar, dass ein Zwilling blond und der andere dunkel sein könnte?»

«Warum haben Sie mir an dem Abend im Hotel in Coventry nicht die Wahrheit gesagt?»

«Sie sind ziemlich anmaßend aufgetreten, *mon ami*», sagte Poirot trocken. «Sie haben mir keine Gelegenheit gegeben.»

«Aber danach?»

«Ach, danach! Zunächst hat mich Ihr Mangel an Vertrauen verletzt. Und dann wollte ich feststellen, ob Ihre – Gefühle wirklich von Dauer wären. Ob es sich um Liebe handelte oder um ein Strohfeuer. Ich hätte Sie nicht mehr lange in diesem Irrtum gelassen.»

Ich nickte. Er sprach so liebevoll mit mir, dass ich ihm einfach nicht böse sein konnte. Ich schaute die Briefbögen an. Dann klaubte ich sie vom Boden auf und hielt sie ihm hin.

«Lesen Sie das», sagte ich. «Bitte.»

Er las den Brief schweigend und sah mich dann an.

«Was macht Ihnen solche Sorgen, Hastings?»

Das war ein ganz neuer Poirot. Seine spöttische Art hatte er offenbar abgelegt. Es fiel mir nicht allzu schwer, ihm zu antworten.

«Sie sagt nicht – sie sagt nicht – na ja, sie sagt doch nicht, ob sie sich etwas aus mir macht oder nicht?»

Poirot überflog den Brief noch einmal.

«Ich glaube, da irren Sie sich, Hastings.»

«Wo denn?», rief ich und beugte mich aufgeregt vor.

Poirot lächelte.

«Sie sagt es Ihnen in jeder Zeile dieses Briefs, *mon ami*.»

«Aber wie soll ich sie denn finden? Sie hat ja keine Adresse angegeben. Der Brief ist in Frankreich abgestempelt, das ist alles.»

«Regen Sie sich nicht auf. Überlassen Sie das Papa Poirot. Ich werde sie für Sie finden, sobald ich fünf Minuten freihabe.»

Siebenundzwanzigstes Kapitel

Jack Renaulds Geschichte

«Herzlichen Glückwunsch, Monsieur Jack», sagte Poirot und schüttelte dem Jungen voller Wärme die Hand.

Der junge Renauld hatte uns sofort nach seiner Freilassung aufgesucht – ehe er nach Merlinville zu seiner Mutter und Marthe Daubreuil fuhr. Stonor war bei ihm. Seine Robustheit bildete einen starken Kontrast zum erschöpften Aussehen des Jungen. Jack Renauld stand offenbar kurz vor einem Nervenzusammenbruch. Er lächelte Poirot traurig an und sagte leise:

«Ich habe das alles über mich ergehen lassen, um sie zu beschützen, und nun war alles umsonst.»

«Sie konnten wohl kaum erwarten, dass sie Sie mit Ihrem Leben bezahlen lassen würde», sagte Stonor trocken. «Sie musste sich doch melden, als sie sah, dass Sie voll auf die Guillotine zusteuerten.»

«Eh, ma foi! Und so war es doch!», fügte Poirot mit einem leichten Augenzwinkern hinzu. «Wenn Sie so weitergemacht hätten, wäre Maître Grosier vor Wut gestorben, und Sie hätten ihn auf dem Gewissen gehabt.»

«Er war ein wohlmeinender Esel, nehme ich an», sagte Jack. «Aber er hat mir schreckliches Kopfzerbrechen bereitet. Ich konnte ihn doch nicht ins Vertrauen ziehen. Aber mein Gott, was soll jetzt aus Bella werden?»

«Ich an Ihrer Stelle», erwiderte Poirot offen, «würde mir da keine übermäßigen Sorgen machen. Die französischen Richter sind Jugend und Schönheit immer sehr freundlich gesinnt, und dann ein *crime passionnel!* Ein geschickter Anwalt wird eine Menge mildernde Umstände finden. Es wird nicht angenehm sein für Sie…»

«Das ist mir egal. Wissen Sie, Monsieur Poirot, in gewisser Hinsicht habe ich wirklich das Gefühl, am Tod meines Vaters schuld zu sein. Ohne mich und mein Verhältnis zu diesem Mädchen wäre er heute noch am Leben. Und dann war ich auch noch so verdammt nachlässig und habe den falschen Mantel mitgenommen. Da muss ich mich doch für seinen Tod verantwortlich fühlen. Und das wird mich für immer verfolgen.»

«Nein, nein», sagte ich beruhigend.

«Natürlich ist es eine schreckliche Vorstellung für mich, dass Bella meinen Vater umgebracht hat», überlegte Jack. «Aber ich hatte sie schändlich behandelt. Nachdem ich Marthe kennen gelernt und erkannt hatte, dass ich einen Fehler gemacht hatte, hätte ich ihr schreiben und ehrlich alles sagen müssen. Aber ich hatte furchtbare Angst vor einem Streit, der womöglich auch noch Marthe zu Ohren gekommen wäre, und dann hätte Marthe die andere Sache für wichtiger gehalten, als sie jemals war – kurzum, ich war ein Feigling und habe gehofft, die Sache würde ganz von allein einschlafen. Ich wollte einfach Zeit schinden – und mir war nicht klar, dass ich das arme Kind zur Verzweiflung trieb. Wenn sie mich tatsächlich erstochen hätte, wie sie es ja wollte, dann wäre mir nur recht geschehen. Und wie sie sich jetzt gestellt hat, das zeugt doch wirklich von Mumm. Ich hätte nämlich durchgehalten, wissen Sie – bis zum bitteren Ende.»

Er verstummte kurz, dann wandte er sich aufgeregt einem anderen Thema zu.

«Was ich nicht kapiere, ist, warum mein alter Herr mitten

in der Nacht in Unterwäsche und meinem Mantel umherspaziert ist. Ich nehme an, er war diesen komischen Ausländern entwischt und meine Mutter hat sich mit der Zeit vertan und die Männer waren nicht erst um zwei da, sondern früher. Oder – oder, das war doch nicht alles nur vorgetäuscht, oder? Ich meine, meine Mutter hat doch nicht geglaubt – sie konnte doch nicht glauben ... dass ... dass ich es war?»

Poirot beruhigte ihn sogleich.

«Nein, nein, Monsieur Jack. Machen Sie sich da keine Sorgen. Und alles andere werde ich Ihnen demnächst einmal erklären. Das Ganze ist recht seltsam. Aber würden Sie uns bitte noch genau erzählen, was sich an jenem schrecklichen Abend zugetragen hat?»

«Da gibt es nicht viel zu erzählen. Ich war aus Cherbourg gekommen, wie ich Ihnen gesagt habe, weil ich Marthe noch einmal sehen wollte, ehe ich mich ans andere Ende der Welt einschiffte. Der Zug hatte Verspätung, und ich wollte die Abkürzung über den Golfplatz nehmen. Von dort konnte ich leicht in den Garten der Villa Marguerite gelangen. Ich war fast dort, als ...»

Er verstummte und schluckte.

«Ja?»

«Ich hörte einen entsetzlichen Schrei. Nicht laut – es war eher eine Art Würgen und Keuchen, aber es machte mir Angst. Einen Moment lang war ich wie erstarrt. Dann ging ich um einen Busch herum. Der Mond schien. Ich sah das Grab, und darin lag eine Gestalt, mit dem Gesicht nach unten und einem Messer im Rücken. Und dann ... und dann ... dann schaute ich auf und sah *sie.* Sie starrte mich an, als hätte sie ein Gespenst vor sich – bestimmt hat sie mich im ersten Moment dafür gehalten, in ihrem Gesicht war nichts als pures Entsetzen. Dann stieß sie einen Schrei aus, drehte sich um und stürzte davon.»

Er verstummte und versuchte, seine Bewegung unter Kontrolle zu bringen.

«Und danach?», fragte Poirot sanft.

«Das weiß ich nicht so recht. Ich bin wie betäubt eine Weile dort stehen geblieben. Und dann dachte ich, ich sollte lieber machen, dass ich fortkäme. Der Gedanke, der Verdacht könnte auf mich fallen, war mir noch gar nicht gekommen, aber ich hatte Angst davor, gegen sie aussagen zu müssen. Ich ging, wie ich es Ihnen erzählt habe, zu Fuß nach St. Beauvais und nahm von dort einen Wagen nach Cherbourg.»

Jemand klopfte an die Tür, und dann brachte ein Page ein Telegramm für Stonor. Stonor riss den Umschlag auf. Und dann erhob er sich.

«Mrs. Renauld ist wieder bei Bewusstsein!», sagte er.

«Ah!» Poirot sprang auf. «Dann sollten wir uns sofort nach Merlinville begeben.»

In aller Eile machten wir uns auf den Weg. Aufs Jacks Bitten hin blieb Stonor in St. Omer, um für Bella Duveen zu tun, was zu tun überhaupt möglich war. Poirot, Jack Renauld und ich fuhren mit Renaulds Wagen.

Wir brauchten etwas mehr als vierzig Minuten. Als wir uns der Villa Marguerite näherten, blickte Jack Renauld Poirot fragend an.

«Was meinen Sie, sollten Sie nicht meiner Mutter erst mal schonend beibringen, dass ich nicht mehr in Haft bin...»

«Während Sie Mademoiselle Marthe dieselbe Nachricht persönlich schonend beibringen, eh?», sagte Poirot augenzwinkernd. «Aber sicher, natürlich, ich wollte das eben schon selber vorschlagen.»

Jack Renauld wartete keinen Augenblick länger. Er hielt den Wagen an, sprang hinaus und rannte auf die Haustür zu. Wir fuhren weiter zur Villa Geneviève.

«Poirot», sagte ich. «Wissen Sie noch, wie wir am ersten Tag hier angekommen sind? Und als Erstes vom Mord an Monsieur Renauld hörten?»

«Ja, natürlich. Besonders lange ist es ja noch nicht her. Aber seither ist so viel passiert – vor allem bei *Ihnen, mon ami!*»

«Ja, da haben Sie wirklich Recht», seufzte ich.

«Sie betrachten das alles von einem sentimentalen Standpunkt aus, Hastings. So hatte ich das nicht gemeint. Lassen Sie uns hoffen, dass Mademoiselle Bella einen milden Richter findet, und Jack Renauld kann schließlich nicht beide Mädchen heiraten. Ich hatte von einem professionellen Standpunkt her gesprochen. Das ist kein ordentlicher und geregelter Mord, wie Detektive ihn so gern haben. Die von Georges Conneau arrangierte *mise en scène,* die war wirklich perfekt, aber das *dénouement* – ach nein! Ein Mann, der zufällig ermordet wird, weil ein Mädchen einen Wutanfall hat – also wirklich, was ist denn das für eine Ordnung oder Methode?»

Und während ich noch über Poirots Eigenheiten lachen musste, öffnete Françoise uns die Tür.

Poirot bestand darauf, Madame Renauld sofort zu sehen, und die alte Frau führte ihn nach oben. Ich wartete im Salon. Poirot ließ sich erst nach einer ganzen Weile wieder blicken. Er sah ungewöhnlich ernst aus.

«*Vous voilà,* Hastings! *Sacré tonnerre!* Uns steht noch einiges bevor.»

«Wie meinen Sie das?», rief ich.

«Das hätte ich wirklich nicht geglaubt», sagte Poirot nachdenklich. «Aber Frauen sind eben unberechenbar.»

«Da kommt Jack mit Marthe Daubreuil», sagte ich, nachdem ich aus dem Fenster geschaut hatte.

Poirot stürmte nach draußen und fing das junge Paar auf der Treppe vor der Haustür ab.

«Kommen Sie nicht herein. Das wäre nicht gut für Sie. Ihre Mutter ist wirklich außer sich.»

«Ich weiß, ich weiß», sagte Jack Renauld. «Deshalb muss ich ja sofort zu ihr.»

«Aber nein, hören Sie auf mich. Es wäre wirklich nicht gut für Sie.»

«Aber Marthe und ich...»

«Und Mademoiselle sollten Sie auf keinen Fall mitnehmen. Gehen Sie zu Ihrer Mutter, wenn es unbedingt sein muss, aber Sie sollten lieber auf mich hören.»

Eine Stimme oben auf der Treppe ließ uns alle zusammenfahren.

«Ich danke Ihnen für Ihre Bemühungen, Monsieur Poirot, aber ich möchte selbst sagen, was ich auf dem Herzen habe.»

Wir starrten überrascht nach oben. Gestützt auf Léonies Arm, kam jetzt, mit noch immer verbundenem Kopf, Madame Renauld die Treppe herunter. Die junge Französin weinte und flehte ihre Arbeitgeberin an, doch lieber wieder ins Bett zu gehen.

«Madame wird sich noch umbringen! Der Doktor hat das doch streng verboten!»

Doch Mrs. Renauld ging weiter.

«Mutter!», schrie Jack Renauld und wollte auf sie zustürzen.

Doch mit einer Handbewegung wies sie ihn zurück.

«Ich bin nicht mehr deine Mutter! Und du bist nicht mehr mein Sohn! Von diesem Tag und dieser Stunde an bist du verstoßen!»

«Mutter!», rief der Junge entsetzt.

Einen Moment lang schien sie zu schwanken, bewegt von der Qual in seiner Stimme. Poirot machte eine Geste, als ob er vermitteln wolle. Aber gleich darauf hatte sie sich wieder unter Kontrolle.

«An deinen Händen haftet das Blut deines Vaters. Moralisch bist du an seinem Tod schuld. Du hast dich ihm widersetzt und ihm getrotzt, als es um dieses Mädchen ging, und du hast eine andere so herzlos behandelt, dass du dadurch seinen Tod verursacht hast. Verlass augenblicklich mein Haus. Morgen werde ich dafür sorgen, dass du niemals auch nur einen Penny von seinem Geld bekommst. Sieh zu, wie du in der Welt zurechtkommst mit diesem Mädchen, das die Tochter der bittersten Feindin deines Vaters ist!»

Und langsam und mit großer Mühe ging sie wieder nach oben.

Wir alle waren sprachlos – mit einem solchen Auftritt hatte nun wirklich niemand gerechnet. Jack Renauld, der ohnehin von allem, was er durchgemacht hatte, ganz erschöpft war, schwankte und wäre beinahe gestürzt. Poirot und ich kamen ihm sofort zu Hilfe.

«Er ist restlos überanstrengt», murmelte Poirot Marthe zu. «Wohin können wir ihn bringen?»

«Nach Hause natürlich. In die Villa Marguerite. Wir werden ihn pflegen, meine Mutter und ich. Mein armer Jack!»

Wir brachten den Jungen ins Nachbarhaus, und dort ließ er sich halb betäubt auf einen Stuhl sinken. Poirot befühlte ihm Hände und Stirn.

«Er hat Fieber. Die große Anspannung macht sich bemerkbar. Und nun auch noch dieser Schock. Bringen Sie ihn ins Bett, Hastings und ich werden einen Arzt holen.»

Der Arzt war bald zur Stelle. Nachdem er den Patienten untersucht hatte, meinte er, es handele sich schlicht um einen Fall von nervlicher Überanspannung. Wenn wir ihn in Ruhe ließen, werde der Junge am nächsten Tag vermutlich weitgehend wiederhergestellt sein, bei weiteren Aufregungen jedoch bestehe die Gefahr einer Hirnhautentzündung. Auf jeden Fall solle die ganze Nacht jemand bei ihm wachen.

Nachdem wir für ihn getan hatten, was wir konnten, ließen wir ihn in der Obhut Marthes und ihrer Mutter und kehrten in die Stadt zurück. Unsere übliche Essenszeit war vorbei, und wir waren beide fast völlig ausgehungert. Das erste Restaurant, an dem wir vorbeikamen, konnte diesem Umstand mit einem exzellenten Omelett und einem ebenso exzellenten Entrecote abhelfen.

«Und jetzt brauchen wir ein Nachtquartier», sagte Poirot, als schließlich ein *café noir* die Mahlzeit vervollständigt hatte. «Sollen wir es bei unserem alten Freund, dem *Hôtel des Bains*, versuchen?»

Das taten wir ohne weitere Diskussionen. Doch, Messieurs konnten zwei schöne Zimmer mit Meerblick bekommen. Dann stellte Poirot eine Frage, die mich überraschte:

«Ist eine englische Dame eingetroffen, Miss Robinson?»

«Ja, Monsieur. Sie wartet im kleinen Salon.»

«Ah!»

«Poirot!», rief ich und versuchte, mit ihm Schritt zu halten, als er durch den Korridor lief, «wer um Himmels willen ist Miss Robinson?»

Poirot strahlte mich freundlich an.

«Es ist nämlich so, dass ich eine Heirat für Sie arrangiert habe, Hastings.»

«Aber hören Sie...»

«Ach was», sagte Poirot und schob mich sanft über die Türschwelle. «Meinen Sie denn, ich wollte in Merlinville in aller Öffentlichkeit den Namen Duveen heraustrompeten?»

Und wirklich war es Cinderella, die da aufsprang, um uns zu begrüßen. Ich nahm ihre Hand in meine beiden Hände. Meine Augen sagten alles Übrige.

Poirot räusperte sich.

«*Mes enfants*», sagte er. «Im Moment haben wir keine Zeit für Gefühle. Es gibt noch einiges zu erledigen. Mademoiselle, haben Sie mir den besagten Gefallen tun können?»

Als Antwort zog Cinderella einen in Papier gewickelten Gegenstand aus der Tasche und reichte ihn Poirot schweigend.

Dieser wickelte den Gegenstand aus. Ich fuhr zusammen – es war das Flugzeugmesser, das sie doch angeblich ins Meer geworfen hatte. Seltsam, wie schwer es Frauen immer fällt, kompromittierende Gegenstände und Papiere zu zerstören.

«*Très bien, mon enfant*», sagte Poirot. «Ich bin sehr zufrieden mit Ihnen. Und jetzt ruhen Sie sich aus. Hastings und ich müssen noch etwas erledigen. Sie werden ihn morgen sehen.»

«Wohin gehen Sie?», fragte Cinderella und riss die Augen auf.

«Das werden Sie morgen erfahren.»

«Egal, wohin Sie gehen, ich komme mit.»

«Aber Mademoiselle...»

«Ich komme mit, das sage ich Ihnen.»

Poirot sah ein, dass hier Widerspruch zwecklos war. Er gab sich geschlagen.

«Dann kommen Sie, Mademoiselle. Aber lustig wird es nicht. Aller Wahrscheinlichkeit nach wird gar nichts passieren.»

Sie gab keine Antwort.

Zwanzig Minuten später brachen wir auf. Es war schon ziemlich dunkel, ein schwüler, drückender Abend. Poirot führte uns aus der Stadt, in Richtung Villa Geneviève. Doch bei der Villa Marguerite blieb er stehen.

«Ich möchte mich nur davon überzeugen, dass mit Jack Renauld alles in Ordnung ist. Kommen Sie, Hastings. Mademoiselle wartet vielleicht besser draußen. Madame Daubreuil könnte eine für sie verletzende Bemerkung machen.»

Wir öffneten das Tor und gingen den Gartenweg entlang. Als wir das Haus umrundeten, machte ich Poirot auf ein Fenster im ersten Stock aufmerksam. Hinter den Vorhängen war deutlich Marthe Daubreuils Profil zu erkennen.

«Ah!», sagte Poirot. «Ich nehme an, dass wir in diesem Zimmer Jack Renauld finden werden.»

Madame Daubreuil öffnete die Tür. Sie erzählte, Jacks Zustand sei kaum verändert, meinte aber, wir wollten ihn vielleicht selbst sehen. Sie führte uns nach oben und in das Schlafzimmer.

Marthe Daubreuil saß mit einer Stickarbeit neben einem Tisch, auf dem eine brennende Lampe stand. Sie legte einen Finger an die Lippen, als wir das Zimmer betraten.

Jack Renauld schlief, aber unruhig und nervös, er drehte den Kopf hin und her, und sein Gesicht war noch immer unnatürlich rot.

«Kommt der Arzt noch einmal wieder?», flüsterte Poirot.

«Nur, wenn wir ihn rufen lassen. Jack schläft jetzt – darauf kommt es an. *Maman* hat ihm einen Beruhigungstee gekocht.»

Als wir das Zimmer verließen, wandte sie sich wieder ihrer Stickerei zu. Madame Daubreuil brachte uns nach unten. Seit ich von ihrer Vergangenheit erfahren hatte, erregte diese Frau in immer stärkerem Grad mein Interesse. Sie hatte die Augen niedergeschlagen, ihre Lippen waren zu dem leisen, rätselhaften Lächeln verzogen, an das ich mich noch so gut erinnerte. Und plötzlich hatte ich Angst vor ihr, wie vor einer schönen, giftigen Schlange.

«Ich hoffe, wir haben Sie nicht gestört, Madame», sagte Poirot höflich, als sie die Tür öffnete, um uns hinauszulassen.

«Aber durchaus nicht, Monsieur.»

«Ach, übrigens», sagte Poirot, als sei ihm das gerade erst eingefallen. «Monsieur Stonor war heute doch nicht in Merlinville, oder?»

Ich konnte mir nicht vorstellen, was er mit dieser Frage bezweckte, ich wusste ja, dass sie für Poirot eigentlich bedeutungslos war.

Madame Daubreuil antwortete gelassen: «Nein, nicht dass ich wüsste.»

«Er hat nicht mit Madame Renauld gesprochen?»

«Woher soll ich das wissen, Monsieur?»

«Stimmt», sagte Poirot. «Ich dachte, Sie hätten ihn vielleicht kommen oder gehen sehen, das ist alles. Gute Nacht, Madame.»

«Warum...», hob ich an.

«Keine Warums, Hastings. Dafür ist später noch Zeit genug.»

Wir schlossen uns wieder Cinderella an und gingen mit raschen Schritten weiter zur Villa Geneviève. Poirot schaute sich einmal zu dem leuchtenden Fenster um, zu dem Profil von Marthe Daubreuil, die sich über ihre Arbeit beugte.

«Auf jeden Fall wird er beschützt», murmelte er.

Als wir die Villa Geneviève erreicht hatten, postierte Poirot sich hinter ein paar Büschen auf der linken Seite der Auffahrt, von wo aus wir einen guten Überblick hatten, während wir selbst vollständig verborgen waren. Die Villa lag in tiefer Finsternis, zweifellos schliefen alle. Wir standen fast genau unter Madame Renaulds Schlafzimmerfenster, das, wie ich registrierte, offen stand. Und ich hatte das Gefühl, dass Poirot es nicht aus den Augen ließ.

«Was machen wir jetzt?», flüsterte ich.

«Aufpassen.»

«Aber...»

«Ich glaube, in der nächsten Stunde, oder vielleicht auch den nächsten zwei, wird nichts passieren, aber...»

Ein dünner, gedehnter Schrei ließ ihn verstummen.

«Hilfe!»

In dem Zimmer rechts oberhalb der Haustür flammte ein Licht auf. Der Schrei war aus diesem Zimmer gekommen. Und während wir noch hinstarrten, tauchte auf den Vorhängen der Schatten von zwei ringenden Menschen auf.

«*Mille tonnerres!*», schrie Poirot. «Sie hat ihr Zimmer gewechselt!»

Er stürzte los und hämmerte wütend gegen die Haustür. Dann hastete er zu dem Baum im Blumenbeet und kletterte mit der Gewandtheit einer Katze nach oben. Ich folgte ihm, während er bereits durch das offene Fenster sprang. Ich schaute mich um und sah, dass Dulcie hinter mir einen Ast packte.

«Pass auf», rief ich.

«Pass auf deine Großmutter auf», erwiderte sie. «Das ist ein Kinderspiel für mich.»

Poirot war durch das leere Zimmer gerannt und hämmerte gegen die Tür.

«Von außen verschlossen und verriegelt», knurrte er. «Und so schnell werden wir sie nicht aufbrechen können.»

Die Hilferufe wurden immer leiser. Ich sah die Verzweiflung in Poirots Augen. Wir stemmten uns beide mit der Schulter gegen die Tür.

Dann hörten wir vom Fenster her Cinderellas leise, gelassene Stimme:

«Das dauert zu lange. Ich glaube, ich bin die Einzige, die hier etwas ausrichten kann.»

Noch ehe ich sie zurückhalten konnte, schien sie ins Leere zu springen. Ich stürzte zum Fenster und schaute hinaus. Zu meinem Entsetzen sah ich, dass sie an den Händen vom Dach hing und sich ruckweise auf das erleuchtete Fenster zuhangelte.

«Großer Gott! Das wird ihr Tod sein!», schrie ich.

«Vergessen Sie nicht, dass sie eine professionelle Akrobatin ist, Hastings. Die gütige göttliche Vorsehung hat dafür gesorgt, dass sie heute Abend unbedingt mit uns kommen wollte. Ich kann nur beten, dass sie es noch rechtzeitig schafft. Ah!»

Ein Schrei puren Entsetzens zerriss die Luft, als Cinderella durch das Fenster verschwand, und dann rief ihre klare Stimme:

«Nein, das werden Sie nicht! Ich habe Sie jetzt – und meine Handgelenke sind wie Stahl.»

In diesem Moment öffnete Françoise vorsichtig die Tür unseres Gefängnisses. Poirot stieß sie wortlos beiseite und stürzte auf den Flur hinaus, wo sich die übrigen Dienstmädchen schon vor einer anderen Tür zusammendrängten.

«Sie ist von innen verschlossen, Monsieur.»

Von drinnen hörten wir einen schweren Sturz. Gleich darauf wurde der Schlüssel umgedreht, und die Tür öffnete sich langsam. Eine sehr blasse Cinderella winkte uns hinein.

«Ist sie gerettet?», fragte Poirot.

«Ja, ich kam gerade noch rechtzeitig. Sie hatte keine Kräfte mehr.»

Halb saß Madame Renauld auf ihrem Bett, halb lag sie. Sie rang um Atem.

«Fast erwürgt», murmelte sie mit Mühe.

Cinderella hob etwas vom Fußboden auf und reichte es Poirot. Es war eine aufgerollte Strickleiter aus Fallschirmseide, sehr fein, aber recht stark.

«Eine Fluchtmöglichkeit», sagte Poirot. «Durch das Fenster, während wir an die Tür gehämmert haben. Wo ist – die andere?»

Cinderella trat beiseite und zeigte auf den Boden. Dort lag eine in einen dunklen Umhang gehüllte Gestalt, ein Zipfel des Umhangs verbarg ihr Gesicht.

«Tot?»

Sie nickte.

«Ich glaube schon. Der Kopf muss auf die Marmorkante gefallen sein.»

«Aber wer ist das?», rief ich.

«Die Frau, die Renauld ermordet hat, Hastings. Die Frau, die um ein Haar auch zur Mörderin von Madame Renauld geworden wäre.»

Verwirrt und nicht begreifend kniete ich nieder, hob den Zipfel des Umhangs und schaute in das tote, schöne Gesicht von Marthe Daubreuil.

Achtundzwanzigstes Kapitel

Am Ziel

Meine weiteren Erinnerungen an diesen Abend sind recht konfus. Poirot schien taub zu sein für meine wiederholten Fragen. Er überschüttete Françoise mit Vorwürfen, weil sie ihm nichts von Madame Renaulds Schlafzimmerwechsel erzählt hatte.

Ich packte ihn an der Schulter, entschlossen, Aufmerksamkeit zu erregen und mich zu Wort zu melden.

«Aber Sie müssen es gewusst haben», erklärte ich. «Sie haben doch heute Nachmittag noch mit ihr gesprochen.»

Für einen kurzen Moment geruhte Poirot, mich zur Kenntnis zu nehmen.

«Sie war auf einem Sofa ins mittlere Zimmer geschoben worden – in ihr Boudoir», erklärte er.

«Aber Monsieur», rief Françoise, «Madame hat praktisch sofort nach diesen schrecklichen Ereignissen das Schlafzimmer gewechselt. Die Erinnerungen – sie waren zu quälend für sie.»

«Aber warum bin ich nicht darüber informiert worden?», schrie Poirot, schlug mit der Faust auf den Tisch und steigerte sich in eine gewaltige Rage. «Ich will jetzt wissen, warum... wurde... ich... nicht... informiert? Sie sind eine restlos törichte alte Frau. Und Léonie und Denise sind auch nicht besser. Sie sind allesamt dreifache Idiotinnen! Ihre Dummheit hätte für Ihre Herrin beinahe den Tod bedeutet! Ohne dieses mutige Kind...»

Er unterbrach sich, lief quer durch den Raum zu Cinderella, die sich um Mrs. Renauld kümmerte, und umarmte sie mit gallischem Feuer – was mich ein wenig ärgerte.

Poirots schneidender Befehl, ich solle sofort den Arzt für Madame Renauld holen, riss mich aus meinem benebelten Zustand. Danach sollte ich die Polizei verständigen. Und um mich endgültig zu verärgern, fügte er hinzu:

«Es lohnt sich wohl kaum, dass Sie noch einmal herkommen. Ich werde zu viel zu tun haben, um mich um Sie zu kümmern, und Mademoiselle werde ich zur *garde-malade* ernennen.»

Mit aller Würde, die ich nur aufbringen konnte, zog ich mich zurück. Nachdem ich Poirots Aufträge erfüllt hatte, ging ich ins Hotel. Die Ereignisse dieses Abends erschienen mir als phantastisch und unmöglich. Niemand hatte meine Fragen beantworten wollen. Niemand schien sie gehört zu haben. Wütend ließ ich mich aufs Bett fallen und schlief den Schlaf der Verwirrten und restlos Erschöpften.

Als ich erwachte, schien die Sonne durch die offenen Fenster und Poirot saß, elegant und lächelnd, neben meinem Bett.

«*Enfin,* endlich sind Sie wach. Sie sind ein wahrer Siebenschläfer, Hastings. Wissen Sie, dass es fast elf ist?»

Ich stöhnte und griff mir an den Kopf.

«Ich habe offenbar geträumt», sagte ich. «Stellen Sie sich vor, ich habe geträumt, wir hätten Marthe Daubreuils Leichnam in Madame Renaulds Zimmer gefunden und Sie hätten sie des Mordes an Monsieur Renauld beschuldigt.»

«Sie haben nicht geträumt. Das alles ist wahr.»

«Aber Bella Duveen hat Monsieur Renauld umgebracht!»

«Nicht doch, Hastings, das hat sie nicht. Sie hat es behauptet, ha – aber nur, um den Mann, den sie liebt, vor der Guillotine zu retten.»

«Was?»

«Denken Sie an Jack Renaulds Geschichte. Die beiden trafen gleichzeitig am Schauplatz ein, und dann hielten sie sich gegenseitig für schuldig. Die Frau starrt ihn entsetzt an und stürzt mit einem Aufschrei davon. Aber als sie hört, dass ihm dieses Verbrechen angelastet wird, kann sie das nicht ertragen und klagt sich selber an, um ihn vor dem sicheren Tod zu retten.»

Poirot ließ sich in seinem Sessel zurücksinken und legte in vertrauter Geste die Fingerspitzen aneinander.

«Ich fand den Fall nicht so ganz befriedigend», teilte er mir nachdenklich mit. «Ich hatte die ganze Zeit den Eindruck, dass wir es mit einem kaltblütig geplanten und ausgeführten Verbrechen zu tun hatten, ausgeführt von einer Person, die sich auf sehr kluge Weise Monsieur Renaulds eigene Pläne zu Nutze gemacht hatte, um die Polizei von ihrer Spur abzulenken. Der große Verbrecher (Sie erinnern sich vielleicht, dass ich Ihnen das einmal gesagt habe) geht immer überraschend schlicht vor.»

Ich nickte.

«Wenn meine Theorie zutrifft, dann muss unser Verbrecher sich über Monsieur Renaulds Pläne im Klaren gewesen sein. Und das bringt uns zu Madame Renaud. Aber nichts spricht dafür, dass sie schuldig ist. Wer sonst könnte diese Pläne gekannt haben? Nun. Aus Marthe Daubreuils eigenem Mund wissen wir, dass sie Monsieur Renaulds Streit mit dem Landstreicher mit angehört hat. Wenn sie das hören konnte, gibt es keinen Grund, warum sie nicht auch alles andere wissen sollte, vor allem, wenn Monsieur und Madame Renauld unklug genug waren, ihre Pläne auf der Bank im Garten zu besprechen. Denken Sie doch daran, wie gut

Sie von dort aus Marthes Gespräch mit Jack Renauld belauschen konnten.»

«Aber welches Motiv konnte Marthe für einen Mord an Mr. Renauld haben?», warf ich ein.

«Welches Motiv? Geld! Renauld war mehrfacher Millionär, und bei seinem Tod (das glaubten zumindest sie und Jack) würde die Hälfte dieses riesigen Vermögens an seinen Sohn fallen. Lassen Sie uns die Szene von Marthe Daubreuils Standpunkt her rekonstruieren. Marthe Daubreuil belauscht ein Gespräch zwischen Renauld und seiner Frau. Bisher war Renauld eine nette kleine Einkommensquelle für die Damen Daubreuil, aber nun will er sich ihrem Zugriff entziehen. Zuerst wollen sie vermutlich nur versuchen, seine Flucht zu verhindern. Aber dann kommen sie auf eine kühnere Idee, die die Tochter von Jeanne Béroldy nicht im Mindesten entsetzt. Renauld steht ihrer Hochzeit mit Jack unerschütterlich im Weg. Wenn Jack seinem Vater trotzt, wird dieser ihn zum Bettler machen – was Mademoiselle Marthe nun gar nicht zusagen würde. Ich glaube eigentlich nicht, dass sie sich jemals etwas aus Jack Renauld gemacht hat. Sie kann Gefühle vortäuschen, aber in Wirklichkeit ist sie von derselben kalten, berechnenden Sorte wie ihre Mutter. Ich glaube auch nicht, dass sie sich seiner Zuneigung wirklich ganz sicher war. Sie hatte ihn betört und eingefangen, aber wenn er von ihr getrennt wurde, wie sein Vater das sehr leicht bewerkstelligen konnte, dann würde sie ihn womöglich verlieren. Wäre Renauld jedoch tot und Jack der Erbe seiner Millionen, dann könnte die Hochzeit sofort stattfinden und mit einem Federstrich würde Marthe zu Geld kommen – zu mehr Geld als den lumpigen paar tausend, die Renauld bisher abgenommen wurden. Ihr kluger Kopf erkennt, wie einfach das alles ist. Schlicht und einfach. Renauld plant seinen Tod – sie braucht nur im richtigen Moment einzugreifen und die Farce in bittere Realität zu verwandeln. Und hier kommen wir zu dem zweiten Punkt, der meine Aufmerksamkeit auf Marthe Daubreuil lenken musste – das Messer. Jack Renauld ließ drei Andenken herstellen. Eins bekam seine Mutter, das zweite Bella Duveen – war es da nicht sehr wahrscheinlich, dass er das dritte Marthe Daubreuil geschenkt hatte? Um die Sache zusammenzufassen, es sprachen vier wichtige Punkte gegen Marthe Daubreuil:

Erstens – Marthe Daubreuil konnte von Renaulds Plänen gewusst haben.

Zweitens – Marthe Daubreuil hatte ein klares Interesse an Renaulds Tod.

Drittens – Marthe Daubreuil ist die Tochter der berüchtigten Madame Béroldy, die meiner Ansicht nach moralisch und tatsächlich die Mörderin ihres Mannes ist, auch wenn der tödliche Hieb vielleicht durch Georges Conneaus Hand fiel.

Viertens – Marthe Daubreuil war neben Jack Renauld die Einzige, von der anzunehmen war, dass sie das dritte Messer besaß.»

Poirot verstummte und räusperte sich.

«Natürlich war mir, als ich von der anderen hörte, von Bella Duveen, klar, dass auch sie Renauld ermordet haben könnte. Aber diese Lösung fand ich nicht überzeugend, weil, wie gesagt, Hastings, ein Experte wie ich seine Klinge lieber mit einem würdigen Gegner kreuzt. Aber wir müssen die Verbrechen nehmen, wie sie kommen, nicht, wie wir sie gern hätten. Ich fand es nicht sehr wahrscheinlich, dass Bella Duveen mit einem Papiermesser in der Hand durch die Lande zog, aber natürlich konnte sie die ganze Zeit den vagen Plan gehegt haben, sich an Jack Renauld zu rächen. Als sie den Mord dann gestand, schien alles zu Ende zu sein. Und doch – ich war nicht zufrieden, *mon ami* – ich war nicht zufrieden ...

Ich ging den Fall in allen Einzelheiten durch und kam zum selben Schluss wie zuvor. Wenn es nicht Bella Duveen gewesen war, dann konnte nur noch Marthe Daubreuil in Frage kommen. Aber ich verfügte über keinen einzigen Beweis gegen sie.

Doch dann haben Sie mir den Brief von Mademoiselle Dulcie gezeigt, und ich sah eine Möglichkeit, den Fall ein für alle Mal zu klären.

Dulcie Duveen hatte das erste Messer gestohlen und ins Meer geworfen – denn sie glaubte, es sei das ihrer Schwester. Doch wenn es aus irgendeinem Grund nicht das ihrer Schwester gewesen war, sondern das, das Jack Marthe Daubreuil geschenkt hatte – nun, dann musste Bella Duveens Messer noch vorhanden sein. Ich habe Ihnen kein Wort gesagt, Hastings (es war einfach keine Zeit für Romantik), sondern Mademoiselle Dulcie aufgesucht, ihr erzählt, was ich für nötig hielt, und sie gebeten, die Habseligkeiten ihrer Schwester zu durchsuchen. Und Sie können sich meine Erleichterung vorstellen, als sie mich unter dem Namen Miss Robinson aufsuchte, wie ich ihr aufgetragen hatte, und mir das kostbare Andenken überreichte.

Inzwischen hatte ich Schritte unternommen, um Mademoiselle Marthe aus ihrem Versteck zu locken. Auf meinen Befehl hin verstieß Madame Renauld ihren Sohn und erklärte, ihn gleich am nächsten Tag enterben zu wollen. Es war ein verzweifelter, aber ein notwendiger Schritt, und Madame Renauld war bereit, dieses Risiko einzugehen – nur vergaß sie leider, ihren Zimmerwechsel zu erwähnen. Ich nehme an, sie glaubte, ich sei darüber informiert. Und alles kam so, wie ich es erwartet hatte. Marthe Daubreuil machte einen letzten kühnen Versuch, die Renauld'schen Millionen an sich zu reißen – und versagte.»

«Was ich aber wirklich nicht begreife», sagte ich, «ist, wie sie unbemerkt ins Haus gelangen konnte. Das erscheint mir als wahres Wunder. Wir lassen sie in der Villa Marguerite zurück, wir gehen geradewegs zur Villa Geneviève – und doch kommt sie uns zuvor.»

«Nein, wir haben sie nicht zurückgelassen. Sie verschwand durch die Hintertür aus der Villa Marguerite, während wir uns noch an der Haustür mit ihrer Mutter unterhielten. Auf diese Weise hat sie, salopp gesagt, Hercule Poirot ausgetrickst.»

«Aber der Schatten hinter dem Vorhang? Den haben wir doch von der Straße aus noch gesehen.»

«*Eh bien,* Madame Daubreuil hatte Zeit genug, um nach oben zu laufen und den Platz ihrer Tochter einzunehmen.»

«Madame Daubreuil?»

«Ja. Die eine ist alt, die andere jung, die eine dunkel, die andere blond, aber als Schatten hinter einem Vorhang ähneln sich ihre Profile absolut. Doch nicht einmal ich hatte damit gerechnet – ich dreifacher Idiot, ich dachte, ich hätte noch Zeit genug –, dass sie so schnell in die Villa eindringen würde. Sie war wirklich gescheit, diese schöne Mademoiselle Marthe.»

«Und sie wollte Madame Renauld umbringen?»

«Ja. Das ganze Vermögen wäre Jack zugefallen. Doch es hätte ausgesehen wie ein Selbstmord, *mon ami.* Ich fand auf dem Boden neben Marthe Daubreuils Leichnam einen Wattebausch, eine kleine Flasche Chloroform und eine Injektionsnadel mit einer tödlichen Dosis Morphium. Verstehen Sie? Zuerst das Chloroform – dann spürt das Opfer den Nadelstich nicht. Am nächsten Morgen ist der Chloroformgeruch verflogen, und die Injektionsnadel liegt an der Stelle, wo sie Madame Renaulds Hand entglitten ist. Und was hätte dann der exzellente Monsieur Hautet gesagt? ‹Die arme Frau! Was habe ich Ihnen gesagt? Nach allem, was war, nun dieser freudige Schock! Habe ich nicht gesagt, dass es mich nicht überraschen würde, wenn ihr Verstand ein wenig darunter zu leiden hätte? Wirklich ein äußerst tragischer Fall, dieser Fall Renauld.›

Wie auch immer, Hastings, die Sache entwickelte sich nicht ganz so, wie Mademoiselle Marthe es geplant hatte. Zunächst einmal war Madame Renauld wach und erwartete sie. Es kommt zu einem Kampf. Madame Renauld ist noch entsetzlich schwach. Marthe Daubreuil hat eine letzte Chance. Ein Selbstmord lässt sich nicht mehr vortäuschen, aber wenn sie Madame Renauld mit ihren starken Händen zum Schweigen bringen und mit Hilfe ihrer Strickleiter entkommen kann, während wir noch an die andere Tür hämmern, und wenn sie vor uns die Villa Marguerite erreicht, dann wird es schwer sein, ihr etwas nachzuweisen. Doch sie wurde schachmatt gesetzt, nicht von Hercule Poirot, sondern von *la petite acrobate* mit den stählernen Handgelenken.»

Ich dachte über die ganze Geschichte nach.

«Wann haben Sie den ersten Verdacht gegen Marthe Daubreuil gefasst, Poirot? Als sie uns erzählte, sie hätte den Streit im Garten belauscht?»

Poirot lächelte.

«Mein Freund, wissen Sie noch, wie wir an jenem ersten Tag durch Merlinville gefahren sind? Und dass wir am Tor eine schöne junge Frau stehen sahen? Sie fragten, ob ich eine junge Göttin gesehen hätte, und ich antwortete, ich hätte nur ein Mädchen mit ängstlichen Augen wahrgenommen. So habe ich Marthe Daubreuil in Gedanken die ganze Zeit genannt. Das Mädchen mit den ängstlichen Augen. Doch warum hatte sie Angst? Nicht wegen Jack Renauld, denn sie wusste noch gar nicht, dass er am Vorabend in Merlinville gewesen war.»

«Übrigens», rief ich, «wie geht es Jack Renauld?»

«Viel besser. Er hält sich noch in der Villa Marguerite auf. Aber Madame Daubreuil ist verschwunden. Die Polizei sucht schon nach ihr.»

«Hat sie mit ihrer Tochter unter einer Decke gesteckt, was meinen Sie?»

«Das werden wir nie erfahren. Madame ist eine Dame, die ihre Geheimnisse zu hüten weiß. Und ich glaube nicht, dass die Polizei sie jemals finden wird.»

«Weiß Jack Renauld es schon?»

«Noch nicht.»

«Es wird ein furchtbarer Schock für ihn sein.»

«Natürlich. Aber dennoch; wissen Sie, Hastings, ich glaube nicht, dass sein Herz wirklich ernstlich beteiligt war. Bisher haben wir Bella Duveen als Sirene betrachtet und Marthe Daubreuil als die Frau, die er wirklich geliebt hat. Aber ich glaube, wenn wir die Sache umkehren, dann kommen wir der Wahrheit näher. Marthe Daubreuil war sehr schön. Sie wollte Jack unbedingt betören, und das ist ihr gelungen, aber vergessen Sie nicht seinen seltsamen Unwillen dagegen, mit der anderen Schluss zu machen. Und denken Sie daran, dass er lieber aufs Schafott steigen wollte, als sie in die Sache hineinzuziehen. Ich vermute, er wird entsetzt sein, wenn er die Wahrheit erfährt – er wird empört sein, und dann wird diese falsche Liebe schnell verwelken.»

«Und was ist mit Giraud?»

«Der hat eine Nervenkrise, der Bursche! Er musste nach Paris zurückkehren.»

Wir lächelten beide.

Poirot erwies sich als ziemlich guter Prophet. Als der Arzt endlich erklärte, Jack Renauld könne die Wahrheit jetzt vertragen, brachte Poirot ihm alles schonend bei. Jack Renauld erlitt tatsächlich einen entsetzlichen Schock. Doch er fing sich besser, als ich es für möglich gehalten hätte. Die Liebe seiner Mutter half ihm, diese schwierigen Tage durchzustehen. Mutter und Sohn waren nun unzertrennlich.

Dann folgte eine weitere Überraschung. Poirot hatte Mrs.

Renauld mitgeteilt, dass er von ihrem Geheimnis wisse, und ihr angeraten, Jack die Vergangenheit seines Vaters nicht länger zu verschweigen.

«Es lohnt sich nie, die Wahrheit zu vertuschen, Madame. Haben Sie Mut, und sagen Sie ihm alles.»

Schweren Herzens stimmte Madame Renauld zu, und ihr Sohn erfuhr, dass sein geliebter Vater ein flüchtiger Verbrecher gewesen war. Eine zögernde Frage wurde von Poirot sofort beantwortet.

«Beruhigen Sie sich, Monsieur Jack. Niemand weiß etwas. Und ich sehe auch für mich keinerlei Verpflichtung, die Polizei ins Vertrauen zu ziehen. Ich habe in diesem Fall nicht für die Polizei gehandelt, sondern für Ihren Vater. Die Gerechtigkeit hat ihn am Ende eingeholt, aber niemand braucht je zu erfahren, dass er und Georges Conneau ein und derselbe waren.»

Natürlich gab es einige Punkte, die der Polizei Kopfzerbrechen machten, aber Poirot erklärte alles so plausibel, dass die Nachforschungen allmählich eingestellt wurden.

Kurz nachdem wir nach London zurückgekehrt waren, entdeckte ich auf Poirots Kamin eine wunderschöne Skulptur, die einen Jagdhund darstellte. Als er meinen fragenden Blick bemerkte, nickte Poirot.

«*Mais oui!* Er hat fünfhundert Franc gekostet. Ist er nicht ein feiner Bursche? Ich nenne ihn Giraud.»

Einige Tage später suchte Jack Renauld uns mit entschiedener Miene auf.

«Monsieur Poirot, ich möchte mich verabschieden. Ich stehe unmittelbar vor meiner Abreise nach Südamerika. Mein Vater hatte dort weit verstreute geschäftliche Verbindungen, und ich möchte ein neues Leben anfangen.»

«Sie reisen allein, Monsieur Jack?»

«Meine Mutter wird mich begleiten – und ich werde Stonor als Sekretär behalten. Er liebt abgelegene Ecken der Welt.»

«Und sonst reist niemand mit Ihnen?»

Jack errötete.

«Sie meinen...»

«Eine Frau, die Sie innig liebt – die bereit war, ihr Leben für Sie zu opfern...»

«Wie könnte ich sie fragen?», murmelte der Junge. «Nach allem, was geschehen ist, wie könnte ich zu ihr gehen und... was für eine blöde Geschichte sollte ich ihr denn auftischen?»

«*Les femmes* – sie haben ein wundervolles Talent, Stützen für solche Geschichten zu fabrizieren.»

Ja, aber – ich war so ein verdammter Idiot!»

«Das sind wir alle bisweilen», bemerkte Poirot philosophisch.

Doch Jacks Gesichtsausdruck hatte sich verhärtet.

«Und das ist ja nicht alles. Ich bin der Sohn meines Vaters. Welche Frau, die das weiß, würde mich denn noch heiraten?»

«Sie sind der Sohn Ihres Vaters, sagen Sie. Hastings wird Ihnen bestätigen können, dass ich an Erblichkeit glaube...»

«Ja, dann...»

«Warten Sie. Ich kenne eine Mutter, eine Frau mit Mut und Ausdauer, fähig zu großer Liebe, zum höchsten Opfer...»

Der Junge blickte auf. Seine Miene wurde weicher.

«Meine Mutter!»

«Ja. Sie sind ebenso der Sohn Ihrer Mutter wie der Ihres Vaters. Also gehen Sie zu Mademoiselle Bella. Erzählen Sie ihr alles. Verschweigen Sie nichts – und warten Sie ab, was sie sagt.»

Jack schien zu schwanken.

«Gehen Sie nicht mehr als Knabe zu ihr, sondern als Mann – als Mann, auf dem das Schicksal von gestern und von heute lastet, der sich aber auf ein neues und wunderschönes Leben freut. Bitten Sie sie, dieses Leben mit Ihnen zu teilen. Vielleicht ist Ihnen das nicht bewusst, aber Ihrer beider Liebe zueinander hat die Feuerprobe ohne Fehl bestanden. Sie waren beide bereit, Ihr Leben füreinander zu geben.»

Und was ist mit Captain Arthur Hastings, Ihrem bescheidenen Berichterstatter?

Es ist die Rede davon, dass er die Renaulds auf ihrem Landbesitz jenseits des Ozeans besuchen wird, aber um diese Geschichte abzurunden, möchte ich lieber auf einen Morgen im Garten der Villa Geneviève zurückgreifen.

«Ich kann dich nicht Bella nennen», sagte ich. «So heißt du schließlich nicht. Und Dulcie kommt mir so fremd vor. Also muss ich bei Cinderella bleiben. Cinderella hat den Prinzen geheiratet, das weißt du sicher noch. Ich bin kein Prinz, aber –»

Sie fiel mir ins Wort.

«Bestimmt hatte Cinderella ihn gewarnt. Verstehst du, sie konnte ihm doch nicht versprechen, dass sie sich in eine Prinzessin verwandeln würde. Sie war schließlich nur ein kleines Küchenmädchen.»

«Jetzt fällt der Prinz ihr ins Wort», warf ich ein. «Weißt du, was er gesagt hat?»

«Nein?»

«‹Zum Teufel!›, sagte der Prinz – und küsste sie!»

Und diesen Worten ließ ich sogleich Taten folgen.

ÜBER DIESES BUCH

The Murder on the Links erschien 1923 bei The Bodley Head in London. Es ist Agatha Christies dritter Roman, der zweite Fall, den der belgische Meisterdeketiv Hercule Poirot zu lösen hat, unterstützt von seinem treuen Weggefährten Captain Arthur Hastings. Die deutsche Ausgabe erschien 1991 (vorher Goldmann) unter dem Titel «Mord auf dem Golfplatz» im Scherz Verlag.

Die Geschichte beruht auf einer wahren Begebenheit in Frankreich. In ihrer Autobiographie schrieb die Autorin später dazu: «Maskierte Männer waren in ein Haus eingedrungen, hatten den Besitzer ermordet und seine Frau gefesselt und geknebelt. Auch die Schwiegermutter war ums Leben gekommen; sie hatte vor Schreck ihre künstlichen Zähne verschluckt und war daran erstickt... Die Aussage der Frau erwies sich als falsch, und es wurde die Vermutung laut, dass sie ihren Mann getötet hätte und dass sie nie gefesselt worden wäre, oder wenn doch, so von einem Komplizen...»

Trotz des außerordentlichen Erfolgs des Buches wurde der Stoff nie für die Bühne bearbeitet. Eine Filmfassung wurde erst 1996 vom englischen Fernsehsender LWT erstellt und ausgestrahlt – mit dem glänzenden David Suchet in der Rolle des Hercule Poirot.